U0165578

鄭振鐸講文學

鄭振鐸 —— 著

葛劍雄 —— 主編

五南當代學術叢刊

目　次

中國文學研究的重要書籍介紹

　　我做這篇文字，其目的乃在把最好的、最易購的關於中國文學的書籍，介紹給平素對於中國文學沒有系統的研究的諸君。他們曾常常的向我問應讀何書，或問在許多詩歌選本中，哪一部最好，或問研究中國的戲曲，應先讀何書，或問某書有何版本，某書在何處可以買得到之類的問題。我不能一一的遍答，便做了這篇文字，以當一個總答覆。至於深研國故的諸君，對於我這個淺陋的介紹自然是不必注意的。

　　在這個「介紹」裡，所登錄的書籍雖僅有二百餘部，但重要的偉大的創作與研究中國文學的門徑書，大概都已包羅在內了。如果有人全讀了這些書，或選讀了其中尤其重要的幾十或百餘部書，大略已可明白中國文學的源流與重要的內容了。

　　關於帶文學性質的諸子，如《莊子》、《列子》之類，以及史書，如《左傳》、《史記》、《漢書》之類，這裡不錄進去。這裡所錄的是：重要的詩歌、戲曲及散文的總集；重要的小說、戲曲、詩文的作品；以及重要的研究詩歌、戲曲、小說等源流及內容的書籍，與幾部較好的文學史。個人的詩文集，太多，萬不能遍舉，這裡僅舉其最有影響、最為偉大並有易得的單行本者。

　　我們現在之研究中國文學，乃研究其內容與藝術，決不欲再步武古人，去做什麼古律詩、雜劇，或去填什麼詞。所以這裡對於「詩歌作法」一類的書，僅舉其最好的有研究的價值的二三種。

　　庸俗的通行的詩文選本，如《古文觀止》、《古唐詩合解》以及剽竊他書以為一書的，如《元曲大觀》之類，這裡都屏棄不錄。不甚重要的選本如《四六法海》、《古今文綜》、《涵芬樓古今文鈔》以及《七十家賦鈔》等這裡也不收入。

　　這個介紹分為上下二篇，上篇是介紹文學作品——個人的作品與總集，其次第略按時代的順序。下篇是介紹小說及詩歌的研究等的書籍與文

學史，其次第則按種類的分別。每部書底下，都注出它的不同的版本，有時也略述其內容。

這裡所錄各書大多數都有很易得的傳本的，至於沒有傳本的書，則暫不錄入。

上　篇

1.《詩經》　此書爲最古的最重要的詩歌總集。它的注釋的本子極多，可先看：

⑴《毛詩正義》四十卷　漢毛亨傳，鄭玄箋，唐孔穎達疏　通行本；《十三經注疏》本；《四部叢刊》影宋本。

⑵《詩集傳》八卷　宋朱熹撰　通行本；商務印書館　鉛印本。

⑶《詩經原始》十八卷　方玉潤撰　《鴻濛室叢書》本。不易得。現擬重印。

如不欲看紛紜辯論的注釋本子，則可讀商務印書館出版的《白文詩經》（請參看本報十四卷三號〈關於詩經研究的重要書籍介紹〉一文）。

2.《楚辭》　《楚辭》的注釋本，最重要的有：

⑴《楚辭補注》十七卷　漢王逸注　宋洪興祖補　汲古閣重刻宋本；《惜陰軒叢書》本。

⑵《楚辭集注》八卷，《辨證》二卷，《後語》六卷　宋朱熹撰　通行本；掃葉山房石印本。

最近亞東圖書館出版的陸侃如的《屈原》，也很可以一讀。

3.《文選》　梁昭明太子蕭統編　《文選》內所選的（除了屈宋的幾篇辭賦以外），爲自漢至梁的重要的詩賦及散文的作品，是一部很簡括、很重要的總集。它的體裁，後人擬仿之者極多，《唐文粹》、《宋文鑒》

等皆是。它的注釋本，有：

　　⑴《文選注》六十卷　唐李善注　武昌局刊本；通行本；石印本。

　　⑵《六臣注文選》六十卷　唐李善等注　《四部叢刊》影宋本。

　　4.《古文苑》二十一卷　宋章樵注　蘇州局刊本；《岱南閣叢書》本，分九卷，是古本，無注。

　　5.《續古文苑》二十卷　清孫星衍編　平津館刊本；蘇州書局刊本。

　　6.《文苑英華》一千卷　宋李昉等編　明刊本；平津館影宋刊本。此書爲繼《文選》而選者，起於梁末，終於唐，唐文占最大的部分。

　　7.《文苑英華辨證》十卷　宋彭叔夏撰　《聚珍版叢書》本；《知不足齋叢書》本。

　　8.《玉臺新詠》十卷　陳徐陵編　清吳兆宜注　通行本。

　　9.《古詩紀》一百五十六卷　明馮惟訥編　原刻本。　此書全錄自上古至隋的詩歌，是一部很重要的總集。

　　10.《詩紀匡謬》一卷　清馮舒撰　《知不足齋叢書》本。

　　11.《全漢三國六朝詩》八十卷　丁福保編　醫學書局鉛印本。此書搜羅頗完備，多正《詩紀》之誤。

　　12.《古詩源》十四卷　清沈德潛編　商務印書館鉛印本。

　　13.《古詩選》三十二卷　清王士禎編　通行本；上海石印本合此書與姚鼐的《今詩選》爲《古今詩選》。內五言詩十七卷，七言詩十五卷，七言詩選至元吳萊爲止。

　　14.《十八家詩鈔》二十八卷　清曾國藩編　通行本。

　　15.《三十家詩鈔》　清王定安編　某君的《國學書目》誤作曾國藩編。通行本。此書爲增補曾氏的《十八家詩鈔》的。

　　16.《八代詩選》二十卷　王闓運編　通行本；石印本。此書甚好，選漢至隋的詩歌。

17.《樂府詩集》一百卷　宋郭茂倩編　汲古閣刊本。近來刊印的武昌局本及《四部叢刊》本，皆係依據汲古閣刊本。但此刊本，錯誤頗多。此書很重要，選至唐爲止。

18.《古樂苑》五十二卷　明梅鼎祚編　明刊本。此書補《樂府詩集》之遺。

19.《文紀》二百四卷　明梅鼎祚編　明刊本。選至隋爲止。中有《釋文紀》四十五卷，爲特異於他種古代文選之點。但搜羅不如嚴可均的《全上古秦漢六朝文》之完備。

20.《漢魏六朝百三名家集》一百十八卷　明張溥編　原刊本；翻刻本。翻刻本不好。

21.《全上古三代秦漢三國六朝文》七百四十六卷　清嚴可均編　黃岡王氏刊本。此書搜羅極廣，備此一書，梅氏《文紀》可不購。但略病蕪雜。

22.《漢魏六朝名家集》　丁福保編　醫學書局鉛印本。此書較張溥《名家集》爲好。原定刻一百十八家，我僅見其初集四十家。不知後來有續集出來否？

23.《八代文粹》二百二卷　清簡燊、陳崇哲編　原刊本。某君所編的《國學書目》誤作王闓運編。

24.《經史百家雜鈔》二十六卷　清曾國藩編　通行本；商務印書館鉛印本。此書爲最大膽的不易得的選本，能把《詩經》之類的書選錄在裡面，遠勝於姚鼐的《古文辭類纂》一類的囿於一派而無特見的選本。

以上爲上古至唐的詩文總集（僅有數種並選錄唐以後詩文）。同性質的書，有錄入三四種者，如非專門研究者或購書的經濟力很充足者，則不必全購，可僅購最好的一種或二種，如古詩選本，不必購《古詩紀》，只要購《全漢魏六朝詩》即已足。但有力量的人，最好是把同性質的幾種書

同時比較而讀。

25.《蔡中郎集》六卷　漢蔡邕撰　廣州刊本；蘭雪堂活字本；《十萬卷樓叢書》本；《海源閣叢書》本；《四部叢刊》本。

26.《曹子建集》十卷　魏曹植撰　明刊本；通行本；《四部叢刊》本。

27.《陶淵明集》八卷　晉陶潛撰　明刊本；通行本；江蘇局刊本；《四部叢刊》本，爲影宋李公煥的箋注本。

28.《鮑參軍集》十卷　宋鮑照撰　明刊本；《四部叢刊》本。

29.《謝宣城詩集》五卷　齊謝朓撰　《四部叢刊》本。

30.《江文通文集》四卷　梁江淹撰　明刊本；《四部叢刊》本。

31.《庾子山集》　周庾信撰　此書有清吳兆宣注的十卷本；倪璠注的十六卷本；《四部叢刊》影明屠隆刊十六卷本。

以上略舉唐以前的幾個重要的有單行專集的作家。

32.《中興閒氣集》二卷，《校補》一卷　唐高仲武撰　《四部叢刊》本。汲古閣刊有《唐人選唐詩》八種，《四部叢刊》亦收四種，茲錄其一種。

33.《全唐詩》九百卷　清康熙四十六年編　揚州書局刊本；廣州巾箱本；江寧重刻本；石印小字本。清徐倬有《全唐詩錄》一百卷，通行本。

34.《唐百家詩選》二十卷　宋王安石編　醫學書局影印本。

35.《唐人小集》　自王勃至張司業，共錄五十人。近人江標影刻宋書棚本。

36.《唐人萬首絕句》九十一卷　宋洪邁編　明刊本。清王士禎有《唐人萬首絕句選》七卷，通行本。

37.《唐詩百名家全集》　清席啓寓編　原刻本。共一百四家，有四家未刻。

38.《唐詩別裁》二十卷　清沈德潛編　通行本。

39.《唐文粹》一百卷　宋姚鉉編　顧廣圻校刻大字本；蘇州書局刊本；《四部叢刊》影宋小字本。

40.《唐文粹補遺》二十六卷　清郭麐編　原刻本；蘇州書局刊本。

41.《全唐文》一千卷　清嘉慶十九年編　揚州書局刊本；廣東翻刻小字本。

42.《唐文拾遺》七十二卷　清陸心源撰　原刻本。

43.《唐代叢書》　亦名《唐人說薈》　搜錄唐人的傳記與雜記；但不好，不如《太平廣記》。通行本；石印本。

44.《太平廣記》五百卷　宋李昉等編　通行本；石印本。此書包羅唐及唐以前的傳記及異聞一類的書極多。

45.《陳伯玉集》五卷　唐陳子昂撰　清楊國楨輯刻本。《四部叢刊》影明刊本有十卷。

46.《李太白集》三十卷　唐李白撰　清繆曰芑仿宋刻本；石印本。又清王琦有《李太白詩集注》三十六卷，通行本；《四部叢刊》本有三十卷，係影印明刊本的宋楊齊賢與元蕭士贇的《分類補注李太白詩集》。

47.《杜工部詩集》　唐杜甫撰　注杜詩者頗多，茲舉三種於下：

⑴《杜詩詳注》二十五卷　清仇兆鰲注　通行本。

⑵《杜詩鏡銓》二十卷　楊倫注　鉛印本。

⑶《分門集注社工部詩》二十五卷　無名氏集注　《四部叢刊》影宋本。

48.《王右丞集》六卷　唐王維撰　《四部叢刊》本。又《王右丞集注》二十八卷，清趙殿成撰，原刻本。

49.《孟浩然集》四卷　唐孟浩然撰　《四部叢刊》本。

50.《高常侍集》八卷　唐高適撰　《四部叢刊》本。

51.《岑嘉州詩》四卷　唐岑參撰　《四部叢刊》本。

52.《韋蘇州集》十卷　唐韋應物撰　《四部叢刊》本。

53.《元次山集》十卷　唐元結撰　《四部叢刊》本。

54.《劉隨州詩集》十卷，《外集》一卷　唐劉長卿撰　《四部叢刊》本。

55.《韓昌黎集》四十卷，《外集》十卷　唐韓愈撰　東雅堂刊本；通行本。韓集通行刻本極多，茲不具錄。《四部叢刊》內亦有影元本。

56.《柳先生集》四十五卷，《別集》二卷　唐柳宗元撰　《四部叢刊》本。柳集通行刻本極多，茲不具錄。

57.《劉夢得文集》三十卷，《外集》十卷　唐劉禹錫撰　武進董氏影宋刊本（《四部叢刊》本，即係以董氏本影印者）；通行本。

58.《長江集》十卷　唐賈島撰　通行本；何義門評校本；《四部叢刊》本。

59.《昌谷集》四卷，《外集》一卷　唐李賀撰　明仿宋刻本；凌氏校刻本；通行本；《四部叢刊》本。又有宋吳正子諸人的各種箋注評注本。

60.《元氏長慶集》六十卷，《補遺》六卷　唐元稹撰　嘉慶間東吳董氏刊本；《四部叢刊》本，連集外文六十一卷。

61.《白氏文集》七十一卷　唐白居易撰　《四部叢刊》本；通行本。又有《白香山詩集》四十卷，附《年譜》二卷，清汪氏編刻本。

62.《李義山集》六卷　唐李商隱撰　嘉慶中揚州汪氏校刻本；《四部叢刊》中有《李義山詩集》六卷，《李義山文集》五卷。《李義山詩注》有清朱鶴齡及姚培謙注本。又《李義山文集箋注》十卷，清徐樹穀箋，徐炯注。

63.《溫庭筠詩集》七卷，《別集》一卷　唐溫庭筠撰　《四部叢刊》本。又有《溫庭筠集箋注》九卷，清康熙間顧氏秀野草堂刊本。

64.《甫里先生文集》二十卷　唐陸龜蒙撰　《四部叢刊》本。又

《笠澤叢書》四卷，《補遺》一卷，通行本。

65.《玉山樵人集》，《香奩集》附　唐韓偓撰　《四部叢刊》本；通行本。

66.《桂苑筆耕集》二十卷　唐高麗崔致遠撰　《四部叢刊》本；粵雅堂刻本。此集很重要。致遠爲新羅人，在唐爲高駢幕僚，爲高麗文人之父。

67.《甲乙集》十卷　唐羅隱撰　《四部叢刊》本；通行本。又《讒書》五卷，有吳騫刻本。

68.《全五代詩》一百卷　清李調元編　《函海》本。

69.《花間集》十二卷，《補》二卷　蜀趙崇祚編　通行本；《四部叢刊》本。

70.《唐五代詞選》三卷　清成肇麐撰　原刻本。

71.《南唐二主詞》一卷　南唐中主、後主撰　《晨風閣叢書》本。

72.《浣花集》十卷，《補遺》一卷　蜀韋莊撰　《四部叢刊》本。

73.《三家宮詞》一卷　唐王建等撰　汲古閣刊《詩詞雜俎》本（《詩詞雜俎》近有無錫丁氏翻印本）。

74.《宋文鑒》一百五十卷　宋呂祖謙撰　蘇州書局刊本；《四部叢刊》本。此書爲北宋的總集。

75.《南宋文範》七十卷　清莊仲方編　蘇州書局刊本。

76.《南宋文錄》　清董兆熊撰　蘇州書局刊本，凡《文範》所已有者，此書俱節去不錄。

77.《宋六十名家詞》九十卷　明毛晉撰　汲古閣刊本；石印本。

78.《詞綜》三十六卷　清朱彝尊編　《補》二卷，清王昶編　通行本。此書選錄唐、五代、宋詞。通行本常合王昶的《明詞綜》及《清詞綜》而爲一書。

79.《絕妙好詞箋》七卷，附《續鈔》一卷　宋周密撰　清厲鶚等箋通行本。

80.《詞選》二卷　清張惠言編　又《續詞選》二卷，清董毅編　通行本。

81.《四印齋所刊詞》　王鵬運編　原刊本。此書校刊極精。

82.《雙照樓景刊宋元本詞》　仁和吳氏編刊。此書校刊亦極精。

83.《彊村叢書》　朱古微編　原刊本。此書搜羅極博，校刻亦極精，計有總集四種，唐詞別集一家，宋詞別集一百十二家，金詞別集五家，元詞別集五十家。爲「詞」的最大的叢刊本。

84.《詞苑英華》　汲古閣刊本。內有：

⑴《花間集》十卷　趙崇祚編。

⑵《草堂詩餘》四卷　武林逸史編。

⑶《尊前集》二卷　顧梧芳編。

⑷《花庵詞選》十卷　黃叔暘編。

⑸《中興以來絕妙詞選》十卷　黃叔暘編。

⑹《詞林萬選》四卷　楊愼編。

⑺《詩餘圖譜》三卷　張綖編。

85.《詞學叢書》　清秦恩復編　原刊本。內有：

⑴《樂府雅詞》三卷，《拾遺》二卷　宋曾慥編。

⑵《陽春白雪》八卷，《外集》一卷　宋趙聞禮編。

⑶《詞源》二卷　宋張炎撰。

⑷《日湖漁唱》一卷，《補遺》一卷，《續補遺》一卷　宋陳允平撰。

⑸《草堂詩餘》三卷　元鳳林書院編。

⑹《詞林韻釋》一卷　宋菉斐軒本。

86.《宋詩鈔》　清吳之振編　商務印書館影印本。

87.《宋詩鈔補》　管庭芬編　商務印書館鉛印本。

88.《宋詩別裁》八卷　清張景星編　通行本。

89.《江湖群賢小集》　宋陳起編　讀畫齋刊本。

90.《江湖後集》　宋陳起編　讀畫齋刊本。

此二書包羅宋人集子很不少。

91.《宋六十家集》　近有石印本。

92.《宋百家詩存》二十卷　清曹廷棟編　原刊本。

93.《宜秋館匯刊宋人集》　李之鼎編　自刻本。近已出有甲、乙、丙三集。

94.《和靖詩集》四卷　宋林逋撰　通行本；《四部叢刊》本。

95.《文正集》二十卷，《別集》四卷，《補編》五卷　宋范仲淹撰　通行本。

96.《宛陵集》六十卷，《附錄》五卷　宋梅堯臣撰　通行本；《四部叢刊》本，有《附錄》一卷、《拾遺》一卷。

97.《歐陽文忠集》一百五十三卷，《附錄》五卷　宋歐陽修撰　通行本；《四部叢刊》本。

98.《東坡七集》一百一十卷　宋蘇軾撰　近有翻印本。蘇軾詩文集通行本極多，不具錄。《四部叢刊》中有《集注分類東坡先生詩》二十五卷（宋王十朋撰）及《經進東坡文集事略》六十卷（宋郎曄注）。

99.《臨川集》一百卷　宋王安石撰　通行本；《四部叢刊》本。又《王荊公詩注》五十卷，宋李壁注，有清綺齋校刻本。

100.《山谷集內集》三十卷，《外集》十四卷，《別集》二卷　宋黃庭堅撰　通行本。《四部叢刊》本爲三十卷。

101.《後山集》二十四卷　宋陳師道撰　學稼山莊刻本。又《後山詩

注》十二卷，通行本；《四部叢刊》本。

102.《簡齋集》十六卷　宋陳與義撰　通行本。又《增廣箋注簡齋詩集》三十卷，附《無住詞》，《四部叢刊》本。《簡齋詩外集》一卷，《四部叢刊》本。

103.《朱子大全集》一百十二卷　宋朱熹撰　通行本；《四部叢刊》本。

104.《石湖居士詩集》三十四卷　宋范成大撰　通行本；《四部叢刊》本；秀野草堂刻三十卷本。

105.《誠齋集》一百三十卷　宋楊萬里撰　通行本；《四部叢刊》一百三十三卷本；吉安刻八十五卷本。《誠齋詩集》有《函海》的十卷本，及嘉慶中徐氏刻的十六卷本。

106.《渭南文集》五十卷　宋陸游撰　《四部叢刊》本。又《劍南詩稿》八十五卷，汲古閣刊本。《精選陸放翁詩集前集》十卷，《後集》八卷，《別集》一卷，《四部叢刊》本。

107.《後村先生大全集》一百九十六卷　宋劉克莊撰　《四部叢刊》本。

108.《宣和遺事》　《士禮居叢書》本；商務印書館鉛印本；石印本。

109.《遼文存》　繆荃孫編　原刻本。

110.《金文雅》十卷　清莊仲方編　江蘇書局刊本。

111.《金文最》六十卷　清張金吾編　粵雅堂刊本；蘇州書局刊本。

112.《全金詩》七十四卷　康熙五十年編　原刊本。

113.《閒閒老人滏水文集》二十卷　金趙秉文撰　《四部叢刊》本。

114.《滹南遺老集》四十六卷　金王若虛撰　《四部叢刊》本。

115.《遺山先生文集》四十卷，《附錄》一卷　金元好問撰　通行本；《四部叢刊》本。又《元遺山詩注》十四卷（清施國祁注），原刻本；石印本。

116.《弦索西廂》　金董解元撰　劉氏暖紅室刊本。此書爲元、明戲曲之祖，甚重要。

117.《元曲選》一百種　明臧晉叔編　商務印書館影印本。

118.《西廂記》　元王實甫撰　通行本；暖紅室刊本。

119.《琵琶記》二卷　元高則誠撰　通行本；暖紅室刊本。

120.《拜月亭》二卷　元施惠撰　暖紅室刊本。

121.《太平樂府》九卷　元楊朝英編　《四部叢刊》本。

122.《陽春白雪》《前集》五卷，《後集》五卷　元楊朝英編　徐氏《隨庵叢書》本。

以上二書，爲金元人的曲選。

123.《元文類》七十三卷　元蘇天爵編　蘇州書局刊本；《四部叢刊》本。

124.《元詩選》一百一十一卷　清顧嗣立編　自刻本。又《元詩癸集》十卷，席世臣補刻本。

125.《元詩別裁》八卷，又《補遺》一卷　清張景星編　通行本。

126.《中州集》十卷，附《中州樂府》一卷　金元好問編　《四部叢刊》本。

127.《谷音》二卷　元杜本撰　《詩詞雜俎》本；《四部叢刊》本。

128.《河汾諸老詩集》八卷，《校補》一卷　元房祺撰　《詩詞雜俎》本；《四部叢刊》本。

129.《皇元風雅前集》六卷，《後集》六卷　元傅習、孫存吾編　《四部叢刊》本。又有《皇元風雅》三十卷，係元蔣易編，近未有刻本。

130.《道園學古錄》五十卷　元虞集撰　通行本；《四部叢刊》本。

131.《揭文安公全集》十四卷，《補遺》一卷　元揭傒斯撰　《四部叢刊》本。

132.《松雪齋文集》十卷，《外集》一卷　元趙孟頫撰　通行本；《四部叢刊》本；石印本。

133.《吳淵穎集》十二卷，《附錄》一卷　元吳萊撰　通行本；《四部叢刊》本。

134.《鐵崖先生古樂府》十卷，《復古詩集》六卷　元楊維楨撰　《四部叢刊》本。又《鐵崖古樂府注》十六卷（清樓卜瀍注），通行本；石印本；又無注四卷本，西安王氏刊。

135.《盛明雜劇初集》三十種，《二集》三十種　近武進董氏有翻刻本，極精（《二集》未見）。此書爲研究明代戲曲所必備的。

136.《六十種曲》　明毛晉編　汲古閣刊本；翻刻本。此書極重要；但好版本極不易得。

137.《玉茗堂四夢》　明湯顯祖撰　明刊本；通行本；暖紅室刊本。

138.《石巢傳奇》　明阮大鋮撰　武進董氏刊本；其中《春燈謎》、《燕子箋》二種，劉氏暖紅室有刊本。

139.《納書楹曲譜》二十二卷　清葉堂訂　原刊本。此書爲學唱曲者之用。

140.《綴白裘》十二集四十八卷　石印本；此書爲戲曲選本，很重要。

141.《明文衡》九十八卷　明程敏政撰　原刊本；《四部叢刊》本。

142.《明文授讀》六十二卷　清黃宗羲編　原刻本。宗羲尚有《明文海》四百八十二卷，無刊本，《四庫全書》著錄。

143.《明文在》一百卷　清薛熙編　蘇州書局刊本。

144.《明文英華》十卷　清顧有孝編　原刊本。

145.《列朝詩集》五集　清錢謙益撰　原刊本；鉛印本。

146.《明詩綜》一百卷　清朱彝尊撰　原刊本。

147.《明詩別裁》十二卷　清沈德潛編　通行本。

148.《明詞綜》十二卷　清王昶編　原刊本；與朱彝尊《詞綜》合刻本。

149.《明末四百家遺民詩》　有正書局影印本。

150.《誠意伯文集》二十卷　明劉基撰　明刊本；《四部叢刊》本。

151.《宋學士集》七十五卷　明宋濂撰　《四部叢刊》本；又《宋文憲全集》五十七卷，清嚴榮刻本。

152.《青邱詩集注》十八卷，附《鳧藻集》五卷　明高啓撰，清金檀注原刊本；通行本；《四部叢刊》中有《高太史大全集》十八卷，及《高太史鳧藻集》五卷，附《扣舷集》。

153.《懷麓堂集》一百卷　明李東陽撰　通行本。

154.《空同集》六十六卷　明李夢陽撰　明刊本。

155.《大復集》三十八卷　明何景明撰　明刊本。

156.《弇州山人四部稿》一百七十四卷，《續稿》二百七卷　明王世貞撰　明刊本。

157.《震川文集》三十卷，《別集》十卷　明歸有光撰　原刊本；通行本；《四部叢刊》本。

158.《水滸傳》　元施耐庵（？）撰　通行本；亞東圖書館鉛印本。

159.《西遊記》　明吳承恩撰　通行本；亞東圖書館鉛印本。

160.《三國演義》　明羅貫中（？）撰　通行本；亞東圖書館鉛印本。

以上三書，皆明人所著的小說，數百年來，在民間最有影響。明代爲小說發達的時代，姑舉此數種以爲例。

161.《今古奇觀》　此書爲明代的短篇小說的最流行者。

162.《清文錄》四十家，《續編》五十家　清李祖陶編　原刊本。

163.《清文錄》一百卷　清姚椿編　原刊本；石印本。

164.《清文匯》一百冊　國學扶輪社石印本。

165.《湖海文傳》　清王昶編　原刊本。

166.《湖海詩傳》　清王昶編　原刊本。

167.《感舊集》十六卷　清王士禛編　雅雨堂刻本。

168.《清詩別裁》三十二卷　清沈德潛編　通行本。

169.《清詞綜》四十八卷，《二集》八卷　清王昶編　原刊本。

170.《十六家詞》三十九卷　清孫默編　原刊本。此書選錄吳偉業、龔鼎孳、宋琬等十六家的詞。

171.《篋中詞》　清譚獻編　通行本；《半廠叢書》本。此書選至現代的人爲止。

172.《近代詩鈔》　陳衍編　商務印書館鉛印本。此書選近百年來的詩歌，現代人的詩也包羅不少在內。

173.《國朝駢體正宗》十二卷　清曾燠編　原刊本；通行本。

174.《八家四六文鈔》九卷　清吳鼎撰　通行本。

175.《十家四六文鈔》十卷　王先謙編　原刊本。此書包羅劉開、董基誠至王闓運、李慈銘諸人。

176.《清百家詩》　清魏惟度編　康熙間刊本。

177.《吳梅村集》四十卷　清吳偉業撰　通行本；又《梅村家藏稿》五十九卷，《年譜》四卷，《四部叢刊》本。

178.《牧齋初學集》一百十二卷，《有學集》五十卷　清錢謙益撰　原刊本；鉛印本；《四部叢刊》本。

179.《帶經堂集》九十二卷　清王士禛撰　通行本。又《漁洋山人精華錄》十卷，《四部叢刊》本。《精華錄訓纂》二十卷（惠棟注），又《精華錄箋注》二十卷，《補遺》一卷（金榮注），通行本。

180.《曝書亭集》八十卷附《笛漁小稿》十卷　清朱彝尊撰　原刊本；《四部叢刊》本。又《集外稿》八卷，馮登府輯，《曝書亭詩集》二十三

卷（楊謙注），通行本。

181.《西堂全集》　清尤侗撰　原刊本；通行本。

182.《飲水詩詞集》　清納蘭性德撰　粵雅堂本；石印本。

183.《樊榭山房集》三十九卷　清厲鶚撰　通行本；《四部叢刊》本。

184.《惜抱軒文集》十六卷，《詩集》十卷　清姚鼐撰　通行本；《四部叢刊》本。

185.《鮚埼亭集》九十八卷　清全祖望撰　通行本；《四部叢刊》本。又《鮚埼亭詩集》十卷，《四部叢刊》本。

186.《洪北江詩文集》六十六卷，《年譜》一卷　清洪亮吉撰　通行本；《四部叢刊》本。

187.《趙甌北全集》　清趙翼撰　通行本。又《甌北詩鈔》，原刊本。

188.《兩當軒詩文集》　清黃景仁撰　原刊本；石印本。

189.《靈芬館全集》　清郭麐撰　原刊本。

190.《述學》內外篇四卷，又《補遺》、《別錄》等三卷　清汪中撰　通行本；石印本；《四部叢刊》本。又《汪容甫遺詩》五卷，石印本；《四部叢刊》本。

191.《茗柯文》四卷　清張惠言撰　通行本；《四部叢刊》本。又《茗柯文補編》二卷，《外編》二卷，原刊本；《四部叢刊》本。

192.《曾文正公詩集》三卷，《文集》三卷　清曾國藩撰　《四部叢刊》本。

193.《巢經巢詩鈔》　清鄭珍撰　通行本。

194.《定盦文集》　清龔自珍撰　《四部叢刊》本。又《定盦文集補編》四卷，《四部叢刊》本。《定盦集》通行本甚多。

195.《秋蟪吟館詩鈔》　清金和撰　原刊本；鉛印本。

196.《人境廬詩草》　清黃遵憲撰　排印本。

197.《湘綺樓詩集》　王闓運撰　通行本。又《湘綺樓全集》近亦有人在長沙刊行。

198.《桃花扇》　清孔尙任撰　暖紅室刊本；排印本；石印本。此爲清代很重要的一部戲曲；在許多的中國戲曲中，此劇似最無傳統的腐氣，最足以感人。

199.《長生殿》　清洪昉思撰　暖紅室刊本；排印本；石印本。

200.《笠翁十種曲》　清李漁撰　通行本；石印本。

201.《九種曲》　清蔣士銓撰　原刻本；通行本。

清代雜劇傳奇極多，尙無匯刻本，不能一一遍舉，僅錄以上最著的四種。

202.《紅樓夢》　清曹霑撰　通行本；亞東圖書館鉛印本。

203.《儒林外史》　清吳敬梓撰　通行木；亞東圖書館鉛印本。

204.《鏡花緣》　清李汝珍撰　通行本；亞東圖書館鉛印本。

205.《老殘遊記》　清劉鶚撰　通行本；商務印書館鉛印本。

206.《恨海》　清吳沃堯撰　通行本。

207.《七俠五義》　通行本甚多。此書在民間的勢力很大，如《彭公案》、《施公案》之屬都是受它的影響，以它爲模範而作的。

208.《鳳雙飛》　通行本；近有石印本。此書在中國婦人界裡占有很大的勢力。中國的出版界，對於婦女讀者，別有一部分的特殊的書籍供給她們，如《天雨花》、《筆生花》、《再生緣》之屬皆是，現在舉《鳳雙飛》爲它們的代表。

以上七種爲清代的小說。清代的小說極多，不能遍舉。姑錄最著的或足爲代表的幾種。

209.《賈鳧西鼓詞》　通行本。王夫之的《愚鼓詞》、歸莊的《萬古愁曲》亦與此書同類。

下 篇

210.《中國文學史》 曾彥編 泰東書局出版。

211.《中國大文學史》 謝無量編 中華書局出版。

212.《中國文學史要略》 朱希祖編 北京大學出版部出版。

213.《中國文學概論》 日本鹽谷溫編 日本出版。

以上四種，為較有系統的中國文學史。朱希祖的一本，很簡括，曾彥的一本也很好。鹽谷溫的一本，則本非文學史的體裁，但論中國小說戲曲及詩歌的源流的一部分很好——雖然不大完備。其他如幾本作中學教科書用的中國文學史，及劉申叔的《中古文學史》，林傳甲的《中國文學史》之類，或太淺泛，或非文學史的體裁，俱不列入。

214.《文心雕龍》十卷 梁劉勰撰 通行本；《四部叢刊》本。此書為不朽的創作；雖為文學評論的書，而其本身即是一部最優美的文學作品。它的注釋本，以清黃叔琳的《文心雕龍輯注》（十卷）為最好，有原刊本及翻刻本。

215.《詩品》三卷 梁鍾嶸撰 此書為詩話之祖，刊本極多，都編在叢書中，無單行本，何文煥輯的《歷代詩話》內亦有此書。

216.《文史通義》 清章學誠撰 通行本；《章氏遺書》本。此書為一部很重要的文學評論，但其中有一部分是論史學的。

217.《文學津梁》 有正書局編印。其中包羅好幾部文學評論的書。

218.《歷代詩話》 清何文煥編 原刊本；醫學書局影印本。

219.《續歷代詩話》 丁福保編 醫學書局鉛印本。

220.《清詩話》 丁福保編 醫學書局鉛印本。

以上三書，皆為「詩話」的叢書，包羅了不少的詩話（自《詩品》以

下）在內，尚有《螢雪軒叢書》，亦爲同性質的叢書，但係日本出版，在中國不易得。

221.《歷代詩話》八十卷　清吳景旭編　通行本。此書與何文煥的同名的一部，性質不同。常常有人誤作一書。

222.《苕溪漁隱叢話前集》六十卷，《後集》四十卷　宋胡仔編　續溪胡氏校刊本；《海山仙館叢書》本。此書採擇前人的詩話，而分類排比之。

223.《詩人玉屑》二十卷　宋魏慶之編　通行本；石印本。

224.《詩話總龜》四十八卷，《後集》五十卷　宋阮閱撰　《四部叢刊》本。

以上二書與《漁隱叢話》的性質相同。

225.《唐詩紀事》八十卷　宋計有功撰　通行本；醫學書局石印本。此書爲詩話的體裁，但亦有無「事」而單選錄其詩者。

226.《宋詩紀事》一百卷　清厲鶚撰　原刻本。此書完全爲總集的體裁，搜羅得的詩歌不少，但無「事」可紀的居大多數，與《唐詩紀事》的性質已不同；因歷來書目，相沿與《唐詩紀事》列在一處，故仍之。下面的三種紀事，其性質亦同此書。

227.《宋詩紀事補》一百卷　清陸心源編　原刊本。

228.《元詩紀事》四十五卷　陳衍編　商務印書館鉛印本。

229.《明詩紀事鈔》　陳田撰　原刻本。尚有數簽未出全。

230.《國朝詩人徵略初編》六十卷，《二編》六十四卷　清張維屏撰　原刊本。《二編》我沒有見過。

231.《詞源》二卷　宋張炎撰　通行本；北京大學鉛印本。

232.《碧雞漫志》五卷　宋王灼撰　《知不足齋叢書》本；不久將有排印本出現。

233. 《詞律》二十卷　清萬樹撰　原刊本；石印本。

234. 《詞苑叢談》十二卷　清徐釚撰　通行本；鉛印本。

235. 《詞學全書》十四卷　清查繼超輯　通行本；石印本。

236. 《詞林紀事》二十二卷，《附錄》三卷　清張宗橚撰　原刻本；石印本。

237. 《誦芬室讀曲匯刊》　武進董氏刊本。此書包羅論戲曲的書很不少：

⑴《錄鬼簿》

⑵《南詞敘錄》

⑶《九宮目錄》

⑷《十三調南宮音節譜》

⑸《衡曲麈譚》

⑹《曲律》

⑺《劇說》

238. 《曲苑》　古書流通處石印本。此書即以董氏的《讀曲匯刊》爲依據的，除了董本所有的外，又加入《江東白苧》、《曲錄》等數種。

239. 《戲曲考原》　王國維撰　《晨風閣叢書》本。

240. 《曲錄》　王國維撰　《晨風閣叢書》本。《曲苑》內的《曲錄》係不全本。

241. 《宋元戲曲史》　王國維撰　商務印書館鉛印本。

以上王氏著的三書，對於研究中國戲曲者都極有用處。

242. 《顧曲麈談》　吳梅撰　商務印書館鉛印本。

243. 《詞餘講義》　吳梅撰　北京大學鉛印本。吳氏自己撰有戲曲不少種，又是傳奇雜劇的最大的收藏家。他的對於中國戲曲的知識的豐富，當代沒有什麼人能與之並肩。

244.《小說叢考》二卷　錢靜方編　商務印書館鉛印本。

245.《小說考證》十卷　蔣瑞藻編　商務印書館鉛印本。

246.《小說考證拾遺》一卷　蔣瑞藻編　商務印書館鉛印本。

以上三書，雖以小說爲名，但其中收集關於戲曲的材料不少。

247.《中國小說史略》　魯迅編　北京大學新潮社出版。

附言：上面所舉的二百四十幾部書，一時自然不能看得完；如果家中毫無藏書的根柢的，一時也斷難收集得完備。但有許多書，性質是相類的，內容也有一大部分相同，如先讀最緊要的（或任何的）一書，則他書只須一閱即已足。如讀過《金文最》，則《金文雅》不須更細讀，讀過《八代文粹》，則《全上古六朝文》不須更細讀。又如卷帙太繁重的書，如《全唐文》、《全唐詩》之類，只須粗閱一過，就其中選擇最好的作品來讀，不必全部精讀。個人的專集也是如此。**最好的讀書法，乃是自己具選擇的眼光，拿了許多的作品，陳列在面前比較了一下，然後取其最好的來讀來研究**。不分書之內容之重要與否而有書即抱起來讀的，自然是最笨的讀法，而圖走捷徑，抱簡陋的選本而以爲已足的，更是自囚於隘井之中。所以我們讀書，第一要緊的是讀全部的書。讀最好的選本是不得已的第二層的辦法（因爲輯選者一時的眼光，常不能爲永久的讀者的標準；往往有許多最好的文字被刪落了）。至於讀節本的書，如《莊子精華》或《史記精華》之類，或讀淺陋的選本，如《古文觀止》、《古文百篇》之類，則其結果更不足道了。這是說讀書的方法。至於購書的方法，則亦是如此。最好是先購「全部」的，或材料搜羅得最完備的書籍（能全購同性質的書自然是更好），以後再購選本或其他編制或體裁不同的書。同一部書而有幾個注釋本子者，則能全購以爲比較最好。如不能一時全購，則先購其最好的最完備的一部注釋本子。

購買中國舊書，除了新印的有定價的書籍外，有數點須要注意：⑴須

費時間去訪購；有許多書在一時或在一地不能得到，須到各地或費長久的時間去訪求（好在這個書目裡所舉的書並無十分難得的書）。(2)舊書並無定價，其價目之高下都操縱於書賈之手。不善買書的人，往往會出二、三倍的書價。又同是一書，因爲版本不同，書價亦大有不同，如新版的某書只須數元，欲購宋、元版的或鈔本的，則至少須費十倍乃至百倍以上的書價。我們非「爲藏書而藏書」的藏書家，非以書爲玩物的，只求實用，不求珍貴；所以不必購什麼宋版元鈔，只要購最完備的最無錯誤的校刻本。(3)購舊書須到當地的或別地的舊書鋪裡去，不必向什麼原出版處去買。本版的舊書，不比鉛印的書，它們一次刷印不了多少；它們的出版處也不比商務印書館之專以賣書爲職業。所以如欲自己向原出版處去買，他們常常沒有存書，一部二部又不肯開印。除了幾個官書局以外，私家所藏的書版也往往遷移無定，不知向何處接洽才好。而有許多舊書，木版又已毀壞，或出版處已不存在。所以除了對於舊書的情形極熟者以外，購書的人最好是向書賈那裡去購買，或托他們去訪求。

　　以上的幾句淺近的話，對於有研究有學問的先生們原是毫無用處的。好在上面已經說過，本文是爲初次研究中國文學的人而做的。這些話對於他們也許會有一點用處。

（《小說月報》十五卷一號，一九二四年一月）

中國小説八講（提綱）

第一講　古代的神話與傳說

從原始公社到奴隸社會的傳說——天與社與祖先崇拜——天與帝——各民族的不同傳說——神話的系統化——鬼與神——女媧、伏羲的故事——羿的故事——堯、舜、禹、湯的傳說——武王伐紂——周公輔成王——《穆天子傳》——《山海經》——《晏子春秋》——《燕丹子》——《漢武故事》——《漢書・藝文志》裡的所謂「小說家」（共十五種，一三八〇篇，《虞初周說》占九四三篇）——諸子裡的寓言與故事。

中國古代的神話與傳說是豐富的，是表現了中國人民對於人間的現實生活的反映與將來的更美好的理想生活的希望的。

在「傳說」方面，充分地說明了中國人民對於古代英雄們，對於有功績的勞動人民和傑出的英雄人物的歌功頌德的感情。中國的所謂「神」，有許多就是「人」，就是對人民有功績的人，死後被人民尊封爲神的。這種從「人」升格的「神」，直到最近幾十年前還是有。

在中國神話裡，最高的主神是「天」，但天只是一種至高無上的象徵。直到後來，才有整個的「天堂」搬了來，以「玉皇大帝」爲主神，而圍繞在他的周圍的，則有許多二十八宿等等的文武侍從們。但在古代，那些神道們是沒有的。在古代，我們的「諸神廟」還不曾有一個大的系統和完整的組織。古代的人民相信鬼和神。鬼是人死後的精靈，原始人全都怕它。這種「鬼」會替自己復仇。《左傳》裡有「相驚以伯有」的故事，有冢人立而啼的故事。殷人尚鬼，每事卜。墨子也明鬼。孔子則敬鬼神而遠之。在古代的祖先崇拜的信仰上，鬼的作用很大，它的精靈是指導著人的活動的。武王伐紂就奉了文王的木主以同行。還有「社」，那是農業社會的主神，大地的神，群眾集會的地方。「不用命，戮於社」。鬼的傳說是

很多的。但天堂、地獄的故事，到了佛教輸入以後才有之。

六朝宣傳佛教的故事很多。不外：⑴信佛、拜佛、造像寫經的人有福了，遇難成祥，得病有救。⑵不信佛、毀像謗佛者入地獄受罪。必身歷地獄，復活告人。

一直到明代，這一類神話還在創造。《土地寶卷》是一部偉大的史詩，偉大的神話。土地公公，小老頭子，和玉皇大帝鬥法。後被燒化爲灰，但其灰卻灑遍天下，故處處有「土地」。象徵著天與地的鬥爭。

神話成爲系統的，最早的是元刊本的《出相搜神廣記前後集》、嘉靖刊本《三教搜神大全》七卷（葉翻本）和《出像增補搜神記》六卷（富春堂本）、《仙佛奇蹤》八卷（洪自誠）、《有像列仙全傳》九卷（汪雲鵬刊本）、《仙媛紀事》九卷（楊爾曾）、《羅漢圖錄》（乾隆間刊本）。

古代的神話與傳說，見於《山海經》、《穆天子傳》和諸子裡的很多。十日並出，后羿射之。嫦娥奔月的故事。黃帝殺蚩尤的故事。夸父追日的故事。故事性很強，意義很深刻。《穆天子傳》裡的西王母只是中國西部的一個女王或女酋長而已，但後來卻成了神話的中心人物之一，成爲東王公的匹對，或成爲王母娘娘，似是主持玉皇大帝的宮庭了。但那是後話。

古代的英雄傳說，有以后羿爲中心的，有以大禹爲中心的，有以姜尚爲中心的（武王伐紂），以周穆王爲中心的，以燕太子丹和荊軻爲中心的（《燕丹子》），以伍子胥爲中心的，有以東方朔、漢武帝爲中心的，有以李陵、蘇武爲中心的，以韓憑夫婦爲中心的，以舜子至孝爲中心的，以晏嬰爲中心的。箭垜式人物，諸善皆歸焉，或眾惡皆歸焉，也有以王昭君、蔡文姬爲中心的。那是數之不盡的。但還沒有人有系統地編寫出來。

漢代以前和漢代的圖籍，大都已不存了，只有《晏子春秋》、《燕丹子》、《山海經》和《穆天子傳》寥寥幾部書而已。而在子、史裡，存在

的神話和傳說相當的多。

　　到了三國魏晉南北朝，則志怪之書大增，存在的也多了。故事的範圍廣大了，地獄輸入了。因果報應之說，代替了「運命」論。人間的小故事，也流傳得很廣。可分為三類：

　　⑴志怪之書，繼往古之餘徽：《列異傳》（曹丕）、《搜神記》（干寶）、荀氏《靈鬼志》、《搜神後記》、《神異經》、《十洲記》、《漢武洞冥記》、《神仙傳》、王嘉《拾遺記》。

　　⑵佛教的宣傳著作：《續齊諧記》（吳均）、《冥祥記》（王琰）、《騎衍談天》、《冤魂志》（顏之推）、劉義慶《幽明錄》。

　　⑶人間的故事與笑談：《漢武故事》、葛洪《西京雜記》、《世說新語》、《笑林》（邯鄲淳）、《啓顏錄》（侯白）。

第二講　唐代傳奇文與變文

　　唐這時代：雄偉壯麗，但是壓迫太甚——階級的矛盾尖銳化——士子的苦悶：舉進士與中進士——王維「鬱輪袍」——行卷（溫卷）——以詩歌為主——但後來也用了「傳奇」文——清代的《全唐文》不收，但宋以來也甚重視——三個類別，也代表了三個發展的階段：——⑴六一八～七六六，繼承六朝志怪之書，王度《古鏡記》，把瑣事串合起來，並有描狀——《遊仙窟》的突出與其影響——⑵七六六～八五九，夢幻中的富貴繁華與戀愛——真實的事情，悽惋的故事，反映了當時的不平的社會，壓迫者與被壓迫者——⑶八六〇～九〇六，晚唐的割據，反映了更苦難的生活——人民的報仇雪恨的「洩憤」的故事：劍俠的故事——變文的發現——一個外來的新的文體——《韓詩外傳》等的韻散合體——《列女傳》（史贊）——《本生鬘論》的介紹——佛教翻譯的三個階段——「變文」

的偉大創作者：僧侶，文漵——《維摩詰經變文》——《降魔變文》——《有相夫人升天曲》——伍子胥，王陵，王昭君——《張義潮變文》——變文的遠大的影響——諸宮調（戲曲）——詞話（小說）——一個更偉大的時代的萌芽。

1.階級的矛盾——⑴封建地主官僚與人民的矛盾，壓迫更甚、更深。杜甫的〈前後出塞〉、〈三吏〉、〈三別〉，白居易的〈新樂府〉。⑵封建統治階級的內部矛盾——士子的苦悶——士的階級的生活態度：放蕩、浮薄，瘋狂地追求感官的刺激——奇特的故事的產生——不滿意現實的政治——諷刺作品：以退爲「進」——沈既濟〈枕中記〉、〈任氏傳〉，李公佐〈南柯太守傳〉，陳鴻〈長恨歌傳〉，元稹〈鶯鶯傳〉，白行簡〈李娃傳〉，沈亞之〈秦夢記〉、〈馮燕傳〉，李朝威〈柳毅傳〉，蔣防〈霍小玉傳〉，牛僧孺《幽怪錄》，牛肅《紀聞》。

2.薛用弱《集異記》，裴鉶《傳奇》（〈聶隱娘〉），段成式《酉陽雜俎》（〈盜俠〉），李復言《續玄怪錄》，袁郊《甘澤謠》（〈紅線〉），張讀《宣室志》，蘇鶚《杜陽雜編》，范攄《雲溪友議》，皇甫枚《三水小牘》（〈非煙傳〉），杜光庭〈虬髯客傳〉，無名氏《原化記》，孫光憲《北夢瑣言》，吳淑《江淮異人錄》。——寫出了現實生活裡的慘劇，封建的殘酷的壓迫，流露著對舊制度的反抗情緒，多多少少地暴露了統治集團的醜惡腐朽。——但作者常有腐見，仍是正統派的主張，或作爲掩護歟？——藝術性很高。故事的淵藪，影響很大，不能不懂。

「變文」——一九〇七年史坦因的發現——民間歌曲、小說等——《本生經》——聖勇的《本生鬘論》——《維摩詰經變文》——《降魔變文》（賢愚經），舍利佛與左師鬥法，五次輸敗——《大目乾連冥間救母變文》——《八相成道經變文》——《佛本生經變文》——《有相夫人升天曲》——非佛教故事：《列國志》（伍子胥）（樂名）——《明妃變

文》二卷——《舜子至孝變文》——影響：諸宮調——雜劇——詞話：〈快嘴李翠蓮記〉、〈刎頸鴛鴦會〉。

第三講　宋元話本

這一時代——主要矛盾是民族紛爭，次要是內部——統一的願望，大亂方定，國力薄弱，休息生養——罷藩鎮兵權，武將無權力——金的占領中國北部——南中國的繁華——蒙古的南下與南宋的滅亡——經濟上是封建社會的沒落時代，統治不大強，市民階層與小地主的興起——海外交通與貿易——手工業的發達——「瓦子」的興盛——市民文學的起來——元朝的興盛，海外貿易茂盛——市民層與手工業者的力量更大——大變動時代——說書的四派——說「小說」——講「史書」——中國文學上第一次保存下來的人民自己的文學作品——「說話人」的來歷與其出身——特點一：出於人民之手，為人民所享有，為人民而寫，且為人民所喜愛的——特點二：既講且唱，變文的子孫之一（唐代就有之）——特點三：第三身稱的講話，中國小說的特色——特點四：小說是一次講畢，史書是多次講，分回目——特點五：有「得勝頭回」——入話——「小說」，主要是講市井新聞，以聳人聽聞為主——「銀字兒」——煙粉靈怪——公案傳奇——發跡變泰——「詞話」與「詩話」——講「史書」——說三分，說五代史——《復華篇》與《中興名將傳》——《薛仁貴征遼傳》（？）——《至治新刊平話》五種——施耐庵與羅貫中——「書會先生」——與人民同生活、共呼吸的作者們——能夠表達人民的喜怒哀樂與好惡的，深入民間的作者們——有那末一批人，不是士大夫階級，或是出於那個封建地主階級，而是沒落了的逆子叛徒——處處可見出其暴露黑暗，批判或諷刺統治者的精神與態度——登臺打嚴嵩或曹操——表現人民生活的

大作品——第一次，被侮辱與被壓迫者的成為小說裡的「主人翁」。始於唐，盛於宋。給予後來小說的大影響。市民階層要求文學為他們服務。宋元話本，存者有五十多篇，數量多，質量高。以現實社會和人民的現實生活為題材。「知之既深，寫來便切」。說話人離開了廟宇。耐得翁《都城紀勝》：說話有四家：一者小說。說經。講史書。合生。《武林舊事》：演史，喬萬卷、陳小娘子等二十三人。小說，自蔡和到史惠英（女流）凡五十二人。《夢梁錄》：王六大夫，元係御前供話，講諸史俱通。於咸淳年間，敷演《復華篇》及《中興名將傳》。孟元老《東京夢華錄》；孫寬等講史，李慥等小說。霍四究說三分，尹常賣五代史。

錢曾《也是園書目》著錄十二種。晁瑮《寶文堂書目》。《六十家小說》：⑴〈雨窗〉，⑵〈長燈〉，⑶〈隨航〉，⑷〈欹枕〉，⑸〈解閒〉，⑹〈醒夢〉。〈馮玉梅團圓〉（「我宋建炎年間」）。〈錯斬崔寧〉（「我朝元豐年間」）。〈種瓜張老〉。〈簡帖和尚〉。〈山亭兒〉。〈西湖三塔〉。〈定山三怪〉（〈崔衙內白鷂招妖〉）。〈碾玉觀音〉（「宋人小說」）。〈菩薩蠻〉。〈西山一窟鬼〉（「宋人小說」）。〈志誠張主管〉（「如今說東京汴州開封府界」）。〈拗相公〉（「後人論我宋元氣，都為熙寧變法所壞，所以有靖康之禍」）。〈陳巡檢梅嶺失妻記〉（「這東京汴梁城內虎異營中一秀才」）。〈刎頸鴛鴦會〉（《商調·醋葫蘆》小令十篇）。〈楊溫攔路虎傳〉。〈洛陽三怪記〉（「今時臨安府官巷口花市，喚做壽安坊，便是這個故事」）。〈合同文字記〉（「去這東京汴梁城離城三十里有個村」）。〈楊思溫燕山逢故人〉。〈沈小官一鳥害七命〉。〈汪信之一死救全家〉。〈三現身包龍圖斷冤〉。〈計押番金鰻產禍〉。〈皂角林大王假形〉。〈福祿壽三星度世〉。〈勘皮靴單證二郎神〉。〈鬧樊樓多情周勝仙〉。〈鄭節使立功神臂弓〉（《紅白蜘蛛記》）。〈金明池吳清逢愛愛〉。〈彩鸞燈記〉

（《張舜美元宵得麗女》）。〈錯認屍〉（「話說大宋仁宗皇帝明道元年，這浙江路寧海軍」）。〈戒指兒記〉（「家住西京河南府梧桐街兔演巷」）。〈薛錄事魚服證仙〉。〈小水灣天狐貽書〉。〈張孝基陳留認舅〉。〈風月瑞仙亭〉。〈柳耆卿玩江樓記〉。〈錢塘佳夢〉。〈宿香亭記〉。〈宋四公大鬧禁魂張〉（趙正、侯興）。

詩話：⑴《大唐三藏取經詩話》三卷十七章。⑵《張子房慕道記》。

《梁公九諫》，北宋人作，文意俱為拙質。

講史──《五代史平話》十卷，存八卷。《宣和遺事》二集。⑴《武王伐紂書》。⑵《樂毅圖齊七國春秋後集》（前集是《孫龐演義》？）⑶《秦併六國秦始皇傳》。⑷《呂后斬韓信前漢書續集》（正集是《楚漢相爭》？）⑸《三國志平話》，共十五卷。羅貫中《十七史演義》。《薛仁貴征遼傳》（《永樂大典》本）。

第四講　《三國志演義》和《水滸傳》

1.講史書的發展──在什麼基礎上發展起來的──王六大夫──《十七史演義》──人民的文學──從那裡得到歷史知識，批判歷史人物，吸取歷史教訓──人民的好惡所在──為受難者泣下，而切齒於奸惡權臣──當然是封建社會的批判，但是被剝削者們的批判──「是非不違於公道」（替天行「道」）。

2.「書會先生」，生長於人民裡的作家們──是讀書人，但是依靠了人民而維持生活的，故好惡是非，不能違背人民的願望──他們自己也是「階級的叛徒」──《風月紫雲亭》──《藍采和》。

3.施耐庵與羅貫中──施是誰呢？──施惠──施耳，施子安──

白駒人（江蘇興化）——一二九六生～一三七〇死（或一二六〇～一三四
〇）——羅貫中——本——木（牧），「太原人，號湖海散人。與人寡
合。樂府隱語，極爲清新。與余爲忘年交。遭時多故，各天一方。至正甲
辰（一三六四，元順帝二十四年）復會。別後又六十餘年（約一四二四，
明成祖二十二年），竟不知其所終」——武林人，廬陵人——周亮工：
「洪武時人」——若一三六四爲四十歲，當生於約一三二四年，生卒約爲
一三三〇～一四二四——《三國志演義》——《唐傳演義》——《殘唐五
代傳》——《粉妝樓》（羅燦、焜）——《說唐傳》——《平妖傳》二十
回——胡永兒、聖姑姑——王則——文彥博——諸葛遂智——馬遂——
李遂——《說唐傳》（前傳六十八回，《小英雄傳》十六回，羅通掃北）
——他們是「書會先生」吧——以供給「話本」和「劇本」爲業，自己不
登場。

4. 《三國志演義》，講史的代表作——唐李義山：「張飛胡」——
改寫了，題作：「晉平陽侯陳壽史傳，後學羅本貫中編次」，據史書以正
「話本」的大不合理處——刪去「司馬仲相」陰司斷獄一段——刪去劉備
到太行山落草，張飛喊斷長板橋等——煥然一新，成了他自己的創作——
三訪諸葛亮——描寫的簡捷高超——曲折而明暢。

5. 《三國志演義》的得人民喜愛的原因——⑴愛憎分明。體現人民
的愛與憎；歌頌愛護人民的、善良忠厚的政治家，反對狠毒詭詐的奸雄。
（統治階級間的矛盾，及其與人民間的矛盾。）雖然不見有人民在活動；
⑵故事曲折動人；⑶劉關張的義氣——血兄弟在中國；劉關張，平民出
身；⑷諸葛亮的忠誠智慧，代表了正直無私的人物；⑸勇敢的將官，失敗
了的英雄。人民所熟悉的英雄人物，有代表性的。

6. 從講史到「英雄傳奇」，即從《三國》到《水滸》——兩種不同類
型的作品——《水滸傳》：英雄傳奇的開始——從講史分了出來——對歷

史的片斷而加以剖析——不是歷史人物，而是人民的英雄——性質不同，作風也不同——眞實地在人民裡生長起來，從人民裡走出來的英雄人物——他們爲自己，也爲人民，反抗著統治者——「官迫民反」——「替天行道」——劫富濟貧——爲自己雪恨報仇——爲人民的正義而抱不平。

7.《水滸傳》的時代性——封建社會的沒落期——宋元與元明之間——政治的黑暗，官僚的壓迫，連大地主也被迫而反。

8.《水滸傳》的形成——今本《水滸傳》題「錢塘施耐庵的本，羅貫中編次」（《百川書志》）、「施耐庵集撰，羅貫中纂修」（嘉靖本），正像石玉崑，創作並結集了《水滸》故事——⑴先有元劇？後有小說？小說是逐漸擴大的。⑵簡本先？繁本先？——《水滸》故事的「幾個單元」：①王進、史進、魯智深三～七。②林沖七～一二。③楊志一二～一三，又一七。④生辰綱一三～一六。⑤小奪泊一八～二〇。⑥宋江二〇～二三。⑦武松二三～三二。⑧宋江三二～四二。⑨李逵四三。⑩楊雄、石秀四四～四六。⑪三打祝家莊四七～五〇。⑫雷橫、朱仝五一。⑬柴進五二～五四。⑭高俅五五～六〇。⑮盧俊義六一～六三。⑯關勝等六四～七一，（曾頭市）。⑰李逵七二～七五。⑱童貫、高俅七六～八〇。⑲受招安八一～八二。⑳征遼八三～八九。㉑田虎九〇～一〇〇。㉒王慶一〇一～一一〇。㉓方臘一一一～一一八。㉔大結束一一九～一二〇。一百回本無㉑及㉒兩單元。

9.《水滸傳》人物出身的分析——⑴平民：李逵、白勝、石秀、武松、劉唐、時遷、燕青、三阮（小二、小五、小七）。⑵吏：晁蓋、宋江、朱仝、雷橫、楊雄、戴宗。⑶大地主：史進、柴進、盧俊義、李應。⑷武將：林沖、楊志、魯智深、關勝、索超、董平、花榮、徐寧、秦明、呼延灼、黃信、孫立。⑸技藝人等：吳用、公孫勝、安道全、皇甫端、湯隆、蔣敬、金大堅、蕭讓等。⑹地方有勢力者及強盜等：王英、孔明、張

青、孫二娘、李俊、張橫、張順、穆春、陳達、楊春、燕順、周通等。

剝削階級和被剝削階級的游離分子——「官迫民反」——同一個原因，迫得他們會聚在一起，梁山泊。——梁山泊的道德（李逵）。

10.繼承了宋人「小說」之後，寫平民，寫社會生活。融合了講史與小說之所長。有戰爭，有英雄歷險，也有日常的生活。（小人物寫得很好）——博得人民的同情與喜愛：攻擊腐化透頂的官僚地主階級以及一切「爲虎作倀」的壞蛋。處處充溢著不平之氣與正義感，同情於被壓迫者（《雙獻功》）（李逵），被侮辱者——以打倒惡霸爲主——仗義疏財——《三國》成爲兵法之淵藪，《水滸》成爲農民起義的教科書了。所以，統治者十分厭惡之。「三世皆瘖」。

第五講　《西遊記》、《金瓶梅》及其他

1.這個偉大的時代：正德至崇禎（十六世紀～十七世紀中葉，一百五十年）——「世紀末」的開始與結束。從上到下的講究享受。肉的追求。官僚地主階級的豪華——《天水冰山錄》——專橫——賣身投靠——黑田的繁多——階級鬥爭的尖銳化——講「美」，講「精」，甚至講「求仙問道」，講丹術——士的階級也要做神仙起來了：屠隆等——羅馬帝國的末年——封建道德的崩潰，在小說裡表現得最深刻。

2.《西遊記》出現得比較早，就諷刺了這個時代——處處是幽默，也處處表現著反抗的精神——孫悟空，正直可愛的代表：「皇帝輪流做，明年到我家」——與豬八戒的矛盾（靈肉衝突）——在「八十一難」裡，都有個道理，有點幽默——妖魔鬼怪皆通人情——實際上是人間的社會現實生活的反映——各式各樣的妖魔鬼怪，即是各式各樣的人的化身——⑴一～七回，孫悟空傳；⑵八～一二回，魏徵斬龍，劉全進瓜；⑶一三～

一○○回，唐僧取經八十一難──《西遊記》原有所本，但作者吳承恩卻給以血肉和新的生命與靈魂了。

3.《大唐三藏取經詩話》──楊致和《西遊記》（四十一回）──朱鼎臣《唐三藏西遊釋厄傳》（十卷）──《永樂大典》一三一三九卷，《西遊記》「魏徵夢斬涇河龍」──取了這個「故事」來諷刺世事──充滿了藝術性，方言的運用，精細的描寫。

4. 吳承恩，字汝忠，號射陽山人。淮安人。性敏多慧，博極群書，復善諧劇。有《射陽先生存稿》。嘉靖甲辰（一五四四）歲貢生。後官長興縣丞。隆慶初（一五六七），歸山陽，萬曆初卒（一五○○？～一五八二？）。一五五○流寓南京，賣文爲活。《禹鼎志》，不傳。

5.《金瓶梅詞話》的出來──假如《西遊記》爲諷刺，《金瓶梅》則是「破口大罵」了──最細膩入微的小說──描寫這個世紀末的封建社會，入骨三分──沒有戰爭，沒有英雄歷險，幾乎全是平平常常的日常遇到的小人物──主角是一個大壞蛋──以欺詐爲生的惡霸──西門慶的眞相：商人？小官僚？──向上爬的一個統治者，剝削階級──新興的市民階級？──被侮辱、被損害、被壓迫的無告者的形象──幫閒者的形象：十兄弟，應伯爵，花子虛──李瓶兒、潘金蓮、春梅等──狗腿子。

6.《金瓶梅》的作者──兩個版本：①詞話，萬曆本；②金瓶梅，崇禎本。關於作者的傳說：①王世貞（苦孝說）②薛應旂③趙南星（清明上河圖）（沈德符《野獲編》：嘉靖間某名士）「蘭陵笑笑生」──序欣欣子，即其人──山東嶧縣人──萬曆三十四年（一六○六）《觴政》已引之，可見作此書的，當在一六○○之前，或一五五○左右？──這個作者一定是出生於人民之間的，最熟悉人民的生活，而且抱著滿腔悲憤的。這是大創作，取《水滸》一片段而寫的，寫的是明代這世紀末的眞相。「世紀末」的風氣也沾染了作者，故多描春態，寫春情，在當時是不足爲奇

的，正像羅馬，進入了文人學士的創作之境。無所依傍，白描聖手。

　　7.這時代的其他作家及作品。——⑴前期的：郭勛：《皇明開運英武傳》八卷（《雲合奇蹤》十卷）——熊大木：《全漢志傳》十二卷，《唐書志傳通俗演義》八卷，《宋傳》《續宋傳》二十卷，《南北兩宋志傳》，《大宋中興通俗演義》八卷。朱名世：《牛郎織女傳》四卷——⑵中期的：余邵魚（畏齋）：《列國志傳》八卷，十二卷。甄偉：《西漢通俗演義》八卷。謝詔（杭州）：《東漢志傳通俗演義》十卷。楊爾曾（字聖魯，錢塘人，又號夷白主人）：《東西晉演義》十二卷。《韓湘子全傳》三十回。羅懋登（登之，二南里人。陝西人）：《三寶太監西洋記通俗演義》二十卷。有意作文，故意舞文弄墨。（《香山記》等。）許仲琳：《封神演義》二十卷（舒載陽本），鍾山逸叟。十九卷本（四雪草堂），陸西星作？反抗精神最強烈的一部小說。徹底打垮封建道德，以臣討君，以子殺父。哪吒逼父。公開地宣傳。動物皆可成仙。宣傳「宿命論」。那是一個大作家。紀振倫（秦淮墨客，字春華）：《楊家府世代忠勇通俗演義》八卷。楊文廣、楊懷玉與狄青衝突。《十二寡婦征西》。會極清隱居士：《平妖全傳》六卷，徐鴻儒。名道狂客，樓眞齋玄眞子：《征播奏捷傳通俗演義》六卷，「李化龍平播酋楊應龍事」。朱鼎臣：《唐三藏西遊釋厄傳》十卷。楊致和：《西遊記》。朱星祚：《二十四尊得道羅漢傳》六卷。鄧志謨（字景南，號百拙生，亦號竹溪散人，饒安人）：《許旌陽鐵樹記》二卷，《呂純陽飛劍記》二卷，《薩眞人呪棗記》二卷。吳元泰《八仙東遊記》二卷。余象斗：《華光天王傳》四卷，《北方眞武玄天上帝出身志傳》四卷。⑶晚期的：馮夢龍，猶龍，一字耳猶，吳縣人。官福建壽寧縣知縣。《新列國志》一百〇八回，葉敬池刊本。《盤古至唐虞傳》二卷。《有夏志傳》四卷。《有商志傳》四卷。《皇明大儒王陽明先生出身靖難錄》三卷。《新平妖傳》四十回。《隋

煬帝豔史》八卷，齊東野人（魯迅說）。袁于令（晉）：《隋史遺文》十二卷。方汝浩（清溪道人）《禪眞逸史》八集四十回，《禪眞後史》十集十卷六十回。周游（五岳山人，仰止）：《開闢衍繹通俗志傳》六卷。吳門嘯客：《孫龐鬥志演義》二十卷。于華玉：《岳武穆盡忠報國傳》七卷。孫高亮：《于少保萃忠全傳》十卷。陸雲龍（吳越草莽臣）：《斥奸書》四十回，《遼海丹忠錄》八卷。樂舜日：《皇明中興聖烈傳》五卷。長安道人國清：《警世陰陽夢》十卷。吟嘯主人：《平虜傳》二卷。無名氏：《鍾馗傳》四卷。──①改編，②創作，③時事──小說的盛行於世。案頭之物，最易散失，存者不多，可能有好的失傳了，不能作全面的研究。

第六講 「三言」、「二拍」及其他

1.這一個時代──從「世紀末」到繁盛──從浪漫、頹廢到嚴肅、認眞──「奴變」與李、張的起義──大的變動：愛國主義的絕叫──但大部分舊的官僚地主階級消滅了──「黑」田被清查出來──人民的痛苦減少──比較安寧的時代──矛盾還存在，但沒有那末尖銳──遺民、遺老的悲憤──明末的餘波猶在，文網還不嚴密。

2.馮夢龍（一五八〇？～一六四四）與「三言」──可代表這個「世紀末」的文人──「三言」裡的明代創作──馮氏的創作──「茂苑野史」──笑花主人：「至所纂《喻世》、《警世》、《醒世》三言，極摹人情世態之歧，備寫悲歡離合之致。」葉敬池刊《新列國志》廣告說：「墨憨齋向纂《新平妖傳》及《明言》、《通言》、《恆言》諸刻」──教訓，有正義感──《警世》，天啓甲子（一六二四）；《醒世》，天啓丁卯（一六二七）。

　　《通言》：一一卷、〈蘇知縣羅衫再合〉，一七卷、〈鈍秀才一朝交泰〉，一八卷、〈老門生三世報恩〉，二四卷、〈玉堂春落難逢夫〉，二六卷、〈唐解元一笑姻緣〉，三二卷、〈杜十娘怒沉百寶箱〉，三五卷、〈況太守斷死孩兒〉。《恆言》：三卷、〈賣油郎獨占花魁〉，二二卷、〈張淑兒巧智脫楊生〉，二九卷、〈盧太學詩酒傲公侯〉，三五卷、〈徐老僕義憤成家〉。《明言》：一卷、〈蔣興哥重會珍珠衫〉，一〇卷、〈滕大尹鬼斷家私〉，二七卷、〈金玉奴棒打薄情郎〉，四〇卷、〈沈小霞相會出師表〉。

　　3.凌濛初（一五九〇？～一六四四）與「二拍」──代表了「創作」──凌的生平：字玄房，號初成，別號即空觀主人，浙江烏程人，官上海縣丞。代表了當時的好事之徒。純然好奇，投合時好。

　　《拍案驚奇》的出來（天啓七年，一六二七）──其作風──從「古作」裡乞取題材──顯得枯窘──「因取古今來雜碎事，可新聽睹，佐詼諧者，演而暢之」──陰騭積善──一二卷、〈蔣震卿片言得婦〉，一六卷、〈張溜兒熟布迷魂局〉。

　　《二刻拍案驚奇》（崇禎五年壬申，一六三二）──亦有取自「古作」，而略加修改的，像「二刻」二九回「京師老郎傳留」的一回書，「原名為〈靈狐三束草〉」──一四卷、〈趙縣君喬送黃柑〉，一七卷、〈女秀才移花接木〉，二二卷、〈痴公子狠使噪皮錢〉。

　　4.其他的話本集：《幻影》三十回（《三刻拍案驚奇》），夢覺道人、西湖浪子同輯──《石點頭》十四卷，天然痴叟，有龍子猶序──《醉醒石》十五回，東魯古狂生──《鼓掌絕塵》四集四十回，古吳金木散人──《清夜鐘》十六回，薇園主人（楊）述──《鴛鴦針》四卷，華陽散人──《五更風》五卷，清五一居主人──李漁：《無聲戲》十二集，外編六卷，《十二樓》十二卷（《覺世名言》）──《珍珠舶》六

卷，徐震——《照世杯》四卷，酌元亭主人——《二刻醒世恆言》二十四回，心遠主人（雍正）——《都是幻》，瀟湘迷津渡者——徐述夔：《五色石》八卷，《八洞天》八卷——《人中畫》三卷，無名氏——《雨花香》三十四篇，石成金——《通天樂》十篇，石成金——《豆棚閒話》十二卷，聖水艾衲居士——《娛目醒心編》十六卷，杜綱——《警悟鐘》四卷，嗤嗤道人——《生綃剪》十九回，谷口生序——《八段錦》，醒世居士——《十二笑》，無名氏——《西湖佳話》十六卷，古吳墨浪子搜輯——《西湖二集》三十四卷，周楫——《僧尼孽海》三十二則，唐寅（？）編——《弁而釵》四集——《宜春香質》四集，醉西湖心月主人——《歡喜冤家》二十四回，西湖漁隱主人。

《海剛峰居官公案傳》四卷，晉人義齋李春芳——《包孝肅公百家公案演義》六卷一百回，饒安完熙生（萬曆二五午丁酉）——《龍圖公案》十卷一百則，有陶烺元序——《皇明諸司公案傳》六卷，余象斗——《皇明諸司廉明奇判公案傳》二卷——《續廉明公案傳》。

⑴已有分門別類的專著。①公案傳奇，《海剛峰》等。②地方故事：《西湖》。③色情小說：《歡喜冤家》（《貪歡報》）等。⑵世紀末的求刺激，追求於「肉」之後，要求新聞，好聽睹驚險的故事、鬼神的故事。在忠孝節義的外衣掩護下，無所不談。暢售書。「掛羊頭，賣狗肉」。充分表明了這個時代的前半期的荒淫無恥的特色。⑶但到了下半期，經過了大變亂，一六六二年康熙之後，空氣寒冷起來了，大風雨，也比較乾淨些，沒有那末「潮溼溫熱」了，於是有心遠主人的《二刻醒世恆言》，石成金的《雨花香》、《通天樂》，艾衲居士的《豆棚閒話》，以至於杜綱的《娛目醒心編》，完全是「教訓」、「說道」，缺乏與社會生活的血肉關係，小說的趣味一掃而盡，而話本的生命也就不再繼續下去了。以後，便沒有再寫這些短篇小說了。

同時代的小說：

5.董說：《西遊補》十六回。字若雨，號西庵、靜嘯齋主人，浙江烏程人。明亡，祝髮為僧，名南潛，字寶雲，別號月涵。鯖魚精顛倒乾坤，使天地黑暗，日月無光。

6.陳忱：《水滸後傳》八卷四十回。字遐心，號雁宕山樵，浙江烏程人。「元人遺本」、「古宋遺民」、「萬曆序」。一○○回之後，宋江死後，尚存三十二人。阮小七。李俊為暹羅國王。

7.錢彩：《說岳全傳》二十卷。小說趣味最多的，令人感泣的一部書。中有刪節。——呂熊：《女仙外史》一百回，永樂，唐賽兒。——江日升：《臺灣外紀》三十卷。

8.蒲松齡：《聊齋志異》。字留仙，一字劍臣，號柳泉居士，山東淄川人。七十二歲歲貢生。愛國主義？狐與鬼？是無所謂的著作麼？諷刺殘暴貪汙的官吏。〈夢狼〉、〈王子安〉、〈黃英〉、〈連城〉、〈嬰寧〉等。——《醒世姻緣傳》一○○回，西周生。鮑廷博說；「留仙尚有《醒世姻緣》小說，蓋實有所指。」晁源、狄希陳。暴露黑暗。狐狸中箭報冤，虐待其夫。奴爾赫赤事？

9.「佳人才子書」——從《遊仙窟》一脈相傳下來。封建婚姻的反抗者，力求自主。才子必配佳人。——《吳江雪》四卷，蘅香草堂編著，「佩蘅子」——《玉嬌梨》四卷，張勻（荑荻散人）——《平山冷燕》六卷，荻岸散人（張勻？張劭？）——《飛花詠》十六回，無名氏——《兩交婚》四卷，無名氏（步月主人訂）——《金雲翹傳》四卷，青心才人——《玉支磯小傳》四卷，煙水散人——《畫圖緣》四卷——《定情人》十六回——《賽紅絲》十六回——《快士傳》十六卷，徐述夔——《好逑傳》四卷，名教中人——《二度梅》六卷，天花主人編。

10.諷刺小說：《鍾馗全傳》四卷——《斬鬼傳》四卷，樵雲山人

——《唐鍾馗平鬼傳》，雲中道人——《何典》十回，張南莊——《常言道》四卷。

第七講　《紅樓夢》、《綠野仙蹤》與《儒林外史》

1.這一個時代——封建社會的走下坡路的時期——最後一個階段——資本主義萌芽？西洋事物的欣賞與輸入——一切腐化貪汙均表現出來——和珅的籍沒——階級矛盾又尖銳起來——新的官僚地主階級的剝削——江南一帶的困苦——鴉片戰爭與太平天國的起義——打垮了清朝的統治，也打垮了封建的統治——半封建半殖民地的社會——對外屈服，對內加緊壓迫——民族革命的起來。

2.《紅樓夢》——在紅色的漂亮的外衣下的腐爛生活——除石獅子外，無一乾淨者——真切而深入地表現了這個封建社會的末期——將亡未亡，有一切死亡的徵象——人人貪汙剝削（鳳姐）——不止寫賈家的一個家庭——已不是「自傳」了——從王家到劉姥姥——從大官僚到田家——充分同情被壓迫者——襲人、晴雯的家庭——通過作者熟悉的人物，熟悉的生活而顯示出其反抗性來——封建社會的叛徒——賈寶玉其人——常常被打——充滿了反叛性、正義感與同情心——可做好人，有時也成了壞蛋——反抗心不強——賈政、王夫人，封建的象徵——賈母，在緊要關頭的封建主子——緊緊地束縛住了人民——以寶、黛的悲劇爲主要線索——封建主子的殘酷無情——有高超的思想性。

3.《紅樓夢》的作者曹霑——字雪芹，屬漢軍旗——一七二三～一七六三——百年望族——一六五〇曹振彥——曾祖江南織造曹璽——祖曹寅——父曹頫，共做了六十年——五次南巡，四次接駕——一七二八年被抄沒——住西郊破屋，善畫，除夕死——他只寫了八十回到「漸漸露

出那下世的光景來」爲止，後四十回爲高鶚所續，但並沒有破壞了它的完整———一部完整的悲劇———「佳人才子書」在其前黯然無色。「日月出而爝火熄」———「更有一種風月筆墨，其淫穢汙臭，最易壞人子弟。至於才子佳人等書，則又開口文君，滿篇子建，千部一腔，千人一面，且終不能不涉淫濫。在作者不過要寫出自己的兩首情詩豔賦來，故假捏出男女二人名姓，又必旁添一小人，撥亂其間，如戲中的小丑一般。更可厭者，『之乎也者』，非理即文，大不近情，自相矛盾」（第一回）。———藝術性的絕頂高超———「百美圖」———人人有不同的性格和口吻，一開口即知爲何人，活了起來———廣大的社會，倪二等等———偉大的完整的書———還應該有更深刻的研究———不要在「曹家」兜圈子。

4.李百川的《百鬼圖》（《綠野仙蹤》）———最下層的生活———八十回本？一百回本？刪節本———《紅》的封建家庭與「李」的社會生活———寫自己所熟悉的人物與生活———眞眞假假———一個人的兩面性———冷於冰（理智的，靈的）———溫如玉（感情的，肉的）———蕭麻子、金鍾兒諸人———浪子、強盜、商人、猿、狐均可成仙———結束，有萬鈞之力———有不少幻怪的與淫穢的描寫，但無害———江南人？山東泰安人———悲憤的書。

5.《儒林外史》和《紅樓夢》相同，罵「科舉」（罵「祿蠹」），「取士之法」———「這個法卻定的不好！將來讀書人既有此一條榮身之路，把那文行出處都看得輕了」———「科舉」與「禮教」———五十卷、五十五卷、五十六卷（×）、六十卷（×）———以王冕始，以季遐年（字）、王太（棋，賣火紙筒子）、蓋寬（詩、畫、當鋪、茶館）、荊元（琴、裁縫）終———「忽作變徵之音，淒清宛轉，於老者聽到深微之處，不覺淒然淚下」———寫盡富貴炎涼之態———杜愼卿，少卿———虞育德———莊尙志———泰伯祠，制禮作樂。

6.吳敬梓，字敏軒，又字文木。安徽全椒人。一七〇一～一七五四。

三十三歲，住於南京，死於揚州，年五十四歲。——《文木山房詩文集》四卷。《詩說》七卷，已佚——理想社會，托古改制——暴露當時的各式各樣的黑暗——反抗性很強——其藝術性，刻畫極深，卻也有做作處——隨起隨結，以「理想」爲串線，而不是以人物故事爲串線——許多短故事的集合體——對於後來的影響很大——黑幕小說，隨時可起可結——「始料不到的」！

7.《鏡花緣》二十卷一百回，也把自己的全部「學問」放在那裡了。諷刺，海外遊歷——唐閨臣，唐敖、多九公兩次海外遊歷——有很好的描寫——爲婦女爭氣，反封建、剝削的反抗——但後面比較地弱了——筆力不夠——李汝珍（一七六三？～一八三〇？）——字松石，大興人，官河南縣丞，著《李氏音鑒》——反抗、暴露。

尚有不太重要的小說如下：

8.《歧路燈》二十卷一百〇五回（石印本），李海觀，乾隆四十二年自序。字孔堂，號綠園，河南新安人，官貴州印江縣知縣。教訓之說，家庭小說。但故事性還算強。

9.《野叟曝言》二十卷一百五十二回，又一百五十四回。夏敬渠，字二銘，江蘇江陰人。乾隆時舉博學鴻詞，不第。曾擬呈獻，變了白紙——上知天文，下識地理，中明義理之學，文武全才——文素臣的政治願望及野心——枯燥無聊——一部惡劣下流的小說——人物塑造得粗糙生硬。

10.《蟫史》二十卷，屠紳作，字笏岩，一字賢書，江陰人，官至廣州通判。書中主人翁甘鼎，即傅鼐。全部文言，怪誕無聊。

11.《品花寶鑑》六十回，陳森作。森字少逸，江蘇常州人。以乾嘉時文人爲主人翁，同性愛的比較文雅者，但過於做作，大爲噁心——爲什麼清代猥「伶」？功令極嚴。（畢沅事）

12.《花月痕》十六卷，寫太平天國的故事。魏秀仁，字子安，一字子

敦，福建侯官人——韋痴珠，韓荷生，二人即一個人——富貴貧窮——其後寫陳玉成等事，極盡汙蔑之能事！

第八講　晚清的小說

1.這一個時代——光緒一八七五→一九〇八→宣統一九〇九→一九一一→一九一九——半封建半殖民地的時代——方興的帝國主義者們向東方侵略——以英、法為主——封建社會的腐爛與死亡——崩潰下來的封建經濟組織——資本主義道路的走不通——帝國主義者們不允許民族資本主義的發展——美帝的門戶開放——彷徨覓路的時代——向哪裡走呢？——⑴「中學為體，西學為用」——聲光化電的作用——⑵政治上的改革，立憲派，革命派——⑶文化藝術的改革——林紓的翻譯工作——外國也有司馬遷，而且比他還寫得好——梁啟超的認識文藝的作用——《新羅馬傳奇》——《新中國未來記》——創辦《新小說》——小說雜誌——李寶嘉的《繡像小說》——冷笑的《新新小說》——吳沃堯、周桂笙的《月月小說》——黃摩西的《小說林》——以刊物為中心的文藝運動的展開——翻譯和創作並重。

2.前期的小說，舊型的——北方的武俠的小說——文康（字鐵仙，旗人，官安徽徽州府知府）（偽雍正序）的《兒女英雄傳》，一八七八活字本——維護封建道德，但有新的一方面——人物塑像不真切——十三妹——其影響——石玉崑（字振之，天津人）與《龍圖耳錄》一百二十回——《忠烈俠義傳》一百二十回——一八七九活字本——《忠烈小五義傳》一百二十四回（一八九〇），《續小五義》一百二十四回（一八九一）——《施公案奇聞》九十七回（一七九八）——《續施公案》一百回（《清烈傳》）（一八九三）——《萬年清》八集七十六回

（乾隆）——《永慶升平前傳》九十七回（一八九二），姜振名、哈輔源演說——《永慶升平後傳》一百回（一八九四），貪夢道人——《彭公案》一百回（一八九二），貪夢道人——續八十回，再續八十一回——《七劍十三俠》一百八十回，唐芸洲——不肖生：《江湖奇俠傳》。

　　3.前期的小說之二——南方的狎邪小說——《青樓夢》六十四回，俞達（一名宗駿，字吟香，江蘇長洲人），一八八八年——大類《野叟曝言》——最後的掙扎——《海上花列傳》六十四回，一八九四年——韓邦慶其人（字子雲，號太仙，亦署大一山人，江蘇華亭人），《海上奇書》三種——吳語小說的始創者——《海上塵天影》六十章——鄒弢，一八九四——張春帆（漱六山房，江蘇常州人）的《九尾龜》一百九十二回，一九○八——孫家振（字玉聲，上海人，《笑林報》）的《海上繁華夢》一○○回三集，一九○三～一九○六——在這裡，表現了半封建半殖民地的典型的上海的生活——買辦資產階級的產生——依靠帝國主義者——帝國主義者的猖獗——畏懼與屈服——有更重要的意義——這種的現實主義的描寫，在李寶嘉與吳沃堯的作品裡有了，更為明顯，深刻。

　　4.李寶嘉，一八六七～一九○六，字伯元，江蘇上元人，號南亭亭長。編《繡像小說》、《遊戲報》、《繁華報》。死時，年未四十。《官場現形記》五集六十回，又六集七十六回。光緒癸卯（一九○三年）序。深刻而窮形極相地描寫（暴露）這個半封建半殖民地的社會，特別是統治的官僚地主階級的黑暗與醜態——不朽地寫出了這個時代——給長期的官僚政治以致命的打擊，為改革作張本——反帝——官怕洋人，洋人怕百姓——教案的敘述——教士的專橫——大地主與統治者——激成了「教案」——從「教案」到義和團——愛國主義的反帝運動。

　　5.吳沃堯，寫的更多，更能表現那個時代——多方面的作家——也寫歷史小說（《兩晉演義》、《痛史》），也改編（《九命奇冤》），但

主要的是寫那個時代——字繭人（趼人），號我佛山人，廣東南海人，一八六七～一九一〇——一九〇六《糊塗世界》十二回，一九〇八《上海遊驂錄》，一九〇八《瞎騙奇聞》，一九〇八《新石頭記》——一九一〇年的《二十年目睹之怪現狀》八卷一百〇八回——還有《恨海》（八國聯軍）——《黑籍冤魂》（鴉片）——《劫餘灰》（拒約）——《立憲萬歲》——亦官亦商——作者理想的失敗——初期的民族資本家的失敗——反美運動——退出《楚報》——爲這個運動的主要人物。

6.比較地舊型一——劉鶚，一八五〇？～一九一〇？《老殘遊記》二十卷，續六卷，比較地早期的作品。既反對舊的，也反對新的。彷徨、徘徊的代表者——軍師——以治河來象徵治國——北拳南革——二毛子——甲骨文的搜集者。

7.比較地舊型的二——曾樸，筆名魯男子，字孟樸，齊變元的財政廳長。一八七一～一九三五——《孽海花》，一九〇七——二十回，二十四回，又續三十回——「新儒林外史」——那個時代的高級知識分子——清流的一敗塗地——洪鈞的地圖——「此中有人，呼之欲出」——非「典型」化——主張些什麼？——批判了什麼？——包括作者在內，最後的封建士人的形象——舊的結束。

8.寫新人物的——不寄予同情——葉景範（杭州人）的《上海維新黨》——《文明小史》——吳沃堯——看不見新的事物與新的發展。

9.歷史小說——描寫太平天國的——黃小配，一九〇九《洪秀全演義》二十九回——描寫鴉片戰爭的——觀我齋主人的《罌粟花》，一九〇七——描寫庚子事件的——憂患餘生的《鄰女語》十二回——描寫美國排斥華工及中國抵制美貨的——碧荷館主人的《黃金世界》二十回，一九〇七——《苦社會》——《拒約新譚》——很早地就表現了中國人民的反美情緒與美帝的倒行逆施。

10.以上所講的中國小說是繼續不斷，繼續發展的——有新的力量與血液——印度與西方的影響——有很高的成就——本身是不朽的文學名著——同時，整個中國社會，中國人民的發展歷史，可在中國小說裡見到——批判壞的，表揚好的——眞正的好作品的推薦——這工作還正在做，且要繼續地做下去——利用一切堅實的資料的基礎，不完全考證，馬列主義。

（《光明日報》，一九五九年十月十八日、二十五日）

蝴蝶的文學

一

　　春送了綠衣給田野，給樹林，給花園；甚至於小小的牆隅屋角，小小的庭前階下，也點綴著新綠。就是油碧色的湖水，被春風漣漣的吹動，山間的溪流也開始淙淙汩汩的流動了；於是黃的、白的、紅的、紫的、藍的以及不能名色的花開了，於是黃的、白的、紅的、黑的以及不能名色的蝴蝶們，從蛹中蘇醒了，舒展著美的耀人的雙翼，栩栩的在花間，在園中飛了；便是小小的牆隅屋角，小小的庭前階下，只要有新綠的花木在著的，只要有什麼花舒放著的，蝴蝶們也都栩栩的來臨了。

　　蝴蝶來了，偕來的是花的春天。

　　當我們在和暖宜人的陽光底下，走到一望無際的開放著金黃色的花的菜田間，或雜生著不可數的無名的野花的草地上時，大的小的蝴蝶們總在那裡飛翔著。一刻飛向這朵花，一刻飛向那朵花，便是停下了，雙翼也還在不息不住的扇動著。一群兒童們嬉笑著追逐在他們之後，見他們停下了，便悄悄的躡足走近，等到他們走近時，蝴蝶卻又態度閒暇的舒翼飛開了。

　　　　呵，蝴蝶！它便被追，也並不現出匆急的神氣。（日本的俳句，我樂作）

　　在這個時候，我們似乎感得全個宇宙都耀著微笑，都泛溢著快樂，每個生命都在生長，在向前或向上發展。

二

　　在東方，蝴蝶是我們最喜歡的東西之一，畫家很高興畫蝶。甚至於在
我們古式的帳眉上，常常是繪飾著很工細的百蝶圖，——我家以前便有二
幅帳眉是這樣的。在文學裡，蝴蝶也是他們所很喜歡取用的題材之一。歌
詠蝴蝶的詩歌或賦，繼續的產生了不少。梁時劉孝綽有〈詠素蝶〉一詩：

　　　　隨蜂繞綠蕙，避雀隱青薇。映日忽爭起，因風乍共
歸。
　　　　出沒花中見，參差葉際飛。芳華幸勿謝，嘉樹欲相
依。

　　同時如簡文帝（蕭綱）諸人也作有同題的詩。於是明時有一個錢文薦
的做了一篇〈蝶賦〉，便托言梁簡文與劉孝綽同遊後園，「見從風蝴蝶，
雙飛花上」，孝綽就作此賦以獻簡文。此後，李商隱、鄭谷、蘇軾諸詩人
並有詠蝶之作，而謝逸一人作了蝶詩三百首，最為著名，人稱之為「謝蝴
蝶」。

　　　　葉葉復翻翻，斜橋對側門。蘆花惟有白，柳絮可能
溫？
　　　　西子尋遺殿，昭君覓故村。年年芳物盡，來別敗蘭
蓀。　　　　　　　　　　　　　　　　　　　　　（李商隱作）
　　　　尋豔復尋香，似閒還似忙。暖煙沉蕙徑，微雨宿花
房。

書幌輕隨夢，歌樓誤采妝。王孫深屬意，繡入舞衣裳。　　　　　　　　　　　　　　　　　（鄭谷作）

雙眉卷鐵絲，兩翅暈金碧。初來花爭妍，忽去鬼無跡。　　　　　　　　　　　　　　　　　（蘇軾作）

何處輕黃雙小蝶，翩翩與我共徘徊。綠陰芳草佳風月，
不是花時也解來。　　　　　　　　　　　（陸游作）

桃紅李白一番新，對舞花前亦可人。才過東來又西去，
片時遊遍滿園春。江南日暖午風細，頻逐賣花人過橋。　　　　　　　　　　　　　　　　　（謝逸作）

像這一類的詩，如要集在一處，至少可以成一大冊呢。然而好的實在是沒有多少。

在日本的俳句裡，蝴蝶也成了他們所喜詠的東西，小泉八雲曾著有〈蝴蝶〉一文，中舉詠蝶的日本俳句不少，現在轉譯十餘首於下。

就在睡中吧，它還是夢著在遊戲——呵，草的蝴蝶。　　　　　　　　　　　　　　　　　（護物作）

醒來！醒來！——我要與你做朋友，你睡著的蝴蝶。　　　　　　　　　　　　　　　　　（芭蕉作）

呀，那隻籠鳥眼裡的憂鬱的表示呀；——它妒羨著蝴蝶！　　　　　　　　　　　　　　　　　（作者不明）

當我看見落花又回到枝上時，——呵！它不過是一隻蝴蝶！　　　　　　　　　　　　　　　　　（守武作）

蝴蝶怎樣的與落花爭輕呀！　　　　　（春海作）

看那隻蝴蝶飛在那個女人的身旁，——在她前後飛翔
著。　　　　　　　　　　　　　　　　（素園作）

哈！蝴蝶！——它跟隨在偷花者之後呢！（丁濤作）

可憐的秋蝶呀！它現在沒有一個朋友，卻只跟在人的
後邊呀！　　　　　　　　　　　　　（可都里作）

至於蝴蝶們呢，他們都只有十七八歲的姿態。

　　　　　　　　　　　　　　　　　（三津人作）

蝴蝶那樣的遊戲著，——一若在這個世界上沒有一個
敵人似的！　　　　　　　　　　　　（作者未明）

呀，蝴蝶！——它遊戲著，似乎在現在的生活裡，沒
有一點別的希求。　　　　　　　　　　（一茶作）

在紅花上的是一隻白的蝴蝶：我不知是誰的魂。

　　　　　　　　　　　　　　　　　（子規作）

我若能常有追捉蝴蝶的心腸呀！　　　（杉長作）

三

　　我們一講起蝴蝶，第一便會聯想到關於莊周的一段故事。《莊子・
齊物論》道：「昔者莊周夢爲蝴蝶，栩栩然蝴蝶也，自喻適志與，不知周
也。俄然覺，則蘧蘧然周也。不知周之夢爲蝴蝶與？蝴蝶之夢爲周與？周
與蝴蝶，則必有分矣。此之謂物化。」這一段簡短的話，又合上了「莊子
妻死，惠子弔之。莊子則方箕踞，鼓盆而歌」（〈至樂篇〉）的一段話，
後來便演變成了一個故事。這故事的大略是如此：莊周爲李耳的弟子，嘗
晝寢夢爲蝴蝶，「栩栩然於園林花草之間，其意甚適。醒來時，尚覺臂膊

如兩翅飛動，心甚異之。以後不時有此夢」。他便將此夢訴之於師。李耳對他指出夙世因緣。原來那莊生是混沌初分時一個白蝴蝶，因偷採蟠桃花蕊，為王母位下守花的青鸞啄死。其神不散，托生於世做了莊周。他被師點破前生，便把世情看做行雲流水，一絲不掛。他娶妻田氏，二人共隱於南華山。一日，莊周出遊山下，見一新墳封土未乾，一少婦坐於塚旁，用扇向塚連扇不已，便問其故。少婦說，她丈夫與她相愛，死時遺言，如欲再嫁，須待墳土乾了方可。因此舉扇扇之。莊子便問她要過扇來，替她一扇，墳土立刻乾了。少婦起身致謝，以扇酬他而去。莊子回來，慨嘆不已。田氏聞知其事，大罵那少婦不已。莊子道：「生前個個說恩深，死後人人欲扇墳。」田氏大怒，向他立誓說，如他死了，她決不再嫁。不多幾日，莊子得病而死。死後七日，有楚王孫來尋莊子，知他死了，便住於莊子家中，替他守喪百日。田氏見他生得美貌，對他很有情意。後來，二人竟戀愛了，結婚了。結婚時，王孫突然的心疼欲絕。王孫之僕說，欲得人的腦髓吞之才會好。田氏便去拿斧劈棺，欲取莊子之腦髓。不料棺蓋劈裂時，莊子卻嘆了一口氣從棺內坐起。田氏嚇得心頭亂跳，不得已將莊子從棺內扶出。這時，尋王孫時，他主僕二人早已不見了。莊子說她道：「甫得蓋棺遭斧劈，如何等待扇乾墳！」又用手向外指道：「我教你看兩個人。」田氏回頭一看，只見楚王孫及其僕踱了進來。她吃了一驚，轉身時，不見了莊生，再回頭時，連王孫主僕也不見了。「原來此皆莊生分身隱形之法」。田氏自覺羞辱不堪，便懸梁自縊而死。莊子將她屍身放入劈破棺木時，敲著瓦盆，依棺而歌。

　　這個故事，久已成了我們的民間傳說之一。最初將莊子的兩段話演為故事的在什麼時代，我們已不能知道，然在宋金院本中，已有《莊周夢》的名目（見《輟耕錄》），其後元、明人的雜劇中，更有幾種關於這個故事的：

《鼓盆歌莊子嘆骷髏》一本（李壽卿作）

《老莊周一枕蝴蝶夢》一本（史九敬先作）

《莊周半世蝴蝶夢》一本（明無名氏作）

這些劇本現在都已散逸，所可見到的只有《今古奇觀》第二十回〈莊子休鼓盆成大道〉一篇東西。然諸院本雜劇所敘的故事，似可信其與《今古奇觀》中所敘者無大區別。可知此故事的起源，必在南宋的時候，或更在其前。

四

韓憑妻的故事較莊周妻的故事更為嚴肅而悲慘。宋大夫韓憑，娶了一個妻子，生得十分美貌。宋康王強將憑妻奪來。憑悲憤自殺。憑妻悄悄的把她的衣服弄腐爛了。康王同她登高臺遠眺。她投身於臺下而死。侍臣們急握其衣，卻著手化為蝴蝶。（見《搜神記》）

由這個故事更演變出一個略相類的故事。《羅浮舊志》說：「羅浮山有蝴蝶洞在雲峰岩下，古木叢生，四時出彩蝶，世傳葛仙遺衣所化。」

我少時住在永嘉，每見彩色斑爛的大鳳蝶，雙雙的飛過牆頭時，同伴的兒童們都指著他們而唱道；「飛，飛！梁山伯，祝英台！」《山堂肆考》說：「俗傳大蝶出必成雙，乃梁山伯、祝英台之魂，又韓憑夫婦之魂，皆不可曉。」梁、祝的故事，與韓憑夫妻事是絕不相類的，是關於蝴蝶的最淒慘而又帶有詩趣的一個戀愛的故事。這個故事的來源不可考，至現在則已成了最流傳的民間傳說。也許有人以為它是由韓憑夫妻的故事蛻化而出，然據我猜想，這個故事似與韓憑夫妻的故事沒有什麼關係。大約是也許有的地方流傳著韓憑夫妻的故事，便以那飛的雙鳳蝶為韓憑夫妻。

有的地方流傳著梁山伯、祝英台的故事，便以那雙飛的鳳蝶爲梁山伯、祝英台。

　　梁山伯是梁員外的獨生子，他父親早死了。十八歲時，別了母親到杭州去讀書。在路上遇見祝英台；祝英台是一個女子，假裝爲男子，也要到杭州去讀書。二人結拜爲兄弟，同到杭州一家書塾裡攻學。同居了三年，山伯始終沒有看出祝英台是女子。後來，英台告辭先生回家去了；臨別時，悄悄的對師母說，她原是一個女子，並將她戀著山伯的情懷訴述出。山伯送英台走了一程；她屢以言挑探山伯，欲表明自己是女子，而山伯俱不悟。於是，她說道，她家中有一個妹妹，面貌與她一樣，性情也與她一樣，尚未訂婚，叫他去求親。二人就此相別。英台到了家中，時時戀念著山伯，怪他爲什麼好久不來求婚。後來，有一個馬翰林來替他的兒子文才向英台父母求婚，他們竟答應了他。英台得知這個消息，心中鬱鬱不樂。這時，山伯在杭州也時時戀念著英台，——是朋友的戀念。一天，師母見他憂鬱不想讀書的神情，知他是在想念著英台，便告訴他英台臨別時所說的話，並述及英台之戀愛他。山伯大喜欲狂，立刻束裝辭師，到英台住的地方來。不幸他來得太晚了，太晚了！英台已許與馬家了！二人相見述及此事，俱十分的悲鬱，山伯一回家便生了病，病中還一心戀念著英台。他母親不得已，只得差人請英台來安慰他。英台來了，他的病覺得略好些。後來，英台回家了，他的病竟日益沉重而至於死。英台聞知他的死耗，心中悲抑，如不欲生。然她的喜期也到了。她要求須先將喜轎至山伯墓上，然後至馬家，他們只得允許了她這個要求。她到了墳上，哭得十分傷心，欲把頭撞死在墳石上，虧得丫環把她扯住了。然山伯的魂靈終於被她感動了，墳蓋突然的裂開了。英台一見，急忙鑽入墳中。他們來扯時，墳石又已合縫，只見她的裙兒飄在外面而不見人。後來他們去掘墳。墳掘開了，不惟山伯的屍體不見，便連英台的屍體也沒有了，只見兩個大鳳蝶由墳的

破處飛到外面，飛上天去。他們知道二人是化蝶飛去了。

這個故事感動了不少民間的少年男女。看它的結束甚似〈華山畿〉的故事。《古今樂錄》說：「〈華山畿〉者，宋少帝時〈懊惱〉一曲，亦變曲也。少帝時南徐一士子，從華山畿往雲陽，見客舍有女子，年十八九。悅之無因，遂感心疾。母問其故，具以啓母，母爲至華山尋訪，見女，具說，女聞感之，因脫蔽膝；令母密置其席下，臥之當已。少日果差。忽舉席見蔽膝而抱持，遂吞食而死。氣欲絕，謂母曰：『葬時，車載從華山度。』母從其意。比至女門，牛不肯前，打拍不動。女曰：『且待須臾。』裝點沐浴既而出，歌曰：『華山畿，君既爲儂死，獨活爲誰施！歡若見憐時，棺木爲儂開。』棺應聲開。女遂入棺。家人扣打，無如之何，乃合葬，呼曰神女塚。」也許便是從〈華山畿〉的故事裡演變而成爲這個故事的。

五

梁山伯、祝英台以及韓憑夫妻，在人間不能成就他們的終久的戀愛，到了死後，卻化爲蝶而雙雙的栩栩的飛在天空，終日的相伴著。同時又有一個故事，卻是蝶化爲女子而來與人相戀的。《六朝錄》言劉子卿住在廬山，有五彩雙蝶，來遊花上，其大如燕。夜間，有兩個女子來見他，說：「感君愛花間之物，故來相諧，君子其有意乎？」子卿笑：「願伸繾綣。」於是這兩個女子便每日到子卿住處來一次，至於數年之久。

蝶之化爲女子，其故事僅見於上面的一則，然蝶卻被我東方人視爲較近於女性的東西。所以女子的名字用「蝶」字的不少，在日本尤其多（不過男子也有以蝶爲名）。現在的舞女尚多用蝶花、蝶吉、蝶之助等名。私人的名字，如「谷超」（Kocho），或「超」（Cho），其意義即爲蝴

蝶。陸奧的地方，尚存稱家中最幼之女為太郭娜（Tekona）之古俗，太郭娜即陸奧土語之蝴蝶。在古時，太郭娜這個字又為一個美麗的婦人的別名。

然在中國蝶卻又為人所視為輕薄無信的男子的象徵。粉蝶栩栩的在花間飛來飛去，一時停在這朵花上，隔一瞬，又停在那一朵花上，正如情愛不專一的男子一樣。又在我們中國最通俗的小說如《彭公案》之類的書，常見有花蝴蝶之名；這個名字是給與那些喜愛任何女子的色情狂的盜賊的。他們如蝴蝶之聞花的香氣即飛去尋找一樣，一見有什麼好女子，便追蹤於他們之後，而欲一逞。

在這個地方，所指的蝴蝶便與上文所舉的不同，已變為一種慕逐女子的男性並非上文所舉的女性的象徵了。所以，蝴蝶在我們東方的文學裡，原是具有異常複雜的意義的。

六

蝶在我們東方，又常被視為人的鬼魂的顯化。梁、祝及韓憑的二故事，似也有些受這個通俗的觀念的感發。這種鬼魂顯化的蝶，有時是男子顯化的，有時是女子顯化的。《春渚紀聞》說，建安章國老之室宜興潘氏，既歸國老，不數歲而卒。其終之日，室中飛蝶散滿，不知其數。聞其始生，亦復如此。既設靈席，每展遺像，則一蝶停立久之而去。後遇避諱之日，與曝像之次，必有一蝶隨至，不論冬夏也。其家疑其為花月之神。這個故事還未說蝶就是亡去少婦的魂。《癸辛雜識》所記的二事，仍直捷的以蝶為人的魂化：「楊昊字明之，娶江氏少女，連歲得子。明之客死之明日，有蝴蝶大如掌，徊翔於江氏旁，竟日乃去。及聞訃，聚族而哭，其蝶復來，繞江氏，飲食起居不置也。蓋明之未能割戀於少妻稚子，故化蝶

以歸爾……楊大芳娶謝氏，謝亡未殮。有蝶大如扇，其色紫褐，翩翩自帳中徘徊飛集窗戶間，終日乃去。」

　　日本的故事中，也有一則關於魂化為蝶的傳說。東京郊外的某寺墳地之後，有一間孤零零立著的茅舍，是一個老人名為高濱（Takahama）的所住的房子。他很為鄰居所愛，然同時人又多目之為狂。他並不結婚，所以只有一個人。人家也沒有看見他與什麼女子有關係。他如此孤獨的住著，不覺已有五十年了。某一年夏天，他得了一病，自知不起，便去叫了弟媳及她的一個三十歲的兒子來伴他。某一個晴明的下午，弟媳與她的兒子在床前看視他，他沉沉的睡著了。這時有一隻白色大蝶飛進屋，停在病人的枕上。老人的姪用扇去逐她，但逐了又來。後來她飛出到花園中，姪也追出去，追到墳地上。她只在他面前飛，引他深入墳地。他見這蝶飛到一個婦人墳上，突然的不見了。他見墳石上刻著這婦人名明子（Akiko），死於十八歲。這墳顯然已很久了，綠苔已長滿了墳石上。然這墳收拾得乾淨，鮮花也放在墳前，可見還時時有人在看顧她。這少年回到屋內時，老人已於睡夢中死了，臉上現出笑容。這少年告訴母親在墳地上所見的事，他母親道：「明子！唉！唉！」少年問道：「母親，誰是明子？」母親答道：「當你伯父少年時，他曾與一個可愛的女郎名明子的定婚。在結婚前不久，她患肺病而死。他十分的悲切。她葬後，他便宣言此後永不娶妻，且築了這座小屋在墳地旁，以便時時可以看望她的墳。這已是五十年前的事了。在這五十年中，你伯父不問寒暑，天天到她墳上禱哭，且以物祭之。但你伯父對人並不提起這事。所以，現在，明子知他將死，便來接他：那大白蝶就是她的魂呀。」

　　在日本又有一篇名為〈飛的蝶簪〉的通俗戲本，其故事似亦是從鬼魂化蝶的這個概念裡演變出。蝴蝶是一個美麗的女子，因被誣犯罪及受虐待而自殺。欲為她報仇的人怎麼設法也尋不出那個害她的人。但後來，這個

死去婦人的髮簪，化成了一隻蝴蝶，飛翔於那個惡漢藏身的所在之上面，指導他們去捉他，因此得報了仇。

七

　　《蝴蝶夢》一劇是中國古代很流行的劇本之一，宋、金院本中有《蝴蝶夢》的一個名目，元劇中有關漢卿的一本《包待制三勘蝴蝶夢》，又有蕭德祥的一本同名的劇本。現在，關漢卿的一本尚存在於《元曲選》中。

　　這個戲劇的故事，也是關於蝴蝶的，與上面所舉的幾則卻俱不同。大略是如此：王老生了三個兒子，都喜歡讀書。一天，他上街替兒子們買些紙筆，走得乏了，在街上坐著歇息，不料因沖著馬頭，卻被騎馬的一個勢豪名葛彪的打死了。三個兒子聽見父親為葛彪打死，便去尋他報仇，也把他打死了。他們都被捉進監獄。審判官恰是稱為中國的所羅門的包拯。當他大審此案之前，曾夢自己走進一座百花爛漫的花園，見一個亭子上結下個蛛網。花間飛來一個蝴蝶，正打在網中，卻又來了一個大蝴蝶，把他救出。後來，又來第二個蝴蝶打在網中，也被大蝴蝶救了。最後來了一個小蝴蝶，打在網上，卻沒有人救，那大蝴蝶兩次三番只在花叢上飛，卻不去救。包拯便動了惻隱之心，把這小蝴蝶放走了。醒來時，卻正要審問王大、王二、王三打死葛彪的案子。他們三個人都承認葛彪是自己打死的，不干兄或弟的事。包拯說，只要一個人抵命，其他二人可以釋出。便問他們的母親，要哪一個去抵命。她說，要小的去。包拯道：「為什麼？小的不是你養的麼？」母親悲哽的說道：「不是的，那兩個，我是他們的繼母，這一個是我的親兒。」包拯為這個賢母的舉動所感動，便想道：「夢見大蝴蝶救了兩個小蝶，卻不去救第三個，倒是我去救了他。難道便應在

這一件事上麼？」於時他假判道，「王三留此償命」，同時卻悄悄的設法，把王三也放走了。

八

還有兩則放蝶的故事，也可以在最後敘一下。

唐開元的末年，明皇每至春遊，即旦暮宴於宮中，叫嬪妃們爭插豔花。他自己去捉了粉蝶來，又放了去。看蝶飛止在那個嬪妃的上面，他便也去止宿於她的地方。後來因楊貴妃專寵，便不復爲此戲。（見《開元天寶遺事》）

這一則故事，沒有什麼很深的意味，不過表現出一個淫佚的君王的佚事的一幕而已。底下的一則，事雖略覺滑稽，卻很帶著人道主義的精神。

長山王進士屺生爲令時，每聽訟，按律之輕重，罰令納蝶自贖。堂上千百齊放，如風飄碎錦：王乃拍案大笑。一夜，夢一女子衣裳華好，從容而入曰：「遭君虐政，姊妹多物故，當使君先受風流之小譴耳。」言已，化爲蝶，回翔而去。明日，方獨酌署中，忽報直指使至，皇遽而出。閨中戲以素花簪冠上，忘除之。直指見之，以爲不恭，大受斥罵而返。由是罰蝶令遂止。（見《聊齋志異》卷十五）

（《海燕》，上海新中國書局，一九三二年七月版）

湯禱篇
——《古史新辨》之一

　　古史的研究，於今為極盛；有完全捧著古書，無條件的屈服於往昔的記載之下的；也有憑著理智的辨解力，使用著考據的最有效的方法，對於古代的不近人情或不合理的史實，加以駁詰，加以辨正的。顧頡剛先生的《古史辨》便是屬於後者的最有力的一部書。顧先生重新引起了王充、鄭樵、崔述、康有為諸人的懷疑的求真的精神。康氏往往有所蔽，好以己意強解古書，割裂古書；顧先生的態度，卻是異常的懇摯的；他的「為真理而求真理」的熱忱，是為我們友人們所共佩的。他的《古史辨》已出了三冊，還未有已。在青年讀者們間是有了相當的影響的。他告訴他們，古書是不可盡信的；用時須加以謹慎的揀擇。他以為古代的聖人的以及其他的故事，都是累積而成的，即愈到後來，那故事附會的成分愈多。他的意見是很值得注意的。也有不少的跟從者在做著同類的工作。據顧先生看來，古史的不真實的成分，實在是太多了。往往都是由於後代人的附會與添加的。——大約是漢朝人特別的附加的多罷。但我以為，顧先生的《古史辨》，乃是最後一部的表現中國式的懷疑精神與求真理的熱忱的書，她是結束，不是開創，他把鄭、崔諸人的路線，給了一個總結束。但如果從今以後，要想走上另一條更近真理的路，那只有別去開闢門戶。像陶希聖先生和郭沫若先生他們對於古代社會的研究便是一個好例。他們下手，他們便各有所得而去。老在舊書堆裡翻筋斗，是絕對跳不出如來佛的手掌心以外的。此亦一是非，彼亦一是非，舊書堆裡的糾紛，老是不會減少的。我以為古書固不可盡信為真實。但也不可單憑直覺的理智，去抹殺古代的事實。古人或不至像我們所相信的那末樣的慣於作偽，慣於憑空捏造多多少少的故事出來；他們假使有什麼附會，也必定有一個可以使他生出這種附會來的根據的。愈是今人以為大不近人情，大不合理，卻愈有其至深且厚，至真且確的根據在著。自從人類學、人種志和民俗學的研究開始以來，我們對於古代的神話和傳說，已不復單視之為野蠻人裡的「假語村

言」了；自從蕭萊曼在特洛伊城廢址進行發掘以來，我們對於古代的神話和傳說，也已不復僅僅把他們當作是詩人們的想像的創作了。我們為什麼還要常把許多古史上的重要的事實，當作後人的附會和假造呢？

我對於古史並不曾用過什麼苦功；對於新的學問，也不曾下過一番好好的研究的工夫。但我卻有一個愚見，我以為《古史辨》的時代是應該告一個結束了！為了使今人明瞭古代社會的真實的情形，似有另找一條路走的必要。如果有了《古史新辨》一類的東西，較《古史辨》似更有用。也許更可以證明《古史辨》所辨正的一部分的事實，是確切不移的真實可靠的。這似乎較之單以直覺的理智，或古書以考證為更近於真理，且似也更有趣些。

在這裡，我且在古史裡揀選出幾樁有趣的關係重大的傳說，試試這個較新的研究方法。這只是一個引端；我自認我的研究是很粗率的。但如果因此而引起了學者們的注意，使他們有了更重要、更精密的成績出來，我的願望便滿足了。

更有一點，也是我做這種工作的重要的原因；在文明社會裡，往往是會看出許多的「蠻性的遺留」的痕跡來的；原始生活的古老的「精靈」常會不意的侵入現代人的生活之中；特別在我們中國，這古老的「精靈」更是胡鬧得利害。在這個探討的進行中，我也要不客氣的隨時舉出那些可笑的「蠻性的遺留」的痕跡出來。讀者們或也將為之啞然一笑，或覺要瞿然深思著的罷。

第一篇討論的是湯禱於桑林的故事。

一、湯禱

一片的大平原；黃色的乾土，晒在殘酷的太陽光之下，裂開了無數

的小口，在喘著氣；遠遠的望過去，有極細的土塵，高高的飛揚在空中，仿佛是綿綿不斷的春雨如織成的簾子。但春雨給人的是過度的潤溼之感，這裡卻乾燥得使人心焦意煩。小河溝都乾枯得見了底，成了天然的人馬及大車的行走的大道；橋梁剩了幾塊石條，光光的支撐在路面的高處，有若枯骸的曝露，非常的不順眼，除了使人回憶到這橋下曾經有過碧澄澄的膩滑的水流，安閒舒適的從那裡流過。正如「畫餅充飢」一樣，看了畫更覺得餓火上升得利害；這樣橋梁也使人益發的不舒服，一想起綠油油的晶熒可愛的水流來。許多樹木在河床邊上，如幽靈似的站立著，綠葉早已焦黃萎落了，禿枝上厚厚的蒙罩了一層土塵。平原上的芊芊綠草是早已不曾蔓生的了。稻田裡的青青禾黍，都現出枯黃色，且有了黑斑點。田邊瀦水的小池塘，都將凹下的圓底，赤裸裸的現出在人們的眼前。這裡農民們恃為主要的生產業的桑林，原是總總林林的遍田遍野的叢生著，那奇醜的矮樹，主幹老是虯結著的，曾經博得這裡農民們的衷心的愛護與喜悅的，其茸茸的細葉也枯卷在枝幹上。論理這時是該肥肥的濃綠蔽滿了枝頭的。沒有一個人不著急。他們籲天禱神，他們祀祖求卜，家家都已用盡了可能的努力。然而「旱魃」仍是報冤的鬼似的，任怎樣禳禱也不肯去。農民們的蠶事是無望的了，假如不再下幾陣傾盆的大雨，連食糧也都成了嚴重的問題；秋收是眼看的不濟事了。

　　沒有下田或採桑的男婦，他們都愁悶的無事可作的聚集在村口，竊竊的私語著。人心惶惶然，有些激動。左近好幾十村都是如此。村長們都已到了城裡去。

　　該是那位湯有什麼逆天的事吧？天帝所以降下了那末大的責罰。這該是由那位湯負全責的！

　　人心騷動著。到處都在不穩的情態之下。

　　來了，來了，村長們從城裡擁了那位湯出來了。還有祭師們隨之而

來。人們騷然的立刻包圍上了，密匝匝的如蜜蜂的歸巢似的。人人眼睛裡都有些不平常的詭怪的凶光在閃露著。

看那位湯穿著素服，披散了髮，容色是戚戚的，如罩上了一層烏雲，眼光有些惶惑。

太陽蒸得個個人氣喘不定。天帝似在要求著犧牲的血。

要雨，我們要的是雨。要設法下幾陣雨！

禱告！禱告！要設法使天帝滿足！

該有什麼逆天的事罷？該負責的設法挽回！

農民們騷然的在吵著喊著；空氣異然的不穩。

天帝要犧牲，要人的犧牲！要血的犧牲！我們要將他滿足，要使他滿足！——仿佛有人狂喊著。

要使他滿足！——如雷似的呼聲四應。

那位湯抬眼望了望；個個人眼中似都閃著詭異的凶光。他額際陣陣的滴落著豆大的黃汗。他的斑白的鬢邊，還津津的在集聚汗珠。

諸位——他要開始喊叫，但沒有一個聽他。

抬祭桌——一人倡，千人和。立刻把該預備的東西都預備好了。

堆柴——又是一聲絕叫。高高的柴堆不久便豎立在這大平原的地面上了。

那位湯要喊叫，但沒有一個人理會他。他已重重密密的被包圍在鐵桶似的人城之中。額際及鬢上的汗珠盡望下滴。他眼光惶然的似注在空洞的空氣中，活像一隻待屠的羊。

有人把一件羊皮襖，披在那位湯的背身上。他機械的服從著，被村長們領到祭桌之前，又機械的匍匐在地。有人取了剪刀來。剪去了他的髮，剪去了他的手指甲。

髮和爪都拋在祭盆裡燒著；一股的腥焦的氣味。

　　四邊的禱祈的密語，如雨點似的漸瀝著。村長們、祭師們的咒語，高頌著。空氣益益緊張了。人人眼中都閃著詭異的凶光。

　　黃澄澄的太陽光，睜開了大眼瞧望著這一幕的活劇的進行。還是一點雨意也沒有。但最遠的東北角的地平線上，已有些烏雲在聚集。

　　祈禱咒誦的聲音營營的在雜響著。那位湯耳朵裡嗡嗡的一句話也聽不進。他匍匐在那裡，所見的只是祭桌的腿，燔盤的腿，以及臻臻密密的無量數的人腿，如桑林似的植立在那裡。他知道他自己的命運；他明白這幕活劇要進行到什麼地步。他無法抵抗，他不能躲避。無窮盡的禱語在念誦著；無數的禮儀的節目在進行著。燔盤裡的火焰高高的升在半空；人的髮爪的焦味兒還未全散。他額際和鬢邊的汗珠還不斷的在集合。

　　村長們、祭師們，護掖他立起身來。在群眾的密圍著向大柴堆而進。他如牽去屠殺的羊兒似的馴從著。

　　東北風吹著，烏雲漸向天空漫布開來。人人臉上有些喜意。那位湯也有了一絲的自慰。但那幕活劇還在進行。人們擁了那位湯上了柴堆。他孤零零的跪於高高的柴堆之上。四面是密密層層的人。祭師們、村長們又在演奏著種種的儀式，跪著，禱著，立著，行著。他也跪禱著，頭仰向天；他只盼望著烏雲聚集得更多，他只禱求雨點早些下來，以挽回這個不可救的局面。風更大了，吹拂得他身上有些涼起來。額際的汗珠也都被吹乾。

　　祭師們、村長們又向燔火那邊移動了。那位湯心上一冷。他知道他們第二步要做什麼。他彷徨的想跳下柴堆來逃走。但望了望，那末密密匝匝的緊圍著的人們，個個眼睛都是那末詭怪的露著凶光，他又不禁倒抽了一口冷氣，他知道逃脫是不可能的。他只是盼望著雨點立刻便落下來，好救他出於這個危局。

　　祭師們、村長們又從燔火那邊緩緩的走過來了；一個祭師的領袖手裡執著一根火光熊熊的木柴。那位湯知道他的運命了；反而閉了眼，不敢向

下看。

烏雲布滿了天空；有豆大的雨點從雲罅裡落了下來。人人仰首望天。一陣的歡呼！連嚴肅到像死神他自己似的祭師們也忘形的仰抬了頭。冰冷的水點，接續的滴落在他們的頰上，眉間；如向日葵似的放開了心向夏雨迎接著。那位湯聽見了歡呼，嚇得機械的張開了眼。他覺得有溼漉漉的粗點，灑在他新被剪去了髮的頭皮上。雨是在繼續的落下！他幾乎也要歡呼起來，勉強的抑制了自己。

雨點更粗更密了，以至於組成了滂沱的大水流。個個人都淋得滿身的溼水。但他們是那末喜悅！

空氣完全不同了。空中是充滿了清新的可喜的泥土的氣息，使人們嗅到了便得意。個個人都跪倒在溼泥地上禱謝天帝。祭師的領袖手上的燒著的木柴也被淋熄了；燔火也熄了。

萬歲，萬歲！萬歲！——他們是用盡了腔膛裡的肺量那末歡呼著。

那位湯又在萬目睽睽之下，被村長們、祭師們護掖下柴堆。他從心底鬆了一口氣；暗暗的叫著慚愧。人們此刻是那末熱烈的擁護著他！他立刻又恢復了莊嚴的自信的容色，大跨步的向城走去。人們緊圍著走。

那位湯也許當真的以為天帝是的確站在他的一邊了。

「萬歲，萬歲！萬歲！！」的歡呼聲漸遠。

大雨如天河決了口似的還在落下，聚成了一道河流，又蠡蠡的在橋下奔馳而東去。小池塘也漸漸的積上了土黃色的混水。樹林野草似乎也都舒適的吐了一口長氣。桑林的萎枯的茸茸的細葉，似乎立刻便有了怒長的生氣。

只有那座柴堆還傲然的植立在大雨當中，為這幕活劇的唯一存在的證人。

二、本事

以上所寫的一幕活劇，並不是什麼小說——也許有點附會，但並不是全然離開事實的。這幕活劇的產生時代，離現在大約有三千二百五十年；劇中的人物便是那位君王湯。這類的活劇，在我們的古代，演的決不止一次兩次，劇中的人物，也決不止那位湯一人。但那位幸運兒的湯，卻因了太好的一個幸運，得以保存了他的生命，也便保存了那次最可紀念的一幕活劇的經過。

湯禱的故事，最早見於《荀子》、《尸子》、《呂氏春秋》、《淮南子》及《說苑》。《說苑》裡記的是：

> 湯之時，大旱七年，雒坼川竭，煎沙爛石，於是使人持三足鼎祝山川，教之祝曰：政不節邪？使人疾邪？苞苴行邪？讒夫昌邪？宮室崇邪？女謁盛邪？何不雨之極也？言未已，而天大雨。

這裡只是說，湯時大旱七年，他派人去祭山川，教之祝辭，「言未已，而天大雨」，並無湯自為犧牲以禱天之說；但《說苑》所根據的是《荀子》，《荀子》卻道：

> 湯旱而禱曰：政不節與？使民疾與？何以不雨至斯極也！宮室榮與？婦謁盛與？何以不雨至斯極也！苞苴行與？讒夫興與？何以不雨至斯極也！

《荀子》說的是湯旱而禱，並沒有說起「使人持三足鼎祝山川」的說；這一節話，或是劉向加上去的。但向書實較晚出；《呂氏春秋》記的是：

> 湯克夏而正天下。天大旱五年不收。湯乃以身禱於桑林曰：余一人有罪，無及萬夫。萬夫有罪，在余一人。無以一人之不敏，使上帝鬼神傷民之命。於是剪其髮，䃺根、鄌其手，以身為犧牲，用祈福於上帝。民乃甚說，雨乃大至！

這是最重要的一個記載，其來源當是很古遠的，決不會是《呂氏春秋》作者的杜撰的；《說苑》取《荀子》之言，而不取《呂氏春秋》，或者是不相信這傳說的真實性罷？但湯禱於桑林的傳說，實較「六事自責」之說為更有根據，旁證也更多：

> 《淮南子》：湯之時，七年旱，以身禱於桑林之際，而四海之雲湊，千里之雨至。
> 又李善《文選注》引《淮南子》：湯時大旱七年，卜用人祀天。湯曰：我本卜祭為民，豈乎自當之。乃使人積薪，剪髮及爪，自潔居柴上。將自焚以祭天。火將燃，即降大雨。（〈思玄賦〉注）
> 《尸子》：湯之救旱也，乘素車白馬，著布衣，嬰白茅，以身為牲，禱於桑林之野。當此時也，弦歌鼓舞者禁之。

這都是說，湯自己以身為犧牲，而禱於桑林的；《淮南子》更有

「自潔居柴上」之說。這說也許更古。皇甫謐的《帝王世紀》，則襲用《淮南》、《呂覽》之說：

> 《帝王世紀》：湯自伐桀後，大旱七年，殷史卜曰：當以人禱。湯曰：吾所為請雨者民也，若必以人禱，吾請自當。遂齋戒，剪髮斷爪，以身為牲，禱於桑林之社。言未已，而大雨，方數千里。

在離今三千二百五十餘年的時候，這故事果曾發生過麼？我們以今日的眼光觀之，實在只不過是一段荒唐不經的神話而已。這神話的本質，是那末粗野，那末富有野蠻性！但在古代的社會裡，也和今日的野蠻人的社會相同，常是要發生著許多不可理解的古怪事的。愈是野蠻粗鄙的似若不可信的，倒愈是近於真實。自從原始社會的研究開始了之後，這個真理便益為明白。原始社會的生活是不能以今日的眼光去評衡的；原始的神話是並不如我們所意想的那末荒唐無稽的。

但在我們的學術界裡，很早的時候，便已持著神話的排斥論，慣好以當代的文明人的眼光去評衡古代傳說。湯禱的事，也是他們的辯論對象之一。底下且舉幾個有力的主張。

三、曲解

《史記》在〈殷本紀〉裡詳載湯放桀的故事，對於這件禱於桑林的大事，卻一個字也不提起。以後，號為謹慎的歷史學者，對此也紛紛致其駁詰，不信其為實在的故事。崔述的《商考信錄》嘗引宋南軒張氏、明九我李氏的話以證明此事的不會有：

　　張南軒曰：史載成湯禱雨，乃有剪髮、斷爪、身爲犧牲之說。夫以湯之聖，當極旱之時，反躬自責，禱於林野，此其爲民籲天之誠，自能格天致雨，何必如史所云。且人禱之占，理所不通。聖人豈信其說而毀傷父母遺體哉！此野史謬談，不可信者也。

　　李九我曰：大旱而以人禱，必無之理也。聞有殺不辜而致常暘之咎者矣，未有旱而可以人禱也！古有六畜不相爲用，用人以祀，惟見於宋襄、楚靈二君。湯何如人哉！祝史設有是詞，獨不知以理裁，而乃以身爲犧，開後世用人祭祀之原乎？天不信湯平日之誠，而信湯一日之祝，湯不能感天以自修之實，而徒感天以自責之文，使後世人主，一遇水旱，徒紛紛於史巫，則斯言作俑矣。

崔氏更加以案語道：

　　余按《公羊·桓五年》傳云：大雩者，旱祭也。注云：君親之南郊，以六事謝過自責曰：政不一與？民失職與？宮室崇與？婦謁盛與？苞苴行與？讒夫倡與？使童男女各八人舞而呼雩，故謂之雩。然則，以六事自責，乃古雩祭常禮，非以爲湯事也。僖三十一年傳云：三望者何？望祭也。然則曷祭？祭泰山、河、海。注云：《韓詩傳》曰：湯時大旱，使人禱於山川是也。然則，是湯但使人禱於山川，初未嘗身禱，而以六事自責也。況有以身爲犧者哉！且雩，祭天禱雨也，三望，祭山川也；本判然爲兩事。雖今《詩傳》已亡，然觀注文所引，亦似絕不相涉

者。不識傳者何以誤合爲一，而復增以身爲犧之事，以附
會之也。張、李二子之辨當矣。又按諸子書，或云堯有九
年之水，湯有七年之旱，或云堯時十年九水，湯時八年七
旱。堯之水見於經傳者多矣，湯之旱何以經傳絕無言者？
堯之水不始於堯，乃自古以來，積漸氾濫之水，至堯而後
平耳。湯之德至矣，何以大旱至於七年？董子云：湯之
旱，乃桀之餘虐也。紂之餘虐，當亦不減於桀；周克殷而
年豐，何以湯克夏而反大旱哉？然則，湯之大旱且未必其
有無，況以身爲犧，乃不在情理之尤者乎！故今並不錄。

　　張、李二氏不過是「空口說白話」，以直覺的理性來辨正。崔氏卻利
害得多了；他善於使用考據家最有效的武器；他以《公羊注》所引的《韓
詩傳》的兩則佚文，證明《荀子》、《說苑》上的湯禱的故事，乃是「誤
合」二事爲一的；而「以身爲犧之事」則更是「附會」上去的。他很巧
辨，根據於這個巧辨，便直捷的抹殺古史上的這一件大事。但古代所發生
的這末重要的一件大事，實在不是「巧辨」所能一筆抹殺的。

　　他們的話，實在有點幼稚得可笑；全是以最淺率的直覺的見解，去
解釋古代的歷史的。但以出於直覺的理解，來辨論古史實在是最危險的舉
動。從漢王充起到集大成的崔述爲止，往往都好以個人的理性，來修改
來辨正古史。勇於懷疑的精神果然是可以欽佩，卻不知已陷於重大的錯誤
之中。古史的解釋決不是那末簡單的；更不能以最粗淺的，後人的常識去
判斷古代事實的有無。站在漢，站在宋，乃至站在清，以他們當代的文化
已高的社會的情況作標準去推測古代的社會情況，殆是無往而不陷於錯誤
的。湯禱的故事便是一個好例。他們根本上否認「人禱」。張南軒說：
「人禱之占，理所不通。」李九我說：「大旱而以人禱，必無之理也。」

　　崔東壁且更進一步而懷疑到湯時大旱的有無的問題。他還否認湯曾親禱，只是「使人禱於山川」（至於「六事自責」的事，原是這個傳說裡不重要的一部分，即使是後來附會上去的，也無害於這傳統的眞實性。故這裡不加辨正）。他們的受病之源，大約俱在受了傳統的暗示，誤認湯是聖人，又認爲天是可以誠格的。故張氏有「此其爲民籲天之誠，自能格天致雨」之說，李氏有「湯何如人哉！——天不信湯平日之誠，而信湯一日之祝」之說。崔氏更有「紂之餘虐，當亦不減於桀。周克殷而年豐，何以湯克夏而反大旱哉」之言。這些話都是幼稚到可以不必辨的。我們可以說，「人禱」的舉動，是古代的野蠻社會裡所常見的現象。「大旱而以人禱」，並不是「必無之理」。孔子嘗云：「始作俑者其無後乎！」也恰恰是倒果爲因的話。最古的時候必以活的人殉葬，後世「聖人」，乃代之以俑（始作俑者，其必有後也！——我們該這末說才對）。這正如最古的時候，禱神必以活人爲犧牲一樣。後來乃代以髮和爪——身體的一部分——或代以牛或羊。希臘往往爲河神而養長了頭髮；到了髮長時，乃剪下投之於河，用以酬答河神的恩惠（Pausanias的*The Description of Greece*書裡屢言及此）。這可見希臘古時是曾以「人」禱河的。後乃代之以髮。我們古書裡所說的「秦靈公八年，初以君主妻河」（見《史記・六國表》）及魏文侯時鄴人爲河伯娶婦的事（見《史記・滑稽列傳》）皆與此合。希臘神話裡更有不少以人爲犧牲的傳說。最有名的一篇悲劇*Iphigenia*（Euripides作）便是描寫希臘人竟將妙齡的女郎Iphigenia（主帥Agamanon之女）作爲犧牲以求悅於Artemis女神的。所以，祈雨而以「人」爲犧牲的事，乃是古代所必有的。湯的故事恰好遺留給我們以一幅古代最眞確的生活的圖畫。湯之將他自己當作犧牲，而剪髮斷爪，禱於桑林，並不足以表現他的忠心百姓的幸福，卻正是以表現他的萬不得已的苦衷。這乃是他的義務，這乃是他被逼著不能不去而爲牲的——或竟將眞的成了犧牲品，如果他運

氣不好，像希臘神話裡的國王Athamas；這位Athamas也是因了國內的大饑荒而被國民們殺了祭神的。所以，那位湯，他並不是格外的要求討好於百姓們，而自告奮勇的說道：「若以人禱，請自當！」他是君，他是該負起這個祈雨的嚴重的責任的！除了他，別人也不該去。他卻不去不成！雖然「旱」未必是「七年」，時代未必便是殷商的初期，活劇裡主人翁也許未必便真的是湯，然而中國古代之曾有這幕活劇的出現，卻是無可致疑的事。──也許不止十次百次！

四、「蠻性的遺留」

我們看《詩經・大雅》裡的一篇〈雲漢〉，那還不是極恐怖的一幕大旱的寫照麼？「倬彼雲漢，昭回於天。王曰：於乎！何辜今之人！天降喪亂，飢饉薦臻。靡神不舉，靡愛斯牲。圭璧既卒，寧莫我聽」？這禱辭是那末樣的迫切。劇中人物也是一位王；為了大旱之故，而大飢饉，天上還是太陽光滿晒著，一點雨意都沒有。於是「王」不得不出來禱告了。向什麼神都禱告過了，什麼樣的犧牲（肥牛白羊之類吧）都祭用過了；許多的圭璧也都陳列出來過了，難道神還不見聽麼？

「旱既大甚，蘊隆蟲蟲。不殄禋祀，自郊徂宮。上下奠瘞，靡神不宗。后稷不克，上帝不臨；耗斁下土，寧丁我躬。」這是說，天還不下雨，什麼都乾枯盡了。「王」是從野外到廟宇，什麼地方都禱求遍了，什麼神都祭祀過了；卻后稷不聽，上帝不臨。仍然是沒有一點雨意。寧願把「王」自己獨當這災害之沖罷，不要再以旱來耗苦天下了。這正如湯之禱辭「余一人有罪，無及萬夫；萬夫有罪，在余一人。無以一人之不敏，使上帝鬼神，傷民之命」，是相合的。古代社會之立「君」或正是要為這種「擋箭牌」之用罷。

「旱既大甚，則不可推，兢兢業業，如霆如雷。周餘黎民，靡有孑遺。昊天上帝，則不我遺；胡不相畏，先祖於摧。」大旱是那末可怕，一切都枯焦盡了，人民們恐怕也要沒有孑遺了；上帝怎麼不相顧呢？祖先怎麼不相佑呢？

「旱既大甚，則不可沮。赫赫炎炎，云我無所。大命近止，靡瞻靡顧。群公先正，則不我助；父母先祖，胡寧忍予。」旱是那末赫赫炎炎的不可止。既逃避不了，和死亡也便鄰近了。「群公先正」怎麼會不我助呢？祖先們又怎麼忍不我助呢？

「旱既大甚，滌滌山川；旱魃為虐，如惔如焚。我心憚暑，憂心如熏。群公先正，則不我聞，昊天上帝，寧俾我遁！」水涸了，山禿了，旱魃是如燎如焚的在肆虐。「王」心裡是那末焦苦著；為什麼上帝和祖先都還不曾聽到他的呼號而一為援手呢？

「旱既大甚，黽勉畏去。胡寧瘨我以旱，憯不知其故。祈年孔夙，方社不莫。昊天上帝，則不我虞；敬恭明神，宜無悔怒。」不知什麼原故，天乃給這裡的人們以大旱災呢？王很早的便去祈年了；祭四方與社又是很克日不莫。上帝該不至為此而責備他；他那樣的致敬恭於神，神該沒有什麼悔和怒罷？

「旱既大甚，散無友紀。鞫哉庶正，疚哉冢宰。趣馬師氏，膳夫左右。靡人不周，無不能止。瞻卬昊天，雲如何裡！」大旱了那末久，什麼法子都想遍了。什麼人也都訪問遍，卻都沒法可想，仰望著沒有纖雲的天空，到底是怎麼一回事呢！

「瞻卬昊天，有嘒其星。大夫君子，昭假無贏；大命近止，無棄爾成。何求為我，以戾庶正！瞻卬昊天，曷惠其寧！」夜間是明星一粒粒的烱烱的天，一點雨意也沒有。假如是為了王一人的原故，便請不要降災於天下而只降災於一人吧，「何求為我，以戾庶正」的云云，和湯的「無以

一人之不敏，使上帝鬼神傷民之命」的云云，口氣是完全同一的。

　　在周的時代，爲了一場的旱災的作祟，國王還是那末樣的張皇失措，那末樣的焦思苦慮，那末樣的求神禱天，那末樣的引咎自責；可見在商初的社會裡，而發生了湯禱的那樣的故事是並不足爲怪的。

　　不僅此也；從殷、周以來的三千餘年間，類乎湯禱的故事，在我們的歷史上，不知發生了多少。天下有什麼「風吹草動」的災異，帝王們便須自起而負其全責；甚至天空上發現了什麼變異，例如彗星出現等等的事。國王們也便都要引爲自咎的下詔罪己，請求改過。底下姑引我們歷史上的比較有趣的同類的故事若干則，以示其例。

　　在《尚書·金縢》及《史記》裡，說是在周成王三年的秋天，大熟未獲，天大雷電以風，禾盡偃，大木斯拔。王大恐，與大夫盡弁，以啓金縢之匱，見周公請代武王之事，執書以泣，乃出郊迎周公。天乃雨，反風，禾盡起，歲則大熟。這段記載，未免有些誇大，但充分的可以表現出先民們對於天變的恐懼的心理，以及他們的相信改過便可格天的觀念。

　　周敬王四十年夏，熒惑守心。心爲宋的分野。宋景公憂之。司星子韋道：可移於相。公道：相，吾之股肱。子韋道：可移於民。公道：君者待民。子韋道：可移於歲。公道：歲飢民困，吾誰爲君？子韋道：天高聽卑，君有君人之言三，熒惑宜有動。於是候之，果徒三度。這還是以誠感天的觀念。但熒惑守心，而司星者便戚戚然要把這場未來的災禍移禳給相，給民或給歲，以求其不應在國王的身上，可見他們是相信，凡有天變，身當之者便是國王他自己。這種移禍之法，後來往往見於實行。漢代常以丞相當之；臣民們也往往藉口於此以攻擊權臣們。

　　秦始皇二十年，燕太子丹遣荊軻入秦，欲乘間刺始皇。軻行時，白虹貫日。在漢代的時候，一切的天變都成了皇帝的戒懼和自責的原因。破落戶出身的劉邦，本來不懂這些「爲君」的花樣，所以他也不管這些「勞什

子」。但到了文、景之時，便大不相同了。「漢家氣象」，漸具規模。文帝二年的多天，「日有食之」，他便誠惶誠恐的下詔求言道：

> 朕聞之，天生民，爲之置君以養治之。人主不德，布政不均，則天示之災以戒不治。乃十一月晦，日有食之，適見於天。災孰大焉！朕護保宗廟，以微渺之身，托於士民君王之上。天下治亂，在予一人。唯二三執政，猶吾股肱也。朕下不能治育群生，上以累三光之明，其不德大矣！令至，其悉思朕之過失，及知見之所不及，匄以啓告朕。及舉賢良方正能直言極諫者，以匡朕之不逮。

這還不宛然的湯的「余一人有罪」的口吻麼？此後二千餘年，凡是遇天變，殆無不下詔求言者，其口吻也便都是這一套。

過了不多時候，皇帝們又發明了一個減輕自己責任的巧妙的方法，便是把丞相拿來做替死鬼。凡遇天變的時候，便罷免了一位丞相以禳之。漢成帝陽朔元年二月，晦，日食。京兆尹王章便乘機上封事，言日食之咎，皆王鳳專權蔽主之過。最可慘者；當成帝綏和二年春二月，熒惑守心；郎賁麗善爲星，言大臣宜當之。帝乃召見丞相翟方進，賜冊責讓，使尙書令賜上尊酒十石養牛一。方進即日自殺。這眞是所謂「移禍於枯桑」了。

靈帝光和元年，秋七月，青虹見玉堂殿庭中。帝以災異詔問消復之術。蔡邕對道：「臣伏思諸異，皆亡國之怪也。天於大漢，殷勤不已，故屢出祆變，以當譴責。欲令人君感悟，改危即安……宜高爲堤防，明設禁令，深惟趙、霍，以爲至戒……則天道虧滿，鬼神福謙矣！」這話恰足以代表二千餘年來儒者們對於災異的解釋。

晉孝武帝太元二十年秋七月，有長星見自須女，至於哭星。帝心

惡之，於華林園舉酒祝之曰：「長星！勸汝一杯酒。自古何有萬歲天子邪？」

晉安帝義熙十四年冬十二月，彗星出天津，入太微，經北斗，絡紫微，八十餘日而滅。魏崔浩謂魏主嗣道：「晉室陵夷，危亡不遠。彗之為異，其劉裕將篡之應乎？」

唐高祖武德九年六月，太白經天。李世民殺其兄建成，弟元吉。

唐太宗貞觀二年春三月，關內旱飢，民多賣子。詔出御府金帛，贖以還之。嘗謂侍臣道：「使天下乂安，移災朕身，是所願也。」所在有雨，民大悅。

貞觀十一年秋七月，大雨，谷、洛溢，入洛陽宮，壞官寺民居，溺死者六千餘人。詔：水所毀宮，少加修繕，才令可居。廢明德宮、玄圃院，以其材給遭水者。令百官上封事，極言朕過。

唐高宗總章元年，夏四月，彗星見於五車。帝避正殿，減膳撤樂。許敬宗等奏請復常，高宗不許。

唐中宗景龍四年，夏六月，李隆基將起兵誅諸韋。微服和劉幽求等入苑中。逮夜，天星散落如雪。幽求道：「天意若此，時不可失！」於是葛福順直入羽林營，斬諸韋典兵者以徇。

唐德宗興元元年，春正月，陸贄言於帝道：「昔成湯以罪己勃興，楚昭以善言復國。陛下誠能不吝改過以言謝天下，則反側之徒革心向化矣。」帝然之。乃下制道：「致理興化，必在推誠，忘己濟人，不吝改過。小子長於深宮之中，暗於經國之務……天譴於上，而朕不悟，人怨於下，而朕不知。馴至亂階，變興都邑。萬品失序，九廟震驚。上累祖宗，下負烝庶。痛心靦貌，罪實在予。」

唐宣宗大中八年，春正月，日食，罷元會。

唐昭宗大順二年，夏四月，彗星出三臺，入太微，長十丈餘。赦天下。

　　唐昭宣帝天佑二年，夏四月，彗星出西北，五月長竟天。朱全忠專政，誅殺唐宗室殆盡。

　　宋太宗端拱二年，彗星出東井。司天言，妖星為滅契丹之象。趙普立刻上疏，謂此邪佞之言，不足信。帝乃照慣例避殿減膳大赦。宋真宗咸平元年，春，正月。彗星出營室北。呂端言應在齊、魯分。帝道：「朕以天下為憂，豈直一方邪？」詔求直言，避殿減膳。

　　宋仁宗景佑元年，八月，有星孛於張翼。帝以星變，避殿減膳。

　　宋仁宗寶元元年，春正月，時有眾星西北流，雷發不時，下詔，求直言。

　　宋哲宗元符三年三月，以四月朔，日當食，詔求直言。已預先知道要日食，推算之術可算已精，卻更提早的先求直言。這殊為可笑！筠州推官崔鶠乃上書道：「夫四月，陽極盛，陰極衰之時，而陰於陽，故其變為大，惟陛下畏天威，聽明命，大運乾剛，大明邪正，則天意解矣。」

　　宋徽宗大觀三年，有郭天信的，以方伎得親幸，深以蔡京為非。每奏天文，必指陳以撼京。密白日中有黑子。帝為之恐，遂罷京。

　　宋高宗建炎三年六月，大霖雨。呂頤浩、張浚都因之謝罪求去。詔郎官以上言闕政。趙鼎乘機上疏道：「凡今日之患，始於安石，成於蔡京。今安石，猶配享神宗，而京之黨未除，時政之缺，莫大於此。」帝從之，遂罷安石配享。尋下詔以四失罪己。

　　宋理宗寶佑三年，正月，迅雷。起居郎牟子才上書言元夕不應張燈，遂罷之。

　　元世祖至元三十年，冬十月，彗入紫微垣。帝憂之，夜召不忽尤入禁中，問所以銷天變之道。不忽尤道：「風雨自天而至，人則棟宇以待之；江河為地之限，人則舟楫以通之；天地有所不能者，人則為之。此人所以與天地參也。且父母怒，人子不敢疾怨，起敬起孝。故《易》曰：君子以

恐懼修省。《詩》曰：敬天之怒。三代聖王，克謹天戒，鮮有不終。漢文之世，同日山崩者二十有九；日食地震，頻歲有之。善用此道，天亦悔禍，海內乂安。此前代之龜鑑也。願陛下法之。」因誦文帝日食求言詔。帝悚然道：「此言深合朕意。」

元仁宗延佑四年，夏四月，不雨。帝嘗夜坐，謂侍臣道：「雨暘不時，奈何？」蕭拜住道：「宰相之過也。」帝道：「卿不在中書邪？」拜住惶愧。頃之，帝露香禱於天。既而大雨，左右以雨衣進。帝道：「朕為民祈雨，何避焉！」

明神宗萬曆九年，夏四月，帝問張居正道：「淮、鳳頻年告災，何也？」居正答道：「此地從來多荒少熟。元末之亂，皆起於此。今當破格賑之。」又言：「江南北旱，河南風災，畿內不雨，勢將蠲賑。惟陛下量入為出，加意撙節，如宮費及服御，可減者減之，賞賚，可裁者裁之。」

明懷宗崇禎十三年，二月，風霾，亢旱，詔求直言。

像這一類的故事和史實是舉之不盡的。那些帝王們為什麼要這樣的「引咎自責」呢？那便是很值得研究的一個重要的問題；從湯禱起到近代的「下詔求言」止，他們是一條線下去的。又，不僅天變及水旱災該由皇帝負責，就是京都牆圈子裡，或宮苑裡有什麼大事變發生，皇帝也是必須引咎自責的。像宋寧宗嘉泰元年春三月，臨安大火，四日乃滅。帝詔有司賑恤被災居民，死者給錢瘞之。又下詔自責。避正殿減膳。命臨安府察奸民縱火者，治以軍法。內降錢十六萬緡，米六萬五千餘石，賑被災死亡之家。宋理宗嘉熙元年夏五月，臨安又大火，燒民廬五十三萬。士民上書，咸訴濟王之冤。進士潘牥對策，亦以為言，並及史彌遠。這可見連火災也被視為是上天所降的譴罰，並被利用來當作「有作用」的諍諫之資的了。又像元英宗至治二年，夏六月，奉元行宮正殿災。帝對群臣道：「世皇建此宮室，而朕毀，實朕不能圖治之故也。」連一國宮中殿宇的被毀，皇帝

也是不自安的。

他們這些後代的帝王，雖然威權漸漸的重了，地位漸漸的崇高了，不至於再像湯那末的被迫的剪去髮和爪，甚至臥在柴堆上，以身為犧牲，以祈禱於天；但這個遠古的古老的習慣，仍然是保存在那裡的。他們仍要擔負了災異或天變的責任；他們必須下詔罪己，必須避殿減膳，以及其他種種的「花樣」。也有些皇帝們，正興高采烈的在籌備封禪，想要自己奢誇的鋪張一下，一逢小小的災變，往往便把這個高興如湯潑雪似的消滅了；像在雍熙元年的時候，趙光義本已下詔說，將以十一月，有事於泰山，並命翰林學士扈蒙等詳定儀注。不料，在五月的時候，乾元、文明二殿，災。他遂不得不罷封禪，並詔求直言。

我們可以說，除了剛從流氓出身的皇帝，本來不大懂得做皇帝的大道理的（像劉邦之流），或是花花公子，席尊處優慣了，也不把那些「災異」當作正經事看待（像宋理宗時，臨安大火。士民皆上書訴濟王之冤。侍御史蔣峴卻說道：火災天數，何預故王。請對言者嚴加治罪）之外，沒有一個「為君」、「為王」的人，不是關心於那些災異的；也許心裡在暗笑，但表面上卻非裝出引咎自責的嚴肅的樣子來不可的。天下的人民們，一見了皇帝的罪己求言詔，也像是寬了心似的；天大的災患，是有皇帝在為他們做著「擋箭牌」的；皇帝一自譴，一改過，天災便自可消滅了。這減輕了多少的焦慮和騷動！我們的幾千年來的古老的社會，便是那樣的一代一代的老在玩著那一套的把戲。

原始社會的「精靈」是那樣的在我們的文明社會裡播弄著種種的把戲！——雖然表面上是已戴上了比較漂亮的假面具。

真實的不被壓倒於這種野蠻的習俗之下的，古來能有幾個人？王安石的「天變不足畏」，恐怕要算是最大膽的政治改革者的最大膽的宣言！

五、「祭師王」

但我們的古代的帝王，還不僅要負起大災異、大天變的責任，就在日常的社會生活裡，他所領導的也不僅止「行政」、「司法」、「立法」等等的「政權」而已；超出於這一切以上的，他還是舉國人民們的精神上的領袖——宗教上的領袖。他要擔負著舉國人民們的對神的責任；他要爲了人民們而祈禱；他要領導了人民們向宗教面前致最崇敬的禮儀。在農業的社會裡，最重要的無過於「民食」，所以他每年必須在祈年殿禱求一次；他必須「親耕」，他的皇后，必須親織。我們看北平城圈子裡外的大神壇的組織，我們便明白在從前的社會裡——這社會的沒落，離今不過二十餘年耳！——爲萬民之主的皇帝們所要做的是什麼事。這裡是一幅極簡單的北平地圖，凡無關此文的所在，皆已略去；於是我們見到的是這樣：這裡有天地日月四壇，有先農壇，有社稷壇，有先蠶壇，有太廟，有孔廟。一個皇帝所要管領的一國精神上的、宗教上的事務，於此圖便可完全明瞭。他要教育士子；他要對一國的「先師」——孔子——致敬禮，所以有國子監，有孔廟；他要祭獻他的「先公列祖」，所以他有太廟。他所處的是一個農業的社會，一切均以農業的活動爲中心，所以有先農壇；而天壇裡，特別有祈年殿的設備。又在傳說的習慣裡，他所崇敬的最高的天神們，還脫離不了最原始的本土宗教的儀式（雖然佛、回、耶諸神教皆早已輸入了）。所以他所列入正式的祀典的，除了「先師」孔子以外，便是天、地、日、月等的自然的神祇，而於天，尤爲重視。這樣的自然崇拜的禮儀，保存著的，恐怕不止在三千年以上的了。

最有趣味的是關於孔子的崇拜。在漢代，這幾乎是「士大夫」們要維持他們的「衣食」的一種把戲吧，便把孔子硬生生抬高而成爲一個宗教

主。劉邦初惡儒生，但得了天下之後，既知不能以「馬上治之」，便以太牢祠孔子。行伍出身的郭威，也知道怎樣的致敬孔子。廣順二年，夏六月，他到了曲阜，謁孔子廟，將拜。左右道：孔子，陪臣也，不當以天子拜之。威道：孔子，百世帝王之師，敢不敬乎？遂拜；又拜孔子墓，禁樵採，訪孔子、顏淵之後，以爲曲阜令及主簿。以後，差不多每一新朝成立或每一新帝即位時，幾乎都要向孔子致敬的。連還沒有脫離遊牧生活的蒙古人，也被漢族士大夫們教得乖巧了，知道詔中外崇奉孔子（元世祖至元三十一年事）。知道下制加孔子號曰大成（元成宗大德十一年事。制曰：先孔子而聖者，非孔子無以明，後孔子而聖者，非孔子無以法。所謂祖述堯、舜，憲章文、武，儀範百王，師表萬世者也。可加大成至聖文宣王，遣使闕里，祀以太牢。於戲，父子之親，君臣之義，永爲聖教之遵；天地之大，日月之明，奚罄名言之妙！尚資神化，祚我皇元）。朱元璋是一個最狡猾的流氓，但到了得天下之後，便也知道敬孔拜聖（洪武十五年，元璋詣國子學，行釋菜禮。初，他將釋菜，令諸儒議禮。議者道：孔子雖聖，人臣也，禮宜一奠再拜。他道：聖如孔子，豈可以職位論哉！然他對於孟子，卻又是那樣的不敬。這其間是很可以明白重要的消息的。他們那些狡猾的流氓，所以屈節拜孔子者，蓋都是欲利用其明君臣之分的一點）。在漢代，皇帝們還常常親自講學，像漢宣帝甘露三年，詔諸儒講五經異同於石渠閣。蕭望之等平奏，上親稱制臨決。立梁丘《易》、夏侯《尚書》、穀梁《春秋》博士；又漢明帝永平十五年，帝到了山東曲阜，便詣孔子宅，親御講堂，命皇太子、諸王說經；又漢章帝建初四年，詔太常將大夫博士郎官及諸儒，會白虎觀，議五經同異。帝親稱制臨決，作〈白虎議奏〉。是這些皇帝們竟也要和太常博士們爭宗教上或學問上的領導權了。

　　總之，我們昔時的許多帝王們，他們實在不僅僅是行政的領袖，同

時也還是宗教上的領袖；他們實在不僅僅是「君」，且也還是「師」；他們除了擔負政治上的一切責任以外，還要擔任一切宗教上的責任。湯禱的故事，便是表現出我們的原始社會裡擔負這兩重大責任的「祭師王」，或「君師」所遇到的一個悲劇的最顯然的例子。

六、金枝

　　為什麼古代的行政領袖同時必須還要擔負了宗教上的一切責任呢？英國的一位淵博的老學者sir James George Frazer嘗著了一部碩大深遠的《金枝》（*The Golden Bough, a Study in Magic and Religion*）專門來解釋這個問題。單是說起〈王的起源〉（*Origin of the King*，《金枝》的第一部分）的一個題目，已有了兩厚冊。所以關於理論上的詳細的探討，只須參讀那部書（當然還有別的同類的書），已可很明瞭的了（《金枝》有節本，只一冊，Macmillan and Co.出版）。本文不能也不必很詳細的去譯述它。但我們須知道的，在古代社會裡，「王」的名號與「祭師」的責任常是分不開的。在古代的義大利，一個小小的Nemi地方的林地裡，有被稱為「月神之鏡」（Diana's Mirror）的湖，那風景，是夢境似的幽美。在那湖的北岸，有林中黛安娜（Diana Nemorensis）的聖地在著。在這聖地裡，長著一株某種的樹；白日的時候，甚至夜間，常見有一個人在樹下守望著；他手裡執著一把白雪雪的刀。他是一位祭師，也是一個殺人者；他所防備的人便是遲早的要求來殺了他而代替他做祭師的那人。這便是那個聖廟所定的規律。候補的祭師，只有殺了現任的那位祭師，方才可以承繼其位置；當他殺了那祭師時，他便登上了這個地位，直到他自己後來也被一位更強健或更機詐的人所殺死。他所保守著的祭師的地位，同時還帶有「王」號（林中之王）。但所有的王冠，是沒有比他戴得更不舒服。時時

都有連頭被失去的危險。凡是筋力的衰弱，技術的荒疏，都足以使他致命。然而這結果總有一天會來到的。他必須是一個逃奴，他的後繼者也必須是一個逃奴。當一個逃奴到了這個所在時，他必須先在某樹上折下一支樹枝——那是很不容易的事——然後方有權利和現任的祭師決鬥。如果決鬥而死，不必說，如果幸而勝，他便繼之而登上了林中之王的寶座。這致命的樹枝，便是所謂「金枝」者是。這個慘劇的進行，直到羅馬帝國還未已。後來羅馬的皇帝因為要掠奪那廟裡的富有的寶物，便毀了那個聖地，而中止了這個悲劇的再演。

這個「金枝」的故事，在古代是獨一無二的。但在這裡所應注意的只是：為什麼一個祭師乃被稱為林中之王呢？為什麼他的地位乃被視為一個國王的呢？「在古代的義大利和希臘，一個王號和祭師的責任的聯合，乃常見的事」。在羅馬及在拉丁的別的城裡，總有一位號為「祭王」或「祭儀之王」的祭師，而他的妻也被稱為「祭儀之后」。在共和國的雅典，其第二位每年的主國事者，是被稱為王的，其妻也被稱為后；二者的作用都是宗教的。有許多別的希臘共和國也都有名義上的王，他們的責任都似祭師。有幾邦，他們有幾個這類的名號上的王，輪流服務。在羅馬，「祭王」的產生，據說是在王制廢止以後，為的是要執行從前國王所執行的祭禮。希臘諸邦之有祭師式的王，其起源也不外此。只有斯巴達，她是希臘有史時代的唯一的王國，在其國中，凡一切國家的大祭皆是為天之子的國王所執行的。而這種祭師的作用和國王的地位的聯合，乃是每個人都知道的事。在小亞細亞，在古代的條頓民族，差不多都是如此的（以上就應用 J. G. Frazer 的話）。而我們古昔的國王，如在上文所見者，其聯合行政的與宗教的責任而為一的痕跡尤為顯明。

國王的職責還不僅做一個祭師而已；在野蠻社會裡，他們還視國王為具有魔力的魔術家，或會給人間以風，以雨，以成熟的米穀的神。但也

如古代宗教主的受難，或神的受難一樣，國王也往往因人民們的願望的不遂而受了苦難。民俗學者，及比較宗教學者，常稱教堂裡的「散福」（即散發麵包於信徒們）為「吃耶穌」（在英國）。為了這曾引起宗教的信徒們的大衝動過。在我們的社會裡，僧尼們也常散送祭過神道的饅頭糕餅等物給施主家，以為吃了可以得福。而在古代的野蠻社會裡，便有了極殘酷的真實的「吃耶穌」一類的事實發生。國王身兼「教主」往往也免不了要遭這場難。又，野蠻人在祈禱無效，極端的失望之餘，往往要遷怒於神道身上；求之不應，便鞭打之，折辱之，以求其發生靈應。至今我們的祈雨者還有打龍王一類的事發生。希臘古代神話裡，曾有一個可怖的傳說：Athamas做了Achai地方的國王。古代的Achai人在飢荒或瘟疫時，常要在Laphystius山的高處，把國王作為犧牲，祭獻給Zeus。因為他們的先人們告訴過他們，只有國王才能擔負了百姓們的罪：只有他一個人能成為他們的替罪的，在他的身上，一切毒害本地的不潔都放在他們身上。所以，當國王Athamas年紀老了時，Achai地方發生了一場大飢荒，那個地方的Zeus的祭師，便將他領到Laphystius山的高處而作為Zeus的犧牲（見《小說月報》二十一卷第一號，我編的〈希臘羅馬神話與傳說中的英雄傳說〉）。我們的湯禱的故事和此是全然不殊的。湯的禱辭：「余一人有罪，無及萬夫，萬夫有罪，在余一人」的云云，也可證其並不是什麼虛言假語。

　　後來的帝王，無論在那一國，也都還負有以一人替全民族的災患的這種大責任。我們在希臘大悲劇家Saphocles的名劇「Oedipus the King」裡，一開幕便見到Thebes城的長老們和少年人，婦人們，已嫁的未嫁的，都集合於王宮的門前，有的人是穿上了黑衣。群眾中揚起哭喊之聲，不時的有人大叫道：

　　「伊底帕斯！聰明的伊底帕斯！你不能救護我們麼，我們的國王？」這城遭了大疫，然而他們卻向國王去找救護！但在比較文化進步的

社會裡，這一類的現象已漸漸的成為「廣陵散」。國王也漸漸的不再擔負這一類的精神上的或宗教上的大責任了。然而我們的古老的社會，卻還是保存了最古老的風尚，一個國王，往往同時還是一位「祭師」，且要替天下擔負了一切罪過和不潔──這個不成文的法律到如今才消滅了不久！

七、尾聲

最後，還要講一件很有趣味的事：在我們中國，不僅是帝王，即負責的地方官，幾千年來也都還負著「君」、「師」的兩重大責任。他們都不僅是行政的首領；他們且兼是宗教的領袖。每一個縣城，我們如果仔細考察一下，便可知其組織是極為簡單的。在縣衙的左近，便是土穀祠；和縣長抗顏並行的便是城隍，也是幽冥的縣官。還有文昌閣、文廟，那是關於士子的；此外，還有財神廟、龍王廟、關帝廟、觀音閣等。差不多每一縣都是如此的組織或排列著的。這還不和帝王之都的組織有些相同麼？一縣的縣官，其責務便儼然是一位縮小的帝王。他初到任的時候，一定要到各廟上香。每一年元旦的時候他要祭天，要引導著打春牛。凡遇大火災的時候，即使是半夜，他也必須從睡夢中醒來，穿起公服，坐在火場左近，等候到火光熄滅了方才回衙。如果有大旱、大水等災，他便要領導著人民們去祈雨，去求晴；或請龍王，或迎土偶。他出示禁屠；他到各廟裡行香。他首先減膳禁食。這並不因為他是一位好官，所以如此的為百姓們擔憂；這乃是每一位親民的官都要如此的辦著的。他不僅要負起地方行政的責任，也要負起地方上的一切的災祥的以及一切的宗教上的責任。每一縣官如此，每一府的府官，推而上之，乃至每一省的省官也是如此。他們是具體而微的「帝王」；「帝王」是規模放大的「地方官」。他們兩者在實質上是無甚殊異的。

　　韓愈是一代的大儒；他嘗詆毀宗教，反對迷信，諫憲宗迎佛骨；然當他做了潮州刺史的時候，便寫出像〈祭鱷魚文〉一類的文章出來，立刻擺出了「為官」、「為師」的氣味出來。

　　還有許多地方官鬧著什麼驅虎以及求神判案的種種花樣的，總之，離不開「神」的意味，固不必說，簡直像崔子玉、包拯般的日間審陽，夜裡理陰的「半神」似的人物了。

　　直到了今日，我們在我們的這個社會裡，還往往可發見許多可發笑的趣事。當張宗昌主持著山東的政務時，陰雨了好久。他便在泰山頂上架了兩尊大炮，對天放射，用以求晴。這雖然未免對天太不客氣，但據說，果然很有效，不久便雨止天晴。

　　好幾個省的政務官至今還領導著大大小小的官去祭孔。他們是不甘放棄了「師」的責任的。

　　據說，當今年黃河決口時，某省的主席下了一道嚴令，凡沿河各縣的縣長，都要把鋪蓋搬到河堤上去防守，不准回衙，直到河防出險了為止。

　　有一次，某市發生了大火災，某公安局長親自出發去撲救，監守在那裡不去，直到火熄了下去。

　　他們，據說，都還是「好官」！

　　至今，每逢旱災的時候，還有許多的地方是禁屠的。

　　以上只是隨手舉出的幾個例子。如果讀者們看報留心些，不知道可以找到多少的怪事奇聞出來。

　　我們的社會，原來還是那末古老的一個社會！原始的野蠻的習慣，其「精靈」還是那末頑強的在我們這個當代社會裡作祟著！打鬼運動的發生，於今或不可免。

　　　　　　　　　　　一九三二年十二月二日寫畢於北平。

　　　　　　　（《東方雜誌》三十卷一號，一九三三年一月）

玄鳥篇（感生篇）

天命玄鳥，

降而生商，

宅殷土芒芒。　　　　　　（《詩經‧商頌‧玄鳥》）

一

玄鳥的故事，比較詳細的，見於《史記‧殷本紀》。按〈殷本紀〉
云：

殷契，母曰簡狄，有娀氏之女，爲帝嚳次妃。三人行
浴，見玄鳥墮其卵。簡狄取吞之，因孕生契。

（《史記》三）

《楚辭‧天問》也有「簡狄在臺，嚳何宜？玄鳥致貽，女何喜」的
話。可見這個「玄鳥」的傳說，是由來已久了。

又《史記‧秦本紀》裡，也以爲秦之先是玄鳥所出：

秦之先，帝顓頊之苗裔孫曰女修。女修織，玄鳥隕
卵。女修吞之，生子大業。（《史記》五）

所謂玄鳥，便是我們所習見的燕子。吞燕卵而懷孕生子，成爲一代的開國
之祖，這傳說，以今日的歷史家直覺眼光看來，乃是一種胡說，一種無稽
的神話，一種荒唐的不可靠的讕語。但事實並沒有這種的簡單，古代的傳
說並不全是荒唐無稽的，並不全是無根據的讕語，並不全是後人的作僞的
結果。我們要知道，人類的文化是逐漸進步的。有許多野蠻社會的信仰和

傳說，決不能以現代人的直覺的見解去糾正，去否定的。有許多野蠻的荒唐的傳說，在當時是並不以為作偽的，他們確切的相信著那是不假的。

愈是荒唐無稽的傳說，愈足見其確是在野蠻社會裡產生出來的，換一句話，便是可確實相信其由來的古遠。

這種野蠻社會的遺留和信仰在今日也遠在文明社會裡無意中保存著——雖然略略的換了樣子。

玄鳥的傳說便是如此。

二

玄鳥的傳說，我們可以做兩方面來分析。

第一玄鳥的傳說是產生於一個確實相信「食物」和人類的產生有相關聯的因果的。

一個女子有意的或無意的食了，或吞了某一種東西，而能懷了孕，這是野蠻社會的普遍的信仰。在野蠻社會裡，懷孕生子的事是被視作超自然的神祕的。人的力量和懷孕關係很少。食了某種東西，可以懷孕。魔術也可以幫助懷孕。他們相信，懷孕的事實，人的力量是很少的。故處女往往會生子。魚和果子，常被視作懷孕的工具。斯拉夫系的故事，以「魚」為懷孕之因者甚多。Leskien和Brugman在他們的 *Litauische Märchen* 的附注裡舉了好幾個例子。在一個故事裡說，有一個漁夫，把一條魚切成了三段，分給他的妻、他的牝馬和他的母狗吃，而將魚鱗掛在煙囪上。他的妻和動物們都各生了雙生。在一個捷克的故事裡說，一個國王，捕得一條金鰭的魚和一條銀鰭的魚，他和他的王后各吃其一。她生了兩個孩子。在其前額，各有一個金星和銀星。Afanasief的俄羅斯故事說，有一個無子的國王，建了一座橋以利行人。橋成時，他命一僕躲藏著聽過往行人的話。有

兩個乞丐走過。一個贊頌著國王。一個說，我們應該祝他有子有孫。他便命在夜裡雞鳴以前織成一個絲的漁網。這網要是拋在海中，便會捕起一條金色的魚。王后吃了這條金色魚，便會產生一個王子。一個波蘭的故事說，一個吉普賽的婦人勸一個無子的貴族婦人在海中捕一條滿腹是魚子的魚。她在月半的黃昏吃了那魚子，便產生了一個兒子。她的侍婢也吃了些這魚子，也像她的主婦一樣，也產了一子。

在Eskimo人裡，也有一個傳說，說，一個女人見到她丈夫。她在她的袋裡取出兩條小魚乾，一條雄的，一條雌的。如果需要一個男孩，那女人便吃了雄的；如果需要一個女孩，她便吃了那條雌的。男人不願意要一個女孩，所以他自己便把雌魚吃了，而不意他自己卻生了一個女孩。

在越南，有一個故事流傳著，說有一個懶人有一天躲在他的小划子上，一條魚躍到划子裡來。他捉住了這條魚，去了它的鱗。他懶得把魚在水裡洗乾淨，便把它拋在划子上晒乾。一隻烏鴉把這條魚銜到王宮裡去。宮女把它煮熟了，送給公主吃。公主便懷了孕。她生了一個男孩子。國王召集了國中男子，要為她選一個駙馬。那個懶人乘划子到了宮前，公主之子遠遠的見了他，便叫他為爸爸。國王命懶人到面前來，將公主嫁給他。

在印度，因吃了果子而懷孕生子的故事異常的多。在Somadeva所說的故事裡，Indivrasena和他的兄弟是因為他們母親吃了兩顆仙果而出生的。在著名的《故事海》（*Kathasarit-Sagara*）裡說，有名的英雄Vikramaditya的出生，是因為他母親在夢中見到Siva；Siva給她一個果子，她吞了下去，便生出Vikramaditya來的。

滿族的祖先，也是由仙女吞食了朱果而生的；

　　　　山下有池，曰布爾湖里。相傳有天女三：長恩古倫，
　　　次正古倫，季佛庫倫。浴於池。浴畢，有神鵲銜朱果置季

女衣。委女含口中，忽已入腹，遂有身。告二姐曰：吾身
重，不能飛升，奈何？二姐曰：吾等列仙籍，無他虞也。
此天授爾娠。俟免身，來未晚。言已，別去。佛庫倫尋產
一男。生而能言，體貌奇異。及長，母告以吞朱果有身之
故，因命之曰：汝以愛新覺羅為姓。

（《東華錄‧天命一》）

　　也有僅喝了泉水便能懷孕生子的。在一個Tjame的故事裡，一個女郎
經過了一座森林，覺得口渴，她看見岩石上有水流滴下來，成為一泉。
她在泉中喝著水，沐浴了一會。但當她回到她在附近作工的父親那裡，他
問她泉水在哪裡，他也想去喝些水時，那道泉水卻已經乾了。她因此懷了
孕，後來，她便生出一個男孩子來。

　　在匈牙利南部住的吉普賽人，流傳著一個故事，說，有一個無子的婦
人，受一個女巫的指導，吞食了某一種流液，便懷了孕，生出一子。

　　在中國的古代流傳的故事裡，不僅吞了玄鳥的卵而能懷孕，禹母是吞
珠而生禹的。

　　《路史》云：「初鯀納有莘氏，曰志，是為修己。年壯不字。獲若後
於石紐，服媚之而遂孕。」

　　《遁甲開山圖》榮氏注云：「女狄莫，及石紐山下泉中，得月精如雞
子，愛而吞之，遂孕，十四月生夏禹。」又《蜀本紀》云：「禹生石紐。
禹母吞珠，孕之，拆副而生。」

　　禹母所吞的到底是月精，是珠，在我們的研究上都沒有關係。許多的
傳說，所吃的是卵，是魚，是果子，乃至是泉水。也都沒有關係。

　　但這些傳說，卻都有一個共同的信仰，就是相信懷孕這件事是可以用
口上的服食方法得到的。在那野蠻的時代，野蠻人對於自然的現象，幾無

一不以爲神奇，對於自身的生理變化也是一無所知的。他們受傷受病，從口裡服藥便可痊癒。他們便同樣的相信著，從口中的服食裡，也可以得到懷孕的結果。

這不是妄人的荒唐言，這是野蠻人的或半文化人的眞實的信仰。不僅如此，即在今日文化社會裡，也還有人抱著這種的信仰呢。以「服食」爲生子的祕法，在中國，向來相信的人不在少數。

三

不僅實際上的服食會有懷孕的效果，就是在夢中吞了什麼，也會如此。《明史·太祖本紀》記載朱元璋的出生，便因其母在夢中吞了一丸藥：

> 母陳氏方娠，夢神授藥一丸。置掌中，有光。吞之，
> 寤。口餘香氣。及產，紅光滿室。自是，夜數有光起。鄰
> 里望見，驚以爲火。輒奔救。至則無有。　（《明史》一）

不僅服食會有懷孕的效果，就是僅僅的一種奇異的感應，也會產生同樣的結果。

這一類「感生」的例子，在中國歷史裡實在太多了。最爲人所知的便是后稷的故事：

> 周后稷，名棄。其母，有邰氏女，曰姜原。姜原爲帝
> 嚳元妃。姜原出野，見巨人跡。心忻然悅，欲踐之。踐之
> 而身動如孕者，居期而生子。　（《史記》四）

《詩・大雅・生民》云：「履帝武敏歆，攸介攸止，載震載夙，載生載育，時維后稷。」（武，跡也；敏，疾也）即詠其事。

因母踐巨人足跡而感生者，后稷不是唯一的人，還有庖犧氏，也是因母履巨人跡而生的：

> 太皞庖犧氏，風姓，代燧人氏繼天而王。母曰華胥，履大人跡於雷澤，而生庖犧於成紀。
>
> 　　　　　　　（司馬貞《補史記・三皇本紀》）

此傳說亦見於《帝王世紀》。《詩含神霧》云：「巨跡出雷澤，華胥履之。」《孝經鉤命決》云：「華胥履跡，怪生皇羲。」

感神龍而生的故事在古史裡很不少。

> 炎帝神農氏，姜姓。母曰女登，有媧氏之女，爲少典妃。感神龍而生炎帝。　（司馬貞《補史記・三皇本紀》）

司馬貞的話是根據《春秋元命苞》的。

《春秋元命苞》云：「少典妃安登，遊於華陽，有神龍首感之於常羊，生神子，人面龍顏，好耕，是爲神農。」

堯的出生，其故事的經過和神農幾乎同出一個模型。

《路史》引帝堯碑云：「其先出自塊隗，翼火之精。有神龍首出於常羊。慶都交之，生伊堯。不與凡等，龍顏日角。」

古人把龍顏作爲神祕的高貴的帝王的象徵，讖緯家宣傳尤力。故感龍而生的故事，在帝王的感生裡，幾乎成爲普遍的現象。感龍而生和「履帝武敏」是沒有什麼不同的。

在關於劉邦的許多傳說裡，他的出生，也有一個異跡：

> 劉媼嘗息大澤之陂，夢與神遇。是時雷電晦冥，太公往視，則見蛟龍於其上。已而有身，遂產高祖。（《史記》七）

《漢書》的記載（卷一）與此相同。這和上述之神農、帝堯的出生故事也是完全不殊的。

> 赤龍感女媼，劉季興。　　　　　　（《詩含神霧》）

這便是讖緯家的附會了。

但感龍而生的事實，到了後來，覺得實在說不大過去，且更有背於倫理。一個應天命而生的開國帝王，如何可以有母而無父呢？如何可以是異物——神龍——之所生呢？於是這一型式的感生的故事便被後人加以不止一次修正。

修正的結果是，帝王不復是龍與人交的兒子，而其本身都是龍的化身，或帝王出生的時候，必有神龍出現，懸示祥瑞。

最有趣的是《隋書・高祖本紀》所記楊堅的誕生的情形。這故事是屬於修正的第一型的。楊堅自身是一條龍的轉生：

> 妣呂氏以大統七年六月癸丑夜，生高祖於馮翊般若寺，紫氣充庭。有尼來自河東，謂皇妣曰：此兒所從來甚異，不可於俗間處之。尼將高祖舍於別館，躬自撫養。皇妣嘗抱高祖，忽見頭上角出，遍體鱗起。皇妣大駭，墜高祖於地。尼自外入見曰：已驚我兒，致令晚得天下。　（《隋書》一）

其子楊廣的故事，恰好與此相應。他是不得其終的一個帝王，其預兆也早已先見：

> 煬帝生於仁壽二年。有紅光竟天，宮中甚驚，是時牛馬皆鳴。帝母先是夢龍出身中，飛高十餘里。龍墮地，尾輒斷。以其事奏於帝。帝沈吟默塞不答。
>
> （《青瑣高議・隋煬帝海山記》上）

李世民出生時的靈奇，是屬於修正的第二型的。並沒有說他是龍的轉生，卻說有二龍戲於館門之外。

> 隋開皇十八年十二月戊午，生於武功之別館。時有二龍，戲於館門之外。三日而去。　　　　（《唐書》二）

這些故事轉變下去，便有了無數的虎或其他獸類的轉生的故事，這裡不能一一的舉例。

孔子出生的瑞應是屬於修正的第二型的。

《家語》云：「孔子母徵在，禱於尼山而生孔子。」《孔聖全書》引《家傳》云：「孔子未生時，有麒麟吐玉書於闕里，其文曰：水精子繼衰周而為素王。顏氏異之，以繡紱繫麟角，信宿而去。」《祖庭廣記》云：先聖誕生之夕，有二龍繞室，五老降庭，顏氏之房，聞鈞天之樂。

這裡所謂「二龍繞室」，還不是和李世民故事裡的「二龍戲於館門之外」相同麼？

四

夢日出室中或墮懷中而懷孕的故事和受神感而生的故事是很相同的。這已比吞或吃某種食物而懷孕的故事進步多了。太陽是帝王的象徵之一，故夢日而生也是帝王的瑞應之一。

在希臘神話裡，太陽神阿波羅（Apollo）他自身的戀愛故事是很多的。但在中國，同類的故事卻極少。我們只在《魏書》和《遼史》裡見到二則夢日而生的故事。我們要知道魏和遼都是少數民族。這些傳說在他們族裡流傳著是無足訝怪的。

魏太祖的出生是因為他母親賀皇后寢息時，夢日出室中，有感而懷孕的：

> 太祖道武皇帝，諱珪，昭成皇帝之嫡孫，獻明皇帝之子也。母曰獻明賀皇后。初因遷徙，遊於雲澤。既而寢息，夢日出室內。寤而見光自牖屬天，欻然有感。以建國三十四年七月七日生太祖於參合陂北。其夜，復有光明。
>
> （《魏書》二）

遼祖的出生，也是同樣的神奇；他母親是夢見日墮懷中而有娠的。

> 初，母夢日墮懷中，有娠。及生，室有神光異香。
>
> （《遼史》一）

在《周書》便轉變成「夜夢抱子升天」了。其意義和夢日是相同的：

> 太祖，德皇帝之少子也。母曰王氏。孕五月，夜夢抱
> 子升天。才不至而止。寤而告德皇帝。德皇帝喜曰：雖不
> 至天，貴亦極矣。　　　　　　　　　　　　（《周書》一）

　　也有僅見到光明，見到星象而便感而生子的。像黃帝母附寶便是
「見電繞斗軒，星照郊野」感而生他的。

　　《河圖握拒》云：「附寶之郊，見電繞斗軒，星照郊野，感而生軒
（即黃帝）。」《帝王世紀》云：「神農之末，少典娶附寶，見電光繞北
斗，樞星照郊野，感附寶而孕。二十月生黃帝於壽丘。」在元代始祖孛端
義兒的出生的故事裡，可以看出更有趣、更進步的說明來：

> 既而夫亡。阿蘭寡居。夜寢帳中，夢白光自天窗中
> 入，化為金色神人，來趨臥榻。阿蘭驚覺，遂有娠。產一
> 子，即孛端義兒也。　　　　　　　　　　（《元史》一）

這故事和希臘神話裡波修士（Perseus）的出生的故事十分相同。波修士
母狄娜被其父國王亞克里修士囚於塔中，和人世隔絕。因亞克里修士相信
預言者的話，說，狄娜所生之子，將要殺死了他。他囚狄娜於塔，使她無
緣與世人見面，便可以無從有子了。不料有一天晚上，天帝裘彼得化了一
陣金光到塔中來和她相見。她懷了孕，生了一子，便是波修士。亞克里修
士聞之，大恐。連忙將狄娜和她的兒子都裝在箱中，拋入海裡去。但狄娜
和波修士終於得救。波修士長大了，果然無意中殺害了他的外祖。

　　像這一類受神的光顧而生子的故事，在希臘神話裡最多。

　　在希伯來民族的故事裡，耶穌的母親馬利亞也是以處女而「從聖靈懷
了孕」的：

　　耶穌基督怎樣生的？記在下面。他母親馬利亞已經許
配了約瑟。他們還沒有成親，馬利亞就從聖靈懷了孕。她
丈夫約瑟本是個義人，不願意明明的羞辱她，想要暗暗的
把她休了。正思念這事的時候，不料有主的一個使者在夢
中向他顯現，說：大衛的子孫約瑟，不要怕，只管娶過你
的妻子馬利亞來。因爲她要懷的孕，是從聖靈來的。她將
要生一個兒子。你要給她起名叫耶穌。因爲他要將他的百
姓從罪惡裡救出來。這一切的事實就是要應驗主借著先知
所說的話，說，有一個童女，要懷孕生子，人要稱她的名
爲以馬內利。約瑟醒了起來，就遵著主的使者所吩咐的，
把他的妻子娶過來，只是沒有和她同房。等她生了兒子，
就給他起名叫耶穌。　　　　（《新約・馬太福音》第一章）

耶穌生出時，預言家便宣言道：救世主已出生於世了。東方博士們因了星
光的指導而尋到馬利亞所在的地方，見到了孩提的耶穌，贊嘆禮拜而去。
而國王卻懼怕得異常，命令將全國初生的孩子都殺害了。而馬利亞夫婦因
先得了上帝使者的指示，預先帶了耶穌躲避過了這場大難。
　　魏代始祖的母是天女。這故事和「從聖靈懷了孕」也是不殊的：

　　　　初，聖武帝嘗率數萬騎田於山澤，欻見輜軿自天而
　　　下。既至，見美婦人，侍衛甚盛。帝異而問之。對曰：
　　　我天女也。受命相偶。遂同寢宿。旦，請還，曰：明年
　　　周時，復會此處。言終而別，去如風雨。及期，帝至先
　　　所田處，果復相見。天女以所生男授帝曰：此君之子
　　　也，善養視之。子孫相承，當世爲帝王。語訖而去，子

即始祖也。　　　　　　　　　　　　　　　　　　　（《魏書》一）

《拾遺記》等書所記皇娥白帝子事，也是「從聖靈懷了孕」的故事型之一。

《路史》引《拾遺》、《寶櫝》等記曰：星娥一作皇娥，處於璇宮。夜織，撫皋桐梓琴，與神童更倡。「樂而忘歸。震而生質白帝子也。」（《路史》語）

董永行孝的故事也可歸入這一型中。董永賣身葬父，感得天女下凡，和他爲夫婦，生了一子董仲。後來董仲尋到了母親，見了一面，復回到凡間來。敦煌石室發見的〈董永行孝〉歌曲便是敘述這個故事的。

但「從聖靈懷了孕」和感龍而孕的一類故事一樣，在後代看來，究竟都是有悖禮教，有背倫常的，故從唐以來，便修正而成爲僅僅出生時有「赤氣上騰」或「虹光燭室，白氣充庭」的瑞徵了。

朱溫出生時，所居廬舍之上，有赤氣上騰。

母曰文惠王皇后，以唐大中六年歲在壬申十月二十一日夜，生於碭山縣午溝裡。是夕，所居廬舍之上，有赤氣上騰。里人望之，皆驚奔而來，曰：朱家大發矣。及至，則廬舍儼然。既入，鄰人以誕孩告。眾咸異之。

（《舊五代史》一）

李克用的出生，和一般人也不同。他母親在難產，聞擊鉦鼓聲始產。產時，虹光燭室，白氣充庭。

在妊十三月。載誕之際，母艱危者竟夕。族人憂駭，

市藥於雁門。遇神叟告曰：非巫醫所及。可馳歸，盡率部人，披甲持旄，擊鉦鼓，躍馬大噪。環所居三周而止。族人如其教，果無恙而生。是時，虹光燭宣，白氣充庭，井水暴溢。　　　　　　　　　　　　（《舊五代史》二十五）

石敬瑭出生時，也有白氣充庭：

以唐景福元年二月二十八日生於太原派陽里。時有白氣充庭。人甚異焉。　　　　　　　　　（《舊五代史》七十五）

後周太祖郭威的出生，也是有異徵的：

以唐天祐元年甲子歲七月二十八日生帝於堯山之舊宅。載誕之夕，赤光照室，有聲如爐炭之裂，星火四迸。　　　　　　　　　　　　　　　　（《舊五代史》一一〇）

宋太祖趙匡胤的出生其瑞徵也相同：

母杜氏。後唐天成二年生於洛陽夾馬營。赤光繞室，異香經宿不散。體有金色，三日不變。　（《宋史》一）

故匡胤有香孩兒之稱。

不僅帝王的出生有異徵奇跡，即大奸大惡者的出生也有怪兆可見。像安祿山便是一例：

　　　　母阿德氏，爲突厥巫。無子，禱軋犖山，神應而生
　　焉。是夜，赤光旁照，群獸四鳴，望氣者見妖星芒熾，落
　　其穹廬。時張韓公使人搜其廬，不獲。長幼並殺之。祿山
　　爲人藏匿，得免。　　　　　　（姚汝能《安祿山事跡》卷上）

　　《水滸傳》第一回「洪太尉誤走妖魔」，敘洪太尉打開了伏魔殿，放
倒了石碑，掘開了石板，石板底下，卻是一個萬丈深淺地穴。「只見穴內
刮喇喇一聲響亮。那響非同小可！……那一聲響亮過處，只見一道黑氣，
從穴裡滾將起來，掀塌了半個殿角。那道黑氣直冲到半天裡空中，散作
百十道金光，望四面八方去了。」那百十道金光所投處便出生了三十六員
天罡星，七十二座地煞星在世上。

　　《三國志演義》所記「孔明秋夜祭北斗」（卷二十一）事，恰好爲這
一類感生的故事作一個注腳。

　　　　是夜，孔明遂扶疾出帳，仰觀天文，大慌失色。入
　　帳，乃與姜維曰：吾命在旦夕矣！維乃泣曰：丞相何故出
　　此言也？孔明曰：吾見三臺星中，客星倍明，主星幽隱，
　　相輔列曜以變其色，足知吾命矣。維曰：昔聞能禳者，惟
　　丞相善爲之。今何不祈禳也？

孔明遂於帳中祈禳。祭祀到第六夜了，見主燈明燦，心中暗喜。不料魏延
入帳報曰：魏兵至矣。延腳步走急，將主燈撲滅。孔明棄劍而嘆曰：死生
有命，富貴在天，主燈已滅，吾豈能存乎！不可得而禳也！不久，他便病
亡。

　　這足以反證，凡名將名相都是有本命星在天的，或都是天上星宿投生

的，或可以說，凡有名的人物都具有來歷之信仰，是傳統的在民間流行著的。

五

「帝王自有眞」這一句話，在中國民間，在很久的時期中被堅強的信仰著。相傳羅隱本來有做帝王之分，但後來被換了一身的窮骨，只有「口」部還沒有換過。所以他的說話最有應驗。「羅隱皇帝口」這個俗語是流傳得很久、很廣的。馮夢龍編的《醒世恆言》裡，有一篇〈鄭節使立功神臂弓〉的話本；那話本說，鄭信在命中有若干時天子之分，同時也有一生諸侯之命。當他出生時，地府主者問他：要做若干日的天子還是要做一生的諸侯？他堅執著要做天子。但主者敲打他很利害，強迫他做諸侯。最後，他嘆了一口氣，道：還是認做了諸侯吧。

望氣的事，在很早的歷史裡便記載著。《史記·高祖本紀》（卷八）說：

> 秦始皇帝常曰：東南有天子氣。於是因東遊以厭之。高祖即自疑，亡匿，隱於芒碭山澤岩石之間。呂后與人俱求，常得之。高祖怪問之。呂后曰：季所居，上常有雲氣。故從往，常得季。高祖心喜。

同類的故事，在史書裡不少概見。在小說裡所敘述的更多。

唐杜光庭的〈虯髯客傳〉所述於望氣外，兼及看相。

虯髯客要李靖介紹見李世民。李靖問他何爲。他道：「望氣者言太原有奇氣，使訪之。」後來到了太原，虯髯看道士和劉文靜對弈。世民到

來看棋。道士一見慘然下棋子道：「此局全輸矣，於此失卻局哉！救無路矣！復奚言！」罷弈而請去。既出，謂虯髯曰：「此世界非公世界，他方可也。勉之，勿以爲念！」

看相的事，在《史記‧高祖本紀》裡也有之。宋太祖和鄭恩同去看相時，相者相鄭恩以爲諸侯之命，相太祖，則大驚，說，恩之所以貴者全爲太祖之故。

這一類的故事在中國歷史裡是舉之不盡的。這裡只能略述其一二耳。讀者殆無不能舉一反三，隨時添加了無數材料進去的。

以上是「玄鳥」故事研究裡的第二個主題，就是說：凡帝王將相，教主名人，乃至大奸大惡之徒，其出生都是有感應的，有瑞徵、有怪兆的。換言之，也就是都有來歷的。

這個信仰也是普遍於各民族、各時代的；同類的故事在別的民族裡也往往流行著。

六

這並不是一種方士的空中樓閣，妄人們的「篝火狐鳴」的伎倆。我們與其說這是一種英雄作爲的欺人的舉動，無寧說是英雄們、方士們利用著古老的遺傳的信仰。

這種古老的遺傳的信仰，曾在很久的時期中堅固的存在於民間。大多數的農民們，一直相信著「眞命天子」的救世的使命。許多次的農民大起義，主使者所以能夠鼓動了和善的農民們的理由之一，便是說，某朝的氣數已盡，眞命天子已經出來了。

著者童年時，那時已經是在民國初元了——曾有一個時期居住在農民之間。農民們常苦於橫征暴賦，嘆息於兵戈的擾亂不息。當夏天，夕陽下

了山，群星熠熠的明滅於天空，農民們吃過了晚飯，端了木凳，坐在穀場上，嘴裡銜著旱煙管，眼望在茫茫無際的天空時，他們便往往若有所思的指點著格外明亮的一顆星道：「喏喏，皇帝星出來了，聽說落在西方呢。眞命天子出來，天下便有救了。」

這不是惑於妖言。這是傳統的信仰在作祟。不知有多少年，多少年了，這信仰還是很堅固的保存在農民們的心上。

許多妄人們，方士們，所謂英雄們便利用了這傳統的信仰，創造自己的地位，在誘惑和善的農民們加入他們的陣伍裡去。

七

對於這種現象，這種信仰，最老實的解釋，是一般儒生們的見解。

明人蔡復賞著的《孔聖全書》（卷二十七）於記述孔子誕生的瑞應時，加以解釋道：

> 按五老降庭，玉書天樂，事不經見，先儒皆以爲異，疑而不載。噫，傳說自星生，山甫自岳降，古昔賢哲之生，皆有瑞應，而況天之篤生孔聖乎？張子曰：麒麟之生，異於犬羊，蛟龍之生，異於魚鱉，聖人之生，而有以異於人，何足怪哉！

這是根據了傳統的信仰來解釋的；其見解和農民們之相信「眞命天子」無異。

這種信仰的來源，遠在佛教的輪回說輸入之前。凡一切的原始人，都曾相信過，人的出生，是有來歷的；不過是一種易形而已，其前是已有一

種人、神或星宿存在的，人的誕生不過是易一新形，或從天上降生於凡間而已。這信仰是普遍於各地域的，自埃及到北歐，自希伯來到印度，到中國，都曾這樣的相信過。許多變形的故事是更廣泛的更普遍的流行於古代諸民族之間的。

但近代的學者們卻以另一種眼光來看這些信仰，這些傳說。他們以文明社會的直覺來否定這種古老的信仰。這裡有一個最好的例子。

章太炎氏對於這種感生的傳說，解釋得最簡單。他說：

> 《詩經》記后稷底誕生，頗似可怪。因據《爾雅》所釋「履帝武敏」，說是他底母親，足蹈了上帝底拇指得孕的。但經毛公注釋，訓帝爲皇帝，就等於平常的事實了。
> （章太炎講《國學概論》，曹聚仁記，頁三）

又說：

> 《史記・高祖本紀》說高祖之父太公，雷雨中至大澤。見神龍附其母之身，遂生高祖。這不知是太公捏造這話來騙人，還是高祖自造。即使太公眞正看見如此，我想其中也可假託。記得湖北曾有一件奸殺案。一個奸夫和奸婦密議，得一巧法，在雷雨當中，奸夫裝成雷公怪形，從屋脊而下，活活地把本夫打殺。高祖底事，也許是如此。他母親和人私通，奸夫飾做龍怪的樣兒，太公自然不敢進去了。（同上）

章太炎是不相信經史裡有神話存在的。他說，「雖在極小部分中還含神祕

的意味，大體並沒神奇怪離的論調。並且，這極小部分底神祕記載，也許使我們得有理的解釋」。他的解釋，粗視之，似頗有理。我們在別的地方還可以替他找到不少像湖北奸殺案那樣的例子。最有趣的是，在《醒世恆言》裡有一篇〈勘皮靴單證二郎神〉話本，說，宋徽宗的後宮韓夫人到二郎神廟進香，有感於神的美貌，禱告道：願來生嫁一個像二郎神似的丈夫。那一夜，她燒夜香時，二郎神果然出現於她的前面。以後，差不多天天的到她房裡來。最後，這祕密被揭破了，原來，所謂二郎神，卻是孫廟官的冒充。

但後代的實例，如何可以應用到遠古的傳說上呢？「帝履武敏」的故事，或者便可以照章氏的解釋，所謂「帝」，是「皇帝」，不是「天帝」，但又何以解於同一部《詩經》裡的「天命玄鳥」的故事呢？

我們還能說，後來的作偽，是利用了古老的傳說及信仰來欺人，卻不能以後來的作偽，來推翻古老的傳說及信仰。

我們要知道古老的傳說、神話都是產生於相信奇蹟，相信自然的現象的原始時代的。他們自有其產生的原因和背景的。單憑直覺絕對的不能去否定他們，誤解他們。

而且，這些古老的信仰，即在今日的文明社會的文化人裡實際上也還不能完全消失了去。

（關於服食及迷術和娠孕的關係，材料太多，這裡都略去，將另為文詳之。）

一九三五年（？）七月十五日於上海。

（原載《中華公論》創刊號）

黄鳥篇

　　我讀著《詩經·小雅·鴻雁之什》，見其中有〈黃鳥〉一首詩，凡三章，章七句：

　　　　黃鳥黃鳥，無集於穀，無啄我粟！此邦之人，不我肯穀！言旋言歸，復我邦族。
　　　　黃鳥黃鳥，無集於桑，無啄我梁！此邦之人，不可與明！言旋言歸，復我諸兄。
　　　　黃鳥黃鳥，無集於栩，無啄我黍！此邦之人，不可與處！言旋言歸，復我諸父。

　　這首詩和《秦風》裡的同名〈黃鳥〉的一首詩其情調與題材完全不同。這首詩作何解釋呢？《毛詩》云：「刺宣王也。」爲什麼刺宣王呢？鄭氏《箋》云：「刺其以陰禮教親而不至，聯兄弟而不固。」還是一個不懂。孔穎達《正義》云：「《箋》解婦人自爲夫所出，而以刺王之由，刺其以陰禮教男女之親而不至篤，聯結其兄弟夫婦之道而不能堅固，令使夫婦相棄，是王之失教，故舉以刺之也。」這幾句話，比較的能夠令人明白些。不管是不是刺宣王，但能夠明白的說出「夫婦相棄」這一句話，已有點近於眞相了。朱熹云：「民適異國，不得其所，故作此詩，托爲呼其黃鳥而告之曰：爾無集於穀，而啄我之粟。苟此邦之人，不以善道相與，則我亦不久於此而將歸矣。」又引東萊呂氏的話道：「宣王之末，民有失所者。意他國之可居也。及其至彼，則又不若故鄉焉，故思而欲歸。使民如此，亦異於還定安集之時矣。今按《詩》文，未見其爲宣王之世。」呂氏和朱氏都是望《詩》之文而作解的，並不能說出這首詩的眞實的面目來。他們拋棄了漢儒的傳統的說法，卻並沒有說明鄭《箋》爲什麼要牽涉到「刺其以陰禮教親而不至」，孔《疏》爲什麼要說「令其夫婦相異」

的話。「陰禮」是什麼呢？孔《疏》云：「大司徒十有二教，其三曰：以陰禮教親，則民不怨。注云：陰禮，謂男女之禮。婚姻以時，男不曠，女不怨是也。」我想，鄭《箋》把這首詩和「陰禮」聯在一起，一定有傳統的說法，並不像呂、朱二氏那末簡單明瞭的作著直覺的解釋。為什麼「此邦之人，不我肯穀」呢？為什麼要到「此邦」去？為什麼為了「不我肯穀」，便想念著要「言旋言歸，復我邦族」呢？這豈僅僅是一首流徙之民的「浩然有歸志」之吟嘆呢？我以為這一首詩的解釋並不簡單，這裡表現著古代農村生活的一個悲慘面。這個悲慘面，在今日的一部分中國農村裡還存在著，並沒有消失掉。孔《疏》云「《箋》解婦人自為夫所出」，其實恰恰的相反，乃是夫為婦家所「出」，或為婦家所虐待，故作了這一首詩的。古代農村社會裡，盛行著贅婦或「入門女婿」的制度。這首詩，我以為，便是一個受了虐待的苦作的贅婿所寫的「哀吟」。如果以今語譯之，便是這樣的：

　　黃鳥兒啊黃鳥兒，你們不要飛集在我種的穀上，不要啄食我的穀粟！這裡的人，既然不肯給我吃飽，我還不如回到我自己的家裡去罷。

　　黃鳥兒啊黃鳥兒，你們不要飛集在我種的桑樹上，不要啄食我的高粱米！這裡的人，既然不能和他們申訴什麼話，申訴了也還是沒用，我還不如回到我自己的哥哥那裡去罷。

　　黃鳥兒啊黃鳥兒，不要飛集在我種的櫟樹上，不要啄食我的黍米兒！我實在不能和這裡的人再相處下去了，我還不如回到我自己的爸爸那裡去罷。

這個贅婿，為婦家苦作著，終年的耕田種樹，既種了稻穀雜糧，又種著桑櫟諸樹，然而他們卻不肯給他吃飽，虐待著他，和他們申訴著也沒有用，而且也不能有申訴的餘地，實在不能再和他們同住下去了，還不如棄之而回到他自己的家裡去吧。這樣一解釋不是很明白了麼？同在《小雅‧鴻雁之什》裡，還有一首〈我行其野〉，也是同樣的一首贅婿之歌，而說得更為明白：

　　我行其野，蔽芾其樗。昏姻之故，言就爾居。爾不我畜，復我邦家。
　　我行其野，言採其蓫。昏姻之故，言就爾宿。爾不我畜，言歸斯復。
　　我行其野，言採其葍。不思舊姻，求爾新特。成不以富，亦只以異。

這首詩，《毛詩》也說是「刺宣王」。鄭《箋》從而釋之道：「刺其不正嫁取之數，而有荒政，多淫昏之俗。」朱熹云：「民適異國，依其昏姻而不見收恤，故作此詩。言我行於野中，依惡木以自蔽。於是思昏姻之故而就爾居，而爾不我畜也，則將復我之邦家矣。」這首詩，因為原文比較的明白，所以朱氏解釋還相當的好，但始終沒有說出其中的癥結所在來。因為他不明白贅婿制度的情形，所以便不能痛痛快快的說出「昏姻之故，言就爾居」之實際情形，至於為什麼後來又「爾不我畜」了之故，他自然更不清楚了。

這首詩比〈黃鳥〉更慘，更迫切。〈黃鳥〉的作者是自動的，因受了虐待，做盡了苦工，而食還不能飽，所以浩然有歸志。〈我行其野〉的作者卻是一個被遺棄的贅婿；他被婦家驅逐了出來，茫茫無所歸，在呼吁

著，在田野裡漫步著，到底向什麼地方去呢，還是回到自己的家鄉吧。以今語譯之，也許可以更明白些：

　　在那田野裡茫茫的懶散的走著，走得倦了，便靠在樗樹的蔭下休息一會兒罷。想起當初你贅我入門的時候，我們便開始的同居著。不料現在忽然變更了初衷，又把我驅逐了出去，我還是回到自己的地方去了罷。

　　在那田野裡茫茫的懶散的走著，無聊的在採取野生的羊蹄菜。想起當初你贅我入門的時候，我們便開始的同居著。不料現在忽然變更了初衷，又把我驅逐了出去，我還是回到自己的地方去了罷。

　　在那田野裡茫茫的懶散的走著，無聊的在摘取著野生的葍菜兒。你不想想我們從前的相親相愛，反而要去尋找新的女婿。他會更苦作的使你更加富有起來麼？也只不過是喜新厭舊而已。

　　最慘的是，凡為贅婿的人，大都是窮無所歸的苦力，或本來是「長工」，他們哪裡會有家，會有可以歸去的地方！〈黃鳥〉裡所謂回到自己的家裡，回到哥哥爸爸那裡去的話，也許只是憤語罷了，他是回不去的！他是終身的苦作的奴隸！也許他的情形不同，他家庭裡兄弟多，食指眾，家裡實在養不活，所以不得不出去為人贅婿。他也許還可以回去。〈我行其野〉的情調卻大為不同。他是為其「婦」所棄的。此婦的贅得女婿，原來是為了幫助她耕種的。不知為了什麼原故，或是為了他的不肯力作，不合其意，或者為了「喜新厭舊」，他便被她所驅逐。他既被驅逐出去，只好在那田野裡茫茫無所歸的漫步著，悲吟著。他會有家可歸麼？

　　像這樣的悲劇，幾千年來，不斷的在中國的農村社會裡表演著，然而沒有一個人曾經注意到過這個問題，沒有幾個文人曾經寫到過這樣的題材，除了《詩經》裡的這兩篇詩以外，只有《劉知遠諸宮調》一書而已。贅婿本來是終身的「長工」，終身的奴隸，是男性的「奴婢」；他是被遺棄的人物，在社會裡被遺棄，在文學裡也被遺棄。

　　在中國農村社會裡，所謂「贅婿」，其地位是很低的。農家贅了一個女婿，即等於得到了一個無報酬的終身的長工。其在家庭中的地位恐怕較之童養媳還要不被人重視。稍有身分的人，絕對的不肯爲別人家的贅婿。做贅婿的人，大都是窮無所歸之輩。他們沒有了自己的家，沒有了自己的親屬，又結不起婚，所以只好把自己「贅」給別人家，作爲「入門女婿」。所以，名義上是女婿，實際上卻是終身的「奴隸」，終身的長工。有了「女婿」的名義，便不怕他逃去，不怕他離此他去，到別家去做工。

　　招收「入門女婿」或贅婿的人家，其目的頗有不同。最普通的是，家裡有兒子的，招收了贅婿入門，完全是要多了一個幫手，多了一個終身的長工，農事的生產方面可以省費而多產，在經濟上是異常的合算的。其次是，家裡沒有男丁，恐怕不能傳宗接代，而女兒嬌養慣了的，又不願意她嫁出門去，做別人家的媳婦，於是招收了一個女婿入門，令其改姓易名，由半子而兼作兒子。前幾天在日報上還曾見到像這樣的一個啓事：

　　　　杜王氏啓事　　茲因無子，贅林若漁爲婿，自一月八日起，入贅本宅，並易姓名爲杜咸文……云云。

　　但在古代社會裡，贅婿的流行，經濟的原因是更重要的。黃河流域的田地，需要勞力，比別的地方更多，而農人們也比別的地方更窮苦。爲了增加生產，不能不求更廉價的勞力。贅婿便是最好的無報酬的終身的長

工。所以，有女兒的人家，招收「入門女婿」，恐怕是很平常的事。

　　描寫贅婿生活最生辣活潑的一段文字，是《劉知遠諸宮調》；其後《白兔記》，便差得多了。劉知遠因爲窮無所歸，被李太公贅爲女婿，將女三娘嫁給了他。但他的妻兄洪義、洪信卻虐待他無所不至。用種種的詭計來迫害他。後來，因暴風雨失了牛隻，他便不得不逃出李門，到太原去投軍去。他的發達還是靠了他做了岳府的女婿。朱元璋，另一個從流氓做到了皇帝的人，也是靠了他娶了馬皇后，得到了子婿的身分，而逐漸的得到了信任，得到了兵權的。

　　在《劉知遠諸宮調》裡，寫知遠受了虐待，本想遠走高飛，卻因爲和李三娘如水似魚，欲去不能去。結果，卻終於不得不遠走高飛。他嘆息的說道：「勸人家少年諸子弟，願生生世世，休做入門女婿！」

　　他的被壓迫的重擔，還不止是李洪信、洪義夫婦們加給他，連整個村莊裡的人，也都看不起他。「大男小女滿莊裡，與我一個外名難揩洗，都交人喚我做劉窮鬼！」

　　根據了農村社會的習慣，凡爲人贅婿者，其結婚的儀式，乃是用花轎抬進女家大門的；他是「出嫁」，不是「娶親」。在封建社會裡，這自然是有損傷於男子的「尊嚴」的。所以，若不是窮無所歸的漢子，決不肯如此低首下心的被抬進女家大門而作爲入門女婿的。

　　劉知遠的故事，在民俗學上是屬於「玻璃鞋」型（即Cinderella型）的一支。英國Cox女士，曾集了同型的故事三百十八種，著Cinderella一書。中國最著名的此型的故事的代表，便是「舜」的故事。敦煌石室所發現的〈舜子至孝變文〉，便是流傳於民間的甚久、甚廣的東西。關於此型的故事，我將另有他文詳細的討論之。

　　這裡所要提出的，只是贅婿制度在農村社會裡所發生的作用。在中國的貧窮的農村社會裡，廉價的勞力，最爲需要。無報酬的「長工」，乃是

自耕農所最想僱用之的。有了子婿的關係，這無報酬的「長工」，便可以永久的終身的成爲「農奴」了。但其間也有「婚變」，好像〈我行其野〉一首詩裡所述的。這樣的「婚變」，其主因大都爲了贅婿的不稱職，懶惰，不肯苦作，等等。有時，便不得不把他驅逐出門，另招一個肯苦作的漢子來。

但贅婿們究竟是可靠的居多。這情形正和五代時的軍閥們盛行著「養子」制度一樣。有了父子的關係，養子們便肯出死力以擁護之了。李克用有十三太保，都是「養子」，其間李存孝的故事，也是屬於「玻璃鞋」型的。中國沿海一帶的做海外貿易的商人們以及漁民們也盛行著「養子」制度，——特別是福建一帶。他們用金錢購買了好些外姓的幼童們作爲養子，使之出洋飄海，做買賣或打漁，其所得，全都歸之「養父」，這也是利用著廉價或無代價的勞力以富裕他們自己的一種方法。廣東地域則盛行著「多妾」制度，往往一個人購得了好幾個妾，使她們作苦工，下田耕種；其所得，也是全歸之於「家主」。有了夫妾的名義，便也不怕她逃走或離開去。這也是利用著封建的名義，僱用著廉價或無代價的勞工的另一種方法。

普遍的流行於中國全國的童養媳制度，其作用也相近於此。慘酷無倫的《竇娥冤》的故事便是一個代表。

贅婿的故事及其制度，在其間最不受人注意。但在今日這制度也還存在著。從〈黃鳥〉、〈我行其野〉的兩首詩的作者們起，將近三千年了，這樣的封建制度的殘餘也還沒有掃除乾淨，可見中國社會裡，封建力量之如何巨大了。

該掃除的封建「餘孽」或「制度」還不知道有多少呢，贅婿，童養媳，養子和妾，便是其中之二三。

一九四六年二月四日寫。

（原載《文藝復興》第一卷第三期）

釋諱篇

一

「名字」的諱避，沒有比我們更保留得頑固而久遠的。古人諱君名，諱親名。《尚書‧金縢》裡有一段文字：

> 惟爾元孫某，遘厲虐疾。若爾三王，是有丕子之責於天，以旦代某之身。

周公旦不敢稱其兄弟武王發之名，而稱之曰：某。後人諱聖人之名，於讀經書時，每遇孔丘、孟軻之名，讀時必將「丘」、「軻」改讀作「某」。像《論語》：

> 子曰：十室之邑，必有忠信如丘者焉，不如丘之好學也。　　　　　　　　　　　　　（〈公冶長〉第五）

讀時，則必諱之曰：「必有忠信如某者焉，不如某之好學也。」
對於神道之名，也往往諱言之。關羽在元代似便已確定了他的神的地位，故元刊《三國志平話》對於張飛、劉備皆稱名，獨對關羽則稱之曰關公而不名：「見關公街前過，生得狀貌非俗，衣服襤褸，非是本處人。縱步向前，見關公施禮。關公還禮。」羅貫中的《三國志通俗演義》則對關羽尤為崇敬。在「宗寮」裡則無人不稱名，獨羽則稱之曰：關某。在正文裡，則也獨稱之曰關某：「共拜玄德為兄，關某次之，張飛為弟。……關某造八十二斤青龍偃月刀。」始終不敢一斥其名。
對於帝王之名，他們諱之尤嚴，避之尤謹。甚至把古人的姓名也都改

了，以避帝王之諱。像東漢顯宗名莊，遂把莊忌改爲嚴忌，莊君平改爲嚴君平，莊子陵改爲嚴子陵。東漢宣帝名詢，遂把荀卿改爲孫卿。漢武帝名徹，因改徹侯爲通侯，蒯徹爲蒯通。至於因犯當代之帝諱而改名，則更爲當然之事了。

杜伯度名操。曹魏時，避曹操諱，故隱操字，而名爲伯度。五代時，陶谷本姓唐。避晉祖石敬瑭名，乃改姓爲陶。

這種例子實在多極了，我們隨時都可以遇到，不必再多引了。

在刻版書流行時代，凡遇帝諱，皆缺筆。今日版本研究者所謂「宋諱缺筆」者，即指避宋帝名而缺筆者。往往借此而得考證出刊刻的年代。

清帝之名，在八股未廢時，士子初學爲文，便須習知避忌，像「玄」字改作「元」，或寫作「玄」；「慎」字因避「禛」字的兼諱而寫作「慎」（王鴻緒《明史稿》的原刻初印本，每頁版心皆作慎修堂，後印者則慎字皆缺筆矣）。若干年前，遺老們刻書，對於溥儀的名字尚加以諱避，儀字皆刻作「儀」。

對於親名，人子也往往諱之惟謹。行文時，對於祖父及先代皆稱爲某某公（往往以官爵稱之）而不敢斥名。人有不知，（或有意）犯其祖或父諱者，往往痛哭流涕，視爲大可傷心之事，或視爲奇恥大辱，終身不忘。《世說新語》記著一段很有趣的故事：

盧志於眾坐問陸士衡：「陸遜、陸抗是君何物？」答曰：「如卿於盧毓、盧珽。」士龍失色。既出戶，謂兄曰：「何至如此！彼容不相知也。」士衡正色曰：「我父祖名播海內，寧有不知。鬼子敢爾！」議者疑二陸優劣。謝公以此定之。（《方正》第五）

士衡對於盧志的有意的侮辱立刻便給以報復，在當時是視爲很得體的。

韓愈勸李賀舉進士。而與賀爭名的人卻以賀父名晉肅，以爲他不應該舉進士。愈因此作〈諱辨〉：

> 愈與李賀書，勸賀舉進士。賀舉進士有名。與賀爭名者毀之曰：賀父名晉肅，賀不舉進士爲是，勸之舉者爲非。聽者不察也，和而唱之，同然一辭。皇甫湜曰：若不明白，子與賀且得罪，愈曰：然。律曰：二名不偏諱。釋之者曰：謂若言「徵」不稱「在」，言「在」不稱「徵」是也（按：孔子母名徵在）。律曰：不諱嫌名。釋之者曰：謂若禹與雨、丘與蓲之類是也。今賀父名晉肅，賀舉進士，爲犯二名律乎？爲犯嫌名律乎？父名晉肅，子不得舉進士。若父名仁，子不得爲人乎？

這一篇〈諱辨〉罵得很痛快！

但像避「晉肅」之諱而遂謂不應舉進士的例子，或因避個人的專名之故而把事物之名改換了的例子，在實際上卻也不少概見。

宋朱翌《猗覺寮雜記》三（《學海類編》本）云：

> 始皇諱政，以「正」月爲「端」月。呂后諱雉，以雉爲野雞。楊行密據揚州，州人以蜜爲蜂糖。錢元瓘據浙，浙人以一貫爲一千。石勒據長安，北人以羅勒爲香菜，至今不改。必是當時犯諱令嚴，故人不敢犯。本朝寬厚，自非舉子爲文，臣寮奏牘，不敢犯廟諱，天下人語言，未嘗諱也。

在唐之前，大約君與父之諱是被過分的重視著的。至於朋友的名字，也許還不怎樣避諱。但到了宋之後，則輩分略長或官爵稍高者之名也都被避諱了。朋友們之間尤以呼「名」爲大不敬之條。

《猗覺寮雜記》（一）云：

> 唐人詩多自用名，及呼人名與第行，皆情實也。杜云：甫昔少年日，白也詩無敵。退之云：愈昔從事大梁下，籍也隴頭瀧之類。今皆不然。不特不自呼其名，若呼人名，則必取大怨怒。世道淺促，至誠之事掃地矣。

這種諱「名」的風氣，到今日還沒有改，還很頑強的依附於一般人的心上，幾乎每一個讀書的人，或略識之無的人，在「名」之外，必定還有「字」，還有「號」，甚至一個人有十個八個的別號。當兩個不相識者相見時，必不敢問他的名，必定是於問明了「姓」之後，接著便很謙恭的問道：

「臺甫是……？」

被問者也必答之道：「賤字是……。」

作者往往接得不相識的來信，於「振鐸先生」之旁，注道；「未知臺甫，敬乞原諒」一類的字樣。

元人每以賤役而也有「字」或「號」爲憤慨。《太和正音譜》云：「異類托姓，有名無字，趙明鏡訛傳趙文敬，非也。張酷貧訛傳張國賓，非也。……古之名娼也，止以樂名稱之耳，亙世無字。」劉時中《上高監司》「端正好」套云：「糶米的喚子良，賣肉的呼仲甫，做皮的是仲才、邦輔，喚清之必定開沽，賣油的喚仲明，賣鹽的稱士魯……開張賣飯的呼君寶，磨麵登羅底叫得夫。可足云乎！」

民國以來，以走卒而爲大將者不少。當他們飛黃騰達的時候，便於

本名之外，而也有了「字」與「號」了。張宗昌字效坤，他的傄儸們便尊之曰：「效帥」；吳佩孚字子玉，人也稱之曰：「玉帥」。甚至像段祺瑞一流的人，一般人則稱之曰「芝老」（他字芝泉），或曰「合肥」而不名（段爲安徽合肥人）。這給新聞記者們以很大的麻煩。他們非有過人的記憶力不可；對於每一個政治舞臺上的人物的名號，至少得費個若干時候的探討的功夫。對於讀報者也往往是一個障礙，如果記者只記其字而不寫出其名來時。作者從前曾經不知效坤是何許人（宋哲元字明軒，知者也不會很多的）。

卜陳彝《握蘭軒隨筆》（卷下）云：

> 凡投刺開面頁，古用正字。張居正爲相時，避其諱，黏簽，後相沿用簽。非是。

爲了避一個相公之名，連日用的「刺」也都改了樣子。可見我們避諱之愼重其事。

在今日還是如此，如果對一個朋友而直呼其名，便有被視作「大不敬」的危險（在法庭上，法官對犯人才呼名的）。

記得去年「國民政府」還有過一個命令，吩咐各報館不許直書各要人之名。

爲什麼這個古老的習慣到今日還頑強的產生著呢？爲什麼呼名便是「不敬」呢？這種「不敬」的觀念何以會發生的呢？爲什麼須避諱，須諱名而可以不諱字呢？

說來話長。總之，也是從很古遠很古遠的時代遺留下來的原始的「禁忌」的一種。在古遠的時代是一種「禁忌」。到了後來，便變成了禮貌或道德或法律的問題了。

二

　　遠古的人，對於自己的名字是視作很神祕的東西的。原始人相信他們自己的名字，和他們的生命有著不可分離的關係。他們相信，每個人的名字乃是他自己的重要的一部分；別人的名字和神的名字也是如此。他們取名以分別人、己。他更相信：知道了神、鬼或人的名字，便可以把這個名字的主人置在他的勢力內，便可以給這個名字以危害。因此，他常預防著他的名字為人所知。常對友人隱瞞著，而更永不為其敵人所知。

　　這個信仰的發生，乃由於原始社會的原始人，對於物與主，名與物，象徵與實在的分辨不清。這乃是最普遍的野蠻思想之一。他們對於生物與無生物的區別永遠糾葛不清。他們把每株樹，每一條河流，每一塊岩石，都人格化了，都視作和自己同樣的有思想，有感情的東西。

　　在原始社會裡，魔術乃是不可見的恐怖之國的根源。幾乎每件東西都成為魔術之媒介。魔術乃是原始人生活的主宰。他們不知物的真相，而相信其可為善或惡的媒介──大體是屬於惡的居多。

　　他們相信，名字乃是他們自己的一部分，和一切身上的東西，例如鬚、髮、爪之類相同，而較他們尤為重要。故必須隱匿起來，以免成為魔術之媒介，而為敵人所利用。

　　他們相信，知道或懂得某一件事，乃是在實際上捉住或得到那一件事。所以，知道了敵人的名字便是實際上或捉住了或獲到了他的自身。

　　在中國這種信仰在很後期的傳奇或小說裡還保存得很多。在吳承恩的《西遊記》裡有一個很好的例子：

　　　　二魔道：「你來尋事，必要索戰。我也不與你交兵。

我且叫你一聲，你敢應我麼？」行者道：「何怕你叫上千聲，我就答應你萬聲！」那魔執了寶貝，跳在空中，把底兒朝天，口兒朝地，叫聲：孫行者，行者卻不敢答應，又叫一聲，行者卻決忍不住應了一聲。搜的被他吸進葫蘆去，貼上貼兒。

這是第三十四回「魔頭巧算困心猿，大聖騰那騙寶貝」的一段。孫行者答應了一聲，便被吸進紫金葫蘆裡去。但後來被行者設計賺出那個葫蘆之外來。他變作小妖，盜了那葫蘆來，卻變了一個假的捧在手裡。

在同書第三十五回「外道施威欺正性，心猿獲寶伏邪魔」裡，作者接著寫孫行者和紫金葫蘆的主人銀角大王鬥法。銀角大王執的是假的葫蘆，行者執的卻是真的一個。行者讓銀角大王先叫他的名字，卻吸不進他去。但當行者執著真的紫金葫蘆叫一聲銀角大王時，這妖魔他自己卻被吸進葫蘆裡去了。

大聖道：「說得是！我就讓你先裝。」那怪甚喜。急縱身跳將起去，到空中，執著葫蘆，叫一聲：「行者孫！」大聖聽得，卻就不歇氣連應了八九聲，只是不能裝去。那魔墜將下來，跌腳捶胸道：「天哪！只說世情不改變哩。這樣個寶貝，也怕老公，雌見了雄，就不敢裝了！」行者笑道：「你且收起，輪到老孫該叫你哩。」急縱觔斗跳起去，將葫蘆底兒朝天，口兒朝地照定妖魔，叫聲：銀角大王！那怪只得應了一聲，倏的裝在裡面，被行者貼上太上老君急急如律令奉敕的帖子。心中暗喜道：「我的兒！你今日也來試試新了！」

還有一個老妖，名金角大王，他也有一件法寶，是淨瓶，其作用和銀角大王的葫蘆相同，卻也同樣的作法自斃。

> 那妖抵敵不住，縱風往南逃走。八戒、沙僧緊緊趕來。大聖急縱雲跳在空中，解下淨瓶，罩定老魔，叫聲：金角大王。那怪只道是自家敗殘的小妖叫聲，就回頭應了一聲，搜的裝將進去，被行者貼上太上老君律令。只見那七星劍墜落塵埃，也歸了行者。

在《武王伐紂》書裡也已有了呼名作法的事。《封神傳》所寫的呼名落馬的事尤多；迷魂陣的布置，以處置敵名爲主要的法術之一。第十四回「哪吒現蓮花化身」寫哪吒既已拆骨肉還了父母，一靈不昧，東西飄蕩，到了他師父太乙眞人那裡。太乙眞人把蓮花布成哪吒之身，一喚著哪吒的名字，他便幻成了人形。

> 「既爲你，就與你做件好事」。叫金霞童兒，把五蓮池中蓮花，摘二枝，荷葉摘三個來。童子忙忙取了荷葉蓮花，放於地下。眞人將花勒下辦兒，鋪成三才。又將荷葉梗兒折成三百骨節，三個荷葉，按上中下，按天地人，眞人將一粒金丹，放於居中，法用先天氣運九轉，分離龍坎虎，綽住哪吒魂魄，望荷蓮裡一推，喝聲：「哪吒不成人形，更待何時！」只聽得響一聲，跳起一個人來，面如傅粉，脣似塗硃，眼運精丸，身長一丈六尺。此乃哪吒蓮花化身。

這裡喚名的魔術是使用於善的方面的。但大多數喚名的魔術卻都是使用於惡的方面的。《封神傳》第三十六回「張桂芳奉詔西征」寫呼名落馬事尤為詳盡。

> 張桂芳仗胸中左道之術，一心要擒飛虎。二將酣戰，未及十五合，張桂芳大叫：「黃飛虎不下馬，更待何時！」飛虎不由自己，撞下鞍轎。軍士方欲上前擒獲，只見對陣上一將，乃是周紀，飛馬沖來，掄斧直取張桂芳。黃飛龍、飛豹二將齊出，把飛虎搶去。周紀大戰桂芳。張桂芳掩一槍就走，周紀不知其故，隨後趕來。張桂芳知道周紀，大叫一聲：「周紀不下馬，更待何時！」周紀吊下馬來。及至眾將救時，已被眾士卒生擒活捉，拿進轅門。

姜子牙見「桂芳左道呼名落馬」，無法可施，只好掛上免戰牌。但後來哪吒奉師命下山，來助子牙，那左道之術，方才被破。

> 先行風林領兵出營，城下搦戰。探馬報入相府。哪吒答言道：「弟子願往。」子牙曰：「是必小心！桂芳左道，呼名落馬。」哪吒答曰：「弟子見機而作。」即登風火輪，開門出城。見一將藍靛臉，朱砂髮，凶惡多端，用狼牙棒，走馬出陣。見哪吒腳踏二輪，問曰：「汝是何人？」哪吒答曰：「吾乃姜丞相師姪，李哪吒是也。爾可是張桂芳，專會呼名落馬的？」風林曰：「非也！吾乃是先行官風林。」哪吒曰：「饒你不死，只喚出張桂芳來。」風林大怒，縱馬使棒來取哪吒，手內槍棒兩相架

隔。輪馬相交，槍棒並舉，大戰城下。有詩為證：

下山首戰會風林，發手成功豈易尋。

不是武王洪福大，西岐城下事難禁。

……

且說風林敗回進營，見桂芳備言前事。又報哪吒坐名搦戰。張桂芳大怒，忙上馬提槍出營。一見哪吒耀武揚威，張桂芳問道：「跕風火輪者可是哪吒麼？」哪吒答道：「然。」張桂芳曰：「你打吾先行官是爾！」哪吒大喝一聲：「匹夫！說你善能呼名落馬，特來擒爾！」把槍一晃來取。桂芳急架相迎。輪馬相交，雙槍並舉，好一場殺！一個是蓮花化身靈珠子，一個是封神榜上一喪門。

……

話說張桂芳大戰哪吒，三四十回合。哪吒槍乃太乙仙傳，使開如飛電繞長空，風聲臨玉樹。張桂芳雖是槍法精熟，也自雄威力敵，不能久戰。隨用道術要擒哪吒。桂芳大呼曰：「哪吒不下車來，更待何時！」哪吒也吃一驚，把腳蹬定二輪，卻不得下來。桂芳見叫不下輪來，大驚！「老師祕授之叫話捉將，道名拿人，往常響應。今日為何不準？」只得再叫一聲。哪吒只是不理，連叫三聲。哪吒大罵：「大膽匹夫！我不下來憑我，難道你強叫我下來？」

為什麼張桂芳不能叫得哪吒下輪呢？這因為哪吒乃蓮花化身，「哪裡有三魂七魄，於此不得叫下輪來」。凡人們則被叫一聲，魂魄不居一體，散在各方，自然落馬了。第三十七回「姜子牙一上崑崙」裡有一段故事很妙：

　　元始曰：「此去但凡有人叫你的，不可應他。若是應他，有三十六路征伐你。東海還有一人等你。務要小心！你去罷。」子牙出宮。有南極仙翁送子牙，子牙曰：「師兄，我上山參謁老師，懇求指點，以退張桂芳。老師不肯慈悲，奈何奈何？」南極仙翁曰：「上天數定，終不能移。只是有人叫你，切不可應他，著實要緊！我不得遠送你了。」子牙捧定封神榜，往前行至麒麟崖，才駕土遁，腦後有人叫姜子牙。子牙曰：「當真有人叫，不可應他。」後邊又叫子牙公。也不應。又叫姜丞相。也不應。連聲叫三五次，見子牙不應，那人大叫曰：「姜尚，你忒薄情而忘舊也！你今就做丞相，位極人臣，獨不思在玉虛宮與你學道四十年！今日連呼你數次，應也不應！」子牙聽得如此言語，只得回頭看時，見一道人。話說子牙一看，原來是師弟申公豹。

　　因了子牙這一聲答應，惹得後來無數的兵戈。這可以說是關於名字的魔術的最大作用了。同書第四十四回「子牙魂遊崑崙山」寫子牙因被姚天君把名字寫在草人身上而得到了惡疾。

　　姚天君讓過眾人，隨入落魂陣內，築一土臺，設立香案，臺上紮一草人，草人身上寫姜尚的名字。草人頭上點三盞燈，足下點七盞燈。上三盞名為催魂燈，下七盞名為捉魄燈。姚天君披髮仗劍，步罡念咒，於臺前發符，用印於空中。一日拜三次。連拜了三四日，就把子牙拜得顛三倒四，坐臥不安。

　　像這一類的例子是舉之不盡的。這裡只不過略舉其最著者耳。

　　和哪吒的幻形相同的，還有元王曄《桃花女破法鬥周公雜劇》裡面寫的兩件事：其一，在楔子裡，桃花女欲救石留住之命，命石留住之母，於三更時候，將馬杓兒去那門限上敲三下，叫三聲。留住果然因此躲避了他的死亡。

　　其二，在第四折裡，桃花女已被周公咒死，卻在事前吩咐彭大向她耳朵根邊高叫三聲：「桃花女快蘇醒者！」她便得還魂。

　　這兩個例子都是呼名之術用之於善的方面的。不過更多的卻是敵人利用著知道的名字來施展其魔術於那名字的主人的身上。

　　巫蠱之術都是這法術的一支。至今，把所欲詛咒的人的名字寫在木人身上用以厭之、害之的法術，還是流行於民間無知識者的社會裡。

三

　　不僅凡人們會受名字的魔術的影響，就是鬼神也往往因為名字為人所知而被控制而不能施展其超自然的威力。

　　最有名的一個例子，便是〈湯底托〉（*Tom Tit Tot*），這是一個英國的民間故事。

　　卻說有一個女兒很貪嘴，她食去母親留下的餅。她母親很不高興，坐在門邊唱述女兒的事。恰好國王經過那裡。

　　國王問道：「你歌唱的是什麼事呢？」

　　老太婆不好意思述出女兒的貪嘴，便說謊道：「我唱說，我的女兒一天會絞五架線。」

　　國王便娶她為妻。但是一個條件：在新婚的十一個月中，她可以衣食稱心如意。但到了第十二月的第一天，她每天須要絞五架線。如果絞不

完，便要被殺死。

　　婚後的十一個月，果然十分快樂。到了十一月快盡的時候，她以為國王已經把這件事忘記了。不料，最後的一天，國王卻帶她到一個小房間裡。這房間除了一架絞線機和一張板凳外別無他物。第二天，他給她些麻繩。她開始驚駭，不知怎麼辦好。她坐在板凳上哭著。突然，她聽見門外有一個打門的聲音，她開了門，進來了一個長尾的小黑物。他說：「不要哭，我會幫助你的。我每天取去麻繩，絞好了帶回給你。只是我將每夜給你猜三次我的名字。到了月盡，如果還猜不著，你便將成為我的。」這樣，一天天的過去。到了月盡的前一夜，她還在亂猜道：「是皮爾？」

　　「不對的。」

　　「是尼特？」

　　「不對的。」

　　「是馬克？」

　　「也不對的。」

　　他哈哈的笑著，說道：「只有明天一夜了！你便是我的了！」

　　那一天，國王和她一同用飯，只吃了幾口，便吃吃的笑個不已。他告訴她說，他在打獵時，看見一個長尾的小黑物，在用一張小小的織機在織著線，一邊在唱著：

　　「不要，不要說出來，

　　我的名字是湯‧底‧托。」

　　她心裡喜歡得幾乎說不出話來。

　　到了晚上，這小黑物又來了。他問道：「我的名字是什麼？再猜不著，你便是我的了！」

　　她退了幾步，一手指著他，故意遲疑的說道：「是梭羅門？」

　　「不對的。」

「是西倍地？」

「也不對的。」

最後，她便指著他道：「你的名字是湯‧底‧托！」

他立刻逃到黑暗裡，從此不再出現。

「湯‧底‧托」型的故事，在全世界都可以找得到。所有這一切同型的故事，其結構的中心都在那怪物的名字的發見。

在一個推洛爾（Tyrol）的故事裡，主人翁是一位公爵夫人。她的丈夫有一天在樹林裡打獵，突然遇到了一個紅眼長鬚的矮人，告訴他說，他侵犯了他的疆界，如果不償以他自己的生命，便須把他的妻送給了他。公爵再三的懇求他。最後，他讓步的說，如果在一個月內，公爵夫人找不出他的名字來，她便是他的了。他們約定了，公爵夫人將到一株古樹邊和他見面三次，每次猜三個名字，共猜九回。到了月盡，她遵約到了古樹那裡，和矮人見面，猜道：

「是裘尼？」

「是菲契特？」

「是福爾？」

矮人快樂得叫起來，說道：「猜不著。」

她回到古堡中，在禮拜堂裡虔誠禱告。

到了第二天，她猜第二次。

「是海發？」

「是柏魯登？」

「是土爾根？」

矮人道：「猜不著！」

當第三天她到了古樹邊時，矮人沒有在那裡。她信步的向前走去，到了一個可愛的山谷裡，看見一所小屋。她躡足的走到窗前，偷偷的望著，

看見那個矮人在屋裡快樂的跳來跳去，一面唱著他自己的名字，公爵夫人異常高興的回到了古樹邊。

當矮人來時，她故意的逗著他道：

「是蒲爾？」

矮人搖搖頭。

「是西格？」

矮人開始有些吃驚了。

「是蒲爾西尼格爾！」她高聲的叫道。

於是矮人睜圓了一雙紅眼，大怒的咆吼而去，沒入黑暗中永遠的不見了。

在R. H. Busk譯的*Sagas from the Far East*裡，有一則故事說：一位國王命他的兒子出外遊歷，以增見聞。太子帶了他的好友——首相的兒子同去。在他們回程時，首相的兒子妒忌太子的智慧，騙他入一座森林裡，殺死了他。當太子死時，他說道：「阿巴拉契加。」當首相的兒子到了皇宮時，他告訴國王說，太子在途中因病而死，臨死時，他只說了一個字：「阿巴拉契加！」

於是國王召集他的巫師們來，告訴他們說，如果他們在七天之內，不能發現「阿巴拉契加」這個名字的意義，他們便全都處死刑。

但巫師們焦思苦慮了六天，還猜不出這個名字的意義來。

正當第七天時，有一個學生走來告訴他們說，不要灰心了，他已經為他們找到那個名字的意義了。當他臥在一株樹下時，他聽見一隻鳥兒告訴他的雛鳥說，不要吵著要吃的了，明天早晨可汗要殺死一千人，因為他們找不出「阿巴拉契加」這個名字的意義。這個名字的意義，那隻鳥說道，乃是：「我的好友騙我到了一座密林裡，殺死了我。」

巫師們立刻跑去告訴可汗。他因此把首相的兒子捉來殺了。

　　這最後的一個故事，和「湯‧底‧托」型雖略有不同，而其重心在發見一個名字的意義卻和發見一個名字很相同。

　　發見了一個名字，居然具有這樣重要的意義與作用，可見野蠻人對於名字的如何重視了。

　　上文所舉的呼名落馬等等故事也都可以歸在這一部分的研究裡。

四

　　原始人相信一個人身體的實在的附屬物，像髮、鬚、爪之類，足以為魔術的或巫蠱的媒介物，跟著便也相信「非實在」的東西，像陰影、影像和名字等，也都足以被當作施展魔術於其身上或巫蠱之用的。

　　原始人於聲光之學毫無所知。他們對於空谷的回聲，水中的倒影，跟隨在他身後的人影，都覺得可以證明人是有第二個自己，即靈魂的。

　　巴梭托人（The Basuto）不走河岸上，生怕他的影子落在河上，一隻鱷魚會捉了他，因此施害於他。在韋塔島（Wetar Island）上，有巫師們專門會以刀矛刺人的陰影以致人於疾痛。亞拉伯人相信，如果有一隻土狼踏在一個人影上，那個人便會喑啞的。在近代的羅馬尼亞存在著：凡一座新建築必須葬一個犧牲者給土神的風俗之遺習，即建築者須騙一個過路人走近，使他的陰影剛好投在基石上，他們相信，這個人在這年內必定會死去。

　　原始人對於陰影的迷信，同樣的在名字上也見到。

　　維多利亞（Victoria）的黑人，極不願意把他們的真名告訴別人，生怕會為巫師所利用。塔斯曼人（Tasman）也十分不高興他們的名字被人說出。

　　在西非洲的齊語（The Tshi Speaking）族裡，一個人的名字，除了最

近的親屬外，無人知之，他們都只知道他的諱名，而不知他的眞名。依委語（The Ewe Speaking）族的人相信：名字與人具有實際的關聯；用著他的名字，便可以給那個人以危害。

不列顚・幾內亞（British Guinea）的印度人對於名字看得異常的重要。名字的主人極不願意說出它來，顯然他們相信，名字乃是人的一部分；知道了它，便對他有一部分的控御之力了。爲了避免他們的名字爲人所知，所以一個印度人對別一個呼喚著時，常依據著他們的親屬關係而稱呼著的。

對於一個白人，他們也不願意告訴其名。這事顯然是不便的，因爲根本上沒有親屬關係，無法可稱呼，於是印度人便請白人給他一個名字。這個名字常是寫在一片白紙上。當別一個白人問他的名字時，他便將這片紙給他看。

不列顚・哥倫比亞（British Columbia）的印第安人，決不願意說出他的名字。所以你永遠不能從他自己那裡得到他的眞名；但從同伴們口中卻可以得到。

美洲的印第安人，名字是一種聖物，不輕易爲人所知。

許多黑足人（Black Foot）每一季都要改換一個名字。每當一個黑足人成就了一件功名或事業時，也就改換一個名字。這種改名之俗，在文明社會裡也極常見。所謂東坡居士、半山等等的「號」，在我們社會裡是極常見的；每因易居一地，新建一室，新得一物而起一新號的。又每當一個武士成就了事功之後，皇帝也常賜姓或賜名以旌異之。

《水滸傳》裡的呼保義（宋江），智多星（吳用），黑旋風（李逵），乃至浪裡白條、母大蟲、矮腳虎等等的諱名，也是和這個古老的禁忌有關的。

英國侵略尼泊爾的戰爭時，尼泊爾人卻要偵探出英軍統帥的名字而加

以巫術。又，在英國侵略印度戰爭時，萊克將軍（Lake）克取一個城池，竟不費吹灰之力，他覺得很奇怪。後來才知道他的名字在土人言語裡其意義是鱷魚。這城原來有一個預言，說要爲鱷魚所攻取。

像這樣的例子在中國也不少。《水滸傳》裡的「遇洪而開」以及什麼〈燒餅歌〉之流，也都是關於名字的謎的作祟而已。

五

古埃及人把姓名遍寫於壁上及他處。他們相信，如果名字被塗抹了，人便也不會活著了。

埃及人相信靈魂有八個，第八個是Reu，即「名字」，不朽的我的一部分。沒有了它，人便不能生存。

流行於英國人間的一首民歌：

> What is your name?
> Pudding and tame
> If you ask me again I'll tell you the same.

充分的可以表現出這古老的名的禁忌之術，還保存在今日的社會裡的遺跡。

在有許多地方，乳名是特別被重視；只有乳名才有被作爲魔術之媒介的力量。

這個觀念是極爲普遍的流行於各時代的。當一個孩子生下來時，取名之禮是很隆重的。在基督教、天主教的諸國裡，受洗禮時的名字乃是眞名，乃是登記在天上之名。所以，在沒有取名之前，他們把孩子保護得

異常的周密，生怕爲惡鬼所竊去。蘇格蘭人嚴守著新生之子，把漁網掛在帳前，以阻魔鬼的入來。丹麥人將鹽麵包，放在孩子的四周。他們隱藏教名，不使惡鬼害他。

中國人對於小孩，欲其成大無災，常常取以賤名，如「豬矢」、「小狗」之類。此風俗在沿海一帶，如福建等省爲尤甚。

我們相信凡人在疾病時，靈魂是失落了——特別是孩子——或迷途了，叫他的名字也會歸來：他的魂也許會憬然有悟，歸附於體，而病以愈。這叫魂之術，來源極早（〈大招〉、〈招魂〉），而今日還甚流行於各地。一盞燈籠，一面鑼，一聲聲的喊著名字，在黑漆漆的夜裡，冷寂寂的街上，那景象是極爲慘怖的。

六

因此，改名之典，便也被視爲十分愼重。

《舊約·創世記》云：「你的名字不再爲亞伯蘭，要改爲亞伯拉罕，因爲我已將你作爲許多國之父了。」

同書同記又說：「他說你的名字不再叫約可伯，但爲以色列，因爲你是一個王，有天與人的權力且可得勝。」

在中國，改名以應天象，以應緯讖等等的事，在歷史上異常的多。最好的例子是劉歆改名爲劉秀的事；因爲他相信「劉秀將爲天子」的讖語。

歷代帝王的改元，也往往都是爲了去凶就吉，他們相信，一改了元便可以氣象一新。

古人對於改名或另取一「字」是十分愼重的。

《儀禮·士冠禮》裡有賓爲行冠禮的少年取「字」。其「字辭」極爲愼重。其辭：「禮儀既備，令月吉日，昭告爾字。爰字孔嘉，髦士攸宜，

宜之於假，永受保之。」

今人也還有「自某年某月某日起，改名某某」的舉動。錢玄同先生廢姓，改為疑古玄同是好例。

七

名的禁忌，在原始人社會裡最為頑固而流行。至今還頑強的保留著不少遺跡。他們有種種的「禁忌」，像岳父母之名，不能呼出。在印度人裡，妻不呼夫名，稱「他」、「家人」等。我們中國人也是如此。妻稱夫為「他」，如有子女，則稱為某某（子名或女名）的爹。妻名，夫也常不說出，似不應為人所知者，或稱為「內人」、「內子」、「賤內」、「家的」，或僅稱為「她」。

有名的*Cupid and Psyche*的故事及魏格納歌劇*Lohengrin*的故事，都是關於破壞了這種「禁忌」的一種結果。

至於諱君父之名及神道名，則自是當然的；上文已詳之。這裡更舉一二個例：在西蘭地方，國王名水，則「水」易新名，國王名刀，則「刀」易新名。有一個地方，國王登極時，即改名。有言舊名者，殺無赦。

我們由上文所述，可以知道，人類遠古的蠻性，其遺留於今日社會中者，實在不少。而中國孔子所欲保存者，有不少便是這一類的東西。

（載《公論叢書》）

伐檀篇
——「《詩經》裡所見的
　　古代農民生活」之一

坎坎伐檀兮，置之河之幹兮，河水清且漣猗。不稼不穡，胡取禾三百廛兮？不狩不獵，胡瞻爾庭有懸貆兮？彼君子兮，不素餐兮！

坎坎伐輻兮，置之河之側兮，河水清且直猗。不稼不穡，胡取禾三百億兮？不狩不獵，胡瞻爾庭有懸特兮？彼君子兮，不素食兮！

坎坎伐輪兮，置之河之漘兮，河水清且淪猗。不稼不穡，胡取禾三百囷兮？不狩不獵，胡瞻爾庭有懸鶉兮？彼君子兮，不素飧兮！

上《詩經·魏風·伐檀》一篇，凡三章，章九句。《毛詩序》道：「〈伐檀〉，刺貪也。在位貪鄙，無功而受祿，君子不得進仕爾。」這樣明白曉暢的詩，被《詩序》一解釋，反而弄得糊塗了。這首詩裡的「君子」，正是詩人諷刺的對象，《詩序》卻說什麼「君子不得進仕爾」，仿佛做這首詩的，倒是「君子」了。鄭氏《箋》全就「序」旨生發，乃亦一無是處。可見漢儒解經之盲從與固執。朱熹《詩集傳》道：「然其志則自以為不耕則不可以得禾，不獵則不可以得獸，是以甘心窮餓而不悔也。詩人述其事而嘆之，以為是真能不空食者。後世若徐穉之流，非其力不食，其屬志蓋如此。」也是牽住了「君子」二字來硬做文章的。其實，只要把「君子」一語解釋作「地主」或「宦紳」之流，則全詩便能豁然貫通，毫無窒礙了。這位詩人口中的「君子」，全是譏刺之意。此「君子」並非若後人之所謂「君子」也。且以今語將全詩譯之如下：

坎坎然的在用力斫著檀樹，斫下來把它放到河邊。河水是那末清，一陣風吹過來，吹得河水潾潾作波紋。他不

曾去種田，也不曾去割稻，為什麼他卻拿了我們的穀去，
填滿了他的三百間穀倉？他不曾去打獵，也不曾去捕捉野
味，為什麼看看他的院子裡，卻有打到的貉子懸掛在那
裡？那地主啊，他是非吃肉不可的呀！

　　坎坎然的在用力削木做車輻，做好了把它放在河旁。
河水是那末清，一陣風吹過來，吹得河水揚揚的直流下
去。他不曾去種田，也不曾去割稻，為什麼他卻拿了我們
的三百億把的穀去？他不曾去打獵，也不曾去捕捉野味，
為什麼看看他的院子裡，卻有打到的野獸懸掛在那裡？那
地主啊，他是非吃肉不可的呀！

　　坎坎然的在用力斫削著車輪，做好了車輪把它放在河
沿。河水是那末清，一陣風吹過來，吹得河水在轉著圓圈
兒。他不曾去種田，也不曾去割稻，為什麼他卻拿了我們
的穀去，堆滿了他的三百座圓倉？他不曾去打獵，也不曾
去捕捉野味，為什麼看看他的院子裡，卻有打到的鵪鶉懸
掛在那裡？那地主啊，他是非吃肉不可的呀！

　　這還不夠明白麼？曹粹中云：「檀木堅韌，故伐之之聲坎坎然，非若
丁丁之易也。」這話很對。車輻和車輪都需要堅韌的檀木來做，所以農人
在用力的斫，用力的削。當他在河邊斫削著檀木的時候，眼望著河水，心
裡卻不平的在想著地主的享用。他為什麼會不耕種，不收割而可以有米盈
數百倉；吃著白米飯不算，還要吃著貉子，吃著野味，吃著鵪鶉，而那些
東西，也並不是他自己去打獵得來的。為什麼他會如此的享用著呢？社會
何以會那末不平等呢？他不平，他便諷刺著，反脣相譏著。

　　所以，這實是一首絕好的農民的諷刺詩。如何會「纏夾」到什麼

「君子不得進仕爾」一類的思路中去呢？在同書《豳風》裡，有一篇〈七月〉，也是絕妙的農歌。〈七月〉的第三章和第四章云：

> 七月流火，八月萑葦。蠶月條桑，取彼斧斨，以伐遠揚，猗彼女桑。七月鳴鵙，八月載績，載玄載黃，我朱孔陽，爲公子裳。
>
> 四月秀葽，五月鳴蜩。八月其穫，十月隕蘀。一之日於貉，取彼狐狸，爲公子裘。二之日其同，載纘武功。言私其豵，獻豜於公。

正可作〈伐檀〉的注腳。這二章詩句，比較的難懂。現在也把它們譯爲今語：

> 在七月的夜裡，望著天空，有流星飛過（按「流火」甚難解；毛《傳》云：「火，大火也，流下也。」鄭氏《箋》云：「大火者，寒暑之候也。火星中而寒暑退，故將言寒，先著火所在。」朱氏《詩集傳》云：「流，下也；火，大火心星也。以六月之昏，加於地之南方，至七月之昏，則下而西流矣。」均不大明白，故直捷的以流星解之）。在八月裡，蒹葭是白茫茫的一片。想起養蠶的一個月啊：有時，連枝的把桑葉採下來；有時，把那揚起的遠枝，用斧頭斫它下來；有時，把嫩的桑葉摘下來，卻留著枝幹。七月的時候，伯勞在叫著呢。八月，是割麻織布的時候了。有的染了黑色，有的染了黃色，但我的紅色卻最鮮豔。織了，染了；是爲公子們做衣服穿啊！

　　四月裡，遠枝在結實。五月裡，知了在叫。八月裡，
可以收穫了。十月的時候，草木都黃落了。第一天出去捉
捕狐狸；取狐皮來替公子們做皮裘。第二天，又要繼續的
出去替公家狩獵了！捉來了小野豬留下了給自己，但大豕
卻要拿出來獻給公家！

　　這詩裡所謂「公子」，也就是〈伐檀〉裡的所謂「君子」，其實，
也便是地主，或田主，或公、侯、大夫之有采田者。農人們辛辛苦苦的養
了蠶，收割了麻，織成了絲與布，染好漂亮的顏色，卻是給地主們做了衣
裳！地主們不僅取了他們的穀，也還剝奪著他們的副產品。不僅此也，到
了十月的時候，還要替地主出去打獵，捉狐狸，捕野豬；自己只能留下小
的，大的卻非貢獻出來不可。這足夠說明了〈伐檀〉裡所譏罵的「不狩不
獵，胡瞻爾庭有懸貆兮」的一句話了。原來那野獸也是農民們所貢獻給他
的！
　　可見，在當時，農民們雖未必是什麼奴隸，但他們耕種著田主們或地
主們或公侯、大夫們的田地，卻受盡了剝削。他們不僅要照例付納穀物，
還要附帶的交納副產品，像絲綢與麻布之類。在冬天農餘的時候，還要為
地主們出去打獵，捉狐狸給他們做裘衣，打野豬給他們食用。農民們義務
重重，簡直被壓得透不過氣來。他們在名義上雖可能是自由人，但在實
際，卻是經濟上的奴隸。他們被鎖在土地上，無法脫離，也無處可逃亡。
在《魏風》裡，還有一篇〈碩鼠〉的詩：

　　　碩鼠，碩鼠，無食我黍！三歲貫女，莫我肯顧。逝將
　　去女，適彼樂土。樂土樂土，爰得我所！
　　　碩鼠，碩鼠，無食我麥！三歲貫女，莫我肯德。逝將

去女，適彼樂國。樂國樂國，爰得我直！

　　碩鼠，碩鼠，無食我苗！三歲貫女，莫我肯勞！逝將
去女，適彼樂郊。樂郊樂郊，誰之永號！

以今語譯之如下：

　　大鼠，大鼠，不要再食我的黍米了！我佃了你的田，
種了三年，你一直不曾顧念到我的辛苦。我現在要離開你
走了。我要到別的快樂的地方去。到了那個快樂的地方，
我便可以安居下來，不受剝削了！

　　大鼠，大鼠，不要再食我的麥子了！我佃了你的田，
種了三年，你一直不曾見到我的勤懇的好處米。我現在要
離開你走了。我要到別的快樂的地方去。到了那個快樂的
地方，我便可以得到應該得到的待遇了！

　　大鼠，大鼠，你連稻苗也不用想再食我的了！我佃
了你的田，種了三年，你一點也不覺得我的勤勞。我現在
要離開你走了。我要到別的快樂的地方去。到了那個快樂
的地方後，誰也不高興再在你的田地上愁恨的長吁短嘆著
了！

　　這簡直是在謾罵著了。把田主們比作大鼠。他是偷盜穀物的怯獸！農
民道，他要離開了這地方而到別的樂土那裡去了。在別的地方，一定會體
念他的勤勞苦辛，一定不會剝削他像這裡的情形一樣，也一定不會像在這
裡似的常在愁恨的嘆叫著。

　　這可見當時的農民們的確是比較自由的。他們不高興耕種這地方的田

了，他盡可自由的跑到別的地方去。他們總幻想著有一個樂土，在那裡，沒有碩鼠似的田主，沒有剝削，沒有愁嘆。然而，果真有那樣的一個「樂土」麼？在那時，果真有那樣的一個「世外桃源」麼？恐怕到處的田主們都是那末壞，正像天下的老鴉們都一般黑似的。他們雖然想望著自由，幻念著樂土，然而他卻跑不開去。他們是被經濟的鎖鏈無形的鎖在土地上的。他們不會有自由。跑到那裡也是一樣。根本上，在那時代的初期封建的農業社會裡，是不會有他們所幻想的「爰得我所」、「爰得我直」的樂土的。

他們永遠的生活在被封建地主種種剝削、樣樣侵奪的環境之中，永遠的為土地的奴隸。每年全家辛辛苦苦的工作著，而大部分的收穫，包括田中的穀物和副產物及其農餘的狩獵所得在內，全都貢獻給了「不稼不穡」、「不狩不獵」的田主。自己留下的只是很小的一部分，勉強的維持著不至凍餒的生活而已，永遠不會有餘糧和餘財的。

把這樣困苦和不平的農民的生活，也就是，把這時代的農民的一般生活，寫得最仔細的要算是〈七月〉一詩了。

　　七月流火，九月授衣。一之日觱發，二之日栗烈。
　無衣無褐，何以卒歲！三之日於耜，四之日舉趾。同我婦
　子，饁彼南畝。田畯至喜！（上第一章）

七月的夜裡，望著流星飛過天空。已經入秋了。到九月的時候，就要準備禦寒的衣裳了，下一天，寒風要凜烈的吹著了；再下一天，天氣便要大冷了。我們的寒衣，我們的毛衫都還不曾有呢！怎樣能夠度過這個年關呢？想到頭一天裡修理好了耒耜；第二天就要下田去了；我要同婦人孩子們送飯到南邊的田地裡去。好不高興啊！

七月流火，九月授衣。春日載陽，有鳴倉庚。女執懿
筐，遵彼微行，爰求柔桑。春日遲遲，採蘩祁祁。女心傷
悲：殆及公子同歸！（上第二章）

七月的夜裡，望著流星飛過天空。已經入秋了。到了九月的時候，就要準
備禦寒的衣裳了。想到春天到了，太陽和暖的照著，黃鸝在叫著，女孩子
們手執著精緻的筐籃，在小路上走著，採摘著柔嫩的桑葉。春天爲何那末
遲遲的來到呢？只是採著許許多多的白蒿。她心裡在傷悲：將要和「公
子」一同到他家裡去了罷？！

第三章和第四章，上面已經引到過。

五月斯螽動股，六月莎雞振羽。七月在野，八月在
宇，九月在戶，十月，蟋蟀入我床下。穹室熏鼠，塞向墐
戶。嗟我婦子，曰：爲改歲，入此室處。（上第五章）

在五月的時候，蟋蟀跳躍出來了；六月的時候，它在振翼唧唧的叫著。
七月的時候，它還在田野裡，但到了八月，它便躲到簷下來了；九月的
時候，它藏到了門後。到了十月，它卻躲在我的床底下來。這時，天氣冷
了，要看看整個房子，把空隙透風的地方，塞閉起來；也要把老鼠們熏趕
出屋了；把向北的窗牖都封塞起來，也把泥土塗沒了竹門。唉！我的女人
孩子們，快要過年了，房子修理好，就可以住了。

六月食鬱及薁，七月亨葵及菽，八月剝棗，十月穫
稻。爲此春酒，以介眉壽。七月食瓜，八月斷壺，九月叔
苴。採荼薪樗，食我農夫。（上第六章）

六月時候，唐棣樹上的果子都甜熟可食了，七月是食葵菜和豆子的時候。八月裡，棗子熟了，好打下來了。十月的時候，田裡的稻熟了，可以收割了。要釀酒了；到了春天，酒熟了，便可以助助老頭兒的興致了。七月的時候，吃著瓜類的東西。八月裡，瓜老了，可以採下來做瓠子用。九月的時候，應該收拾麻子了；還要採了苦荼，供食用，斫了檽樹當柴燒，我們農人吃的是這些東西啊！

> 九月築場圃，十月納禾稼。黍稷重穋，禾麻菽麥。嗟
> 我農夫，我稼既同，上入執宮功。晝，爾於茅；宵，爾索
> 綯；亟其乘屋，其始播百穀。（上第七章）

九月的時候，要開始建造打穀的場地和園圃了；十月的時候，可以把收穫來的穀物放進倉裡去了；收穫的東西可不少！有黍，有穀，有早熟的稻，有晚熟的稻，有麻，有豆，還有麥子。唉！我們農夫啊，收割的工作完畢，又要到田主家裡屋頂上去修理罅漏了。白天的時候要去取茅草，晚上的時候還要絞草繩。快點到田主家裡屋頂上去修補好了罷，播種的時候不久又要到了。

> 二之日鑿冰沖沖，三之日納於凌陰。四之日其蚤，獻
> 羔祭韭。九月肅霜，十月滌場。朋酒斯饗，曰殺羔羊。躋
> 彼公堂，稱彼兕觥，萬壽無疆！（上第八章）

初二的那一天我們「沖沖的」鑿打著河裡的冰塊，初三便要把他們藏到冰窖裡去。初四，起得早早的，到田主家裡去獻上羔羊和祭祀用的韭菜。是九月的時候了，白霜已經降了；十月的時候，打掃了場地，友朋們喝著

酒，大家說，把羔羊殺了吧。但還要跑到田主家裡的廳堂上去，捧舉著大酒杯子，祝賀他的無竟的萬壽呢！

　　細讀著〈七月〉，在這以詩寫出的「農曆」中，見出農夫們的一年的苦辛的經過。全篇純然是一片嗟嘆之聲。他們一年到頭的力作著，還不是為田主們忙碌著麼！連田主的屋漏也還要他們去修補呢。這是一個老農夫的詩，只有他，才能那末仔細的寫出一年間的農家的曆日和生活來。他寫這詩的時候，大約是在七月的夜裡，他眼望著流星飛過天空，思念著一年苦作的經過，而寫著這詩，故首三章，皆以「七月流火」一句開始。他心裡充滿了不平；為他的一家，為他的鄰里們，為他的同階級的農夫們不平。他看著鄰女在傷悲哭泣，心裡想：她恐怕是要到她的田主家裡去了。在這時候，農夫家的少女們，也許也要被送到田主家裡去，只要田主們說一聲要她。這和農奴們的生活有什麼不同呢？

　　許多解詩的人，都以為〈七月〉是周公做的詩。「成王立，年幼不能蒞阼，周公旦以冢宰攝政，乃述后稷、公劉之化，作詩一篇，以戒成王，謂之『豳風』。」（《詩集傳》）有了這個觀念，所以把全詩處處都解釋作「風俗之厚」、「不敢忘君」等等的話語。這是從哪裡說起呢！明明是一首農民的不平的控訴之詩，卻被解成了歌頌功德之作了。又，說詩者們都把這詩裡的「一之日」、「二之日」、「三之日」、「四之日」釋作周曆的「正月」、「二月」、「三月」、「四月」，也是極不可通的。所謂「一之日」等等，實際上只不過說是「初一日」、「初二日」等等而已。否則，何以解「二之日鑿冰沖沖，三之日納於凌陰」呢？在二月裡打鑿下來的冰塊，要到三月裡才被藏到冰窖裡去，有是理麼？「一之日觱發，二之日栗烈」，正好解作「頭一天起了北風，第二天天氣好冷」，如何能夠解作「正月起了寒風，到了二月，天氣才發冷」呢？

　　《小雅・甫田之什》裡，有〈大田〉一篇，也是寫農民的生活的。

　　大田多稼，既種既戒。既備乃事，以我覃耜。俶載南
畝，播厥百穀。既庭且碩，曾孫是若。

　　既方既皁，既堅既好。不稂不莠，去其螟螣，及其蟊
賊，無害我田稺。田祖有神，秉畀炎火。

　　有渰萋萋，興雨祁祁。雨我公田，遂及我私。彼有不
穫穉，此有不斂穧；彼有遺秉，此有滯穗，伊寡婦之利。

　　曾孫來止，以其婦子，饁彼南畝，田畯至喜！來方禋
祀，以其騂黑，與其黍稷，以享以祀，以介景福。

《毛詩序》說是「刺幽王也。言矜寡不能自存焉」，不知所云。在這詩
裡一點也沒有「刺」的意思。似乎只是農民祀神的一首歌罷。所謂「曾
孫」，大約指的便是田主罷。這是已經收穫完畢的時候，頗為豐收，故祀
祖致謝的。詩裡追述耕種收穫的經過和情形，很可以見出古代農村社會的
生活狀態來。但也頗為難懂。現在試譯之為今語如下：

　　莽莽的一片田地，收穫是那末多。選擇了穀種之後，
便端整著耒耜。什麼事都準備好了，便攜著我的利銳的耒
耜，開始到了南邊的田地上去。我播下了好些穀種，苗長
出來，又直又大，好不順遂了我田主的心！

　　穀稻已經開始成穗結實了，看樣子是又堅實，又肥
大。既沒有雜梁，也沒有雜草。像蝗蟲那樣的害稻的種種
蟲兒，都得除去，不讓他們害我的幼禾。「田祖」在上有
靈，把這些害蟲們都投到大火裡燒死了罷。

　　天上的烏雲擁擁擠擠的布滿著，雨點淅淅瀝瀝的落個
不停。這場雨把公田灌溉得足了，我自己的田地上也不缺

水。這場雨，使我們農家們全都豐收。他那裡有好些低小的穗實兒來不及割下，我這裡也有來不及收穫的穀束。他那裡有拋棄掉的一把把的稻實，我這裡也有不少不要了的穀穗。這些，都是留給村子裡寡婦們拾取的。

田主來到田地裡，察看著。家裡的婦人孩子們正送飯給南邊田地上在收穫的人吃。心裡好不高興！我要向四方的神祇們虔誠的致謝，殺了赤色和黑色的牲畜，還用著新收穫的黍穀，以享祭「田神」，以求多福！

這裡「雨我公田，遂及我私」及「彼有不穫穉……伊寡婦之利」二語，最可注意。所謂「公田」，是否便指的是井田制度裡的公田呢？古代果有所謂「公田」制度麼？這是需要更詳盡的探討的。在古代，寡婦們大約是農村裡的一類應該公共矜恤著的人物，所以收割的時候，留在田地上的餘穀，全都要歸她們所有。

同什裡的〈甫田〉一詩，大約是播種時候的祀神之作吧，故有著種種的企望，禱求神賜以力，俾得豐收，能夠使田主收穫到千倉萬箱的穀來！

倬彼甫田，歲取十千。我取其陳，食我農人。自古有年。今適南畝，或耘或耔，黍稷薿薿。攸介攸止，烝我髦士。

以我齊明，與我犧羊，以社以方。我田既臧，農夫之慶。琴瑟擊鼓，以御田祖。以祈甘雨，以介我稷黍，以穀我士女。

曾孫來止，以其婦子，饁彼南畝，田畯至喜。攘其左右，嘗其旨否。禾易長畝，終善且有。曾孫不怒，農夫克敏。

曾孫之稼，如茨如梁；曾孫之庾，如坻如京。乃求千

斯倉，乃求萬斯箱。黍稷稻粱，農夫之慶。報以介福，萬壽無疆！

現在仍以今語譯之，俾能更容易明白些：

　　莽莽的大片田地，在太陽光裡耀晒著，一年要納萬斛的穀給田主呢。年年都豐收，我農人天天吃的卻是去年的陳穀。現在到了南邊的田地上去，有的人在拔野草，有的人在施肥料。稻苗是那末齊齊密密的茁長著，又大又肥，將用來烝祭我的俊秀的士大夫們呢。

　　用我的穀物和我的作為犧牲的羊，來祭著四方之神和后土之神。我的耕播的事已經告竣了，這是我農夫的幸福。我們要鼓琴奏瑟，還要擊著土鼓，以迎「田祖」。禱求著他能夠給我以好雨，養大了我的穀物，使我們一家都能夠有得米吃。

　　田主來了，家裡的婦人和孩子們正送飯到南邊的田地上去。心裡好不高興！但田主卻搶著飯筐兒，一筐筐的嘗著，試試看好吃不好吃。田裡的稻苗收拾得那末齊齊整整，一片的綠波起伏，一定是會長得肥大，而且豐收的。田主見了，方才不生氣。農夫是那末勤快的忙碌著啊。

　　但願田主的稻，像那房屋似的鱗比密接著，像車梁似的一層層的穹起著；田主的露天堆著的穀，像水中高地似的堆起，像高丘似的高起，但還祈求著能夠堆滿了一千個倉庫，堆滿了一萬個車箱。耕種了那末多的黍呀，稷呀，稻呀，粱呀的，卻都是我農夫們的功呀。得報以大福，祈

　　　　求他們「萬壽無疆」啊！

　　就在這祭神的歌裡，農夫們對於田主們也還雜以嘲笑和不滿呢。「攘其左右，嘗其旨否」，態度是那末輕薄無賴。「曾孫不怒」，是不容易的事；可見他們到田地上視察的時候，見禾稻不良，是常常要發「怒」責罵的。

　　在上面的兩首詩裡，我把「田畯至喜」，譯作「心裡很高興」，把「曾孫」釋作「田主」，也許有許多人一定很懷疑。根據著傳統的解釋，「田畯」是「典田官」，以勸農爲職，但在這些詩裡，卻不明白爲什麼這「典田官」會突然的出現。「畯」的另外一個解釋是「草野之稱」，即習語所謂「寒畯」之意。所以，「田畯」指的正是農夫他自己，並不是另有其人；喜的也是農夫，並不是什麼「典田官」。

　　「曾孫」怎麼會釋做「地主」呢？一則，就詩的語氣看來，應該是指的「地主」；再則，研究古代社會階級，所謂「曾孫」，總是指的統治階級。「武王禱名山大川，曰：有道曾孫周王發是也。」又《曲禮》；「臨祭祀，外事曰：曾孫某侯某。」（均見《詩集傳》）可見「曾孫」並不是一般平民所能自稱的。

　　《詩經》是一個無窮無盡的寶庫，正像《舊約》裡的《雅歌》，是人類的永久的珠玉一樣。我們在那裡可以掘發出不少古代社會的生活狀態來，特別是古代農民們的生活的描寫，在別的地方是發掘不到的。這個古代的詩歌總集所包含的是那末豐富的文學的與歷史的珠寶啊！

　　我的解釋，也許不免有牽強處，但自信離古代社會的實際情況是不很遠的。

　　　　　　　　　　一九四六年四月二十二日寫畢。
　　　　　　　　（原載《理論與現實》第三卷第一期）

作俑篇

仲尼曰：始作俑者，其無後乎？爲其象人而用之也。

（《孟子‧梁惠王上》）

　　孟子所引的仲尼的這句話，不見於《論語》，也不見於別的地方，不知是不是他自己杜撰的。但這句話，至少表現出春秋戰國時代的學者們對於以人殉葬的事，十分的深惡痛絕之，所以遷怒到始作「俑」者，詛咒他們「絕後」。他們以爲「俑」是象人之形的，有了用「俑」放入墓中伴葬的事實，於是後來的帝王們便想到以活人放到墓中去殉葬的舉動，所以覺得始作「俑」的人是那末可怕可惡，他是引導著後來的帝王們「以人爲殉」的慘酷絕倫之舉的。

　　在春秋戰國時代，以人爲殉的事，大約是很流行的，恐怕每一個「帝」或「諸侯」死了，都要將他所愛寵的人們閉入墓道中殉死的。

　　《史記正義》引《括地志》云：「齊桓公墓在臨菑縣南二十一里牛山上，亦名鼎足山，一名牛首堈。一所二墳。晉永嘉末，人發之。初得版，次得水銀池，有氣，不得入。經數日，乃牽犬入中。得金蠶數十薄，珠襦、玉匣、繒彩、軍器不可勝數。又以人殉葬，骸骨狼藉也。」（見《史記》卷三十二〈齊世家〉）

　　齊桓公號稱賢主，但他死了，卻以許多人殉葬，以至「骸骨狼藉」。然當時史籍皆不記此事。可見以人殉葬的事，已是「當然」之舉，每一「王」每一「諸侯」之死，必定要有若干「人」殉葬的，書不勝書，故不復書。我們讀《史記‧周本紀》及諸世家，均無特書此事者；很懷疑，並不是周代及諸國已「文明」到廢「人」用「俑」來殉葬，乃是因係習見之舉，故不必特書也。《史記正義》所引《括地志》，乃因晉人發齊桓公墓，故附著之。《史記》本文便不提此舉。但在《史記》（卷五）〈秦本紀〉中，卻有一段文字，提及殉葬事：「繆公卒，葬雍。從死者

百七十七人。秦之良臣子輿氏三人，名曰奄息、仲行、鍼虎，亦在從死之中。」同時，司馬遷復從而論之曰：「死而棄民，收其良臣而從死。且先王崩，尚猶遺德垂法，況奪之善人良臣百姓所哀者乎？」因為秦穆公以秦之良臣三人奄息、仲行及鍼虎來殉葬，鬧得太不成樣子了，故秦之人哀之，不能不記。在《詩經》裡，便有一篇哀悼的詩：

> 交交黃鳥，止於棘。誰從穆公？子車奄息。維此奄息，百夫之特。臨其穴，惴惴其慄！彼蒼者天，殲我良人！如可贖兮，人百其身！
>
> 交交黃鳥，止於桑。誰從穆公？子車仲行。維此仲行，百夫之防。臨其穴，惴惴其慄！彼蒼者天，殲我良人！如可贖兮，人百其身！
>
> 交交黃鳥，止於楚。誰從穆公？子車鍼虎。維此鍼虎，百夫之禦。臨其穴，惴惴其慄！彼蒼者天，殲我良人！如可贖兮，人百其身！　　（《詩經・秦風・黃鳥》）

讀了這首詩，可見秦人對於子車氏（即子輿氏）的三位「良人」，哀慕之深！「臨其穴，惴惴其慄！」甚至要「人百其身」以贖其死！假如殉死者只是一百七十七個宮中的愛寵們，則史也不會書，詩人也不會如此痛心的哀悼之了。所謂「死而棄民」，指的便是以人為殉之舉。

但《史記》此段文字，係依據《左傳》而寫的。《左傳・文公六年》云：「秦伯任好卒，以子車氏之三子奄息、仲行、鍼虎為殉，皆秦之良也。國人哀之，為之賦〈黃鳥〉。君子曰：秦穆之不為盟主也宜哉！死而棄民！先王違世，猶詒之法，而況奪之賢人乎？」又應劭注《漢書》云：「秦穆公與群臣飲酒酣。公曰：『生共此樂，死共此哀。』」於是奄

息、仲行、鍼虎許諾。及公薨，皆從死。〈黃鳥〉詩所爲作也。」這是替穆公辯解的，不知應氏所據何書。

又《史記・秦始皇本紀》（卷六）云：「二世曰：『先帝後宮非有子者，出焉不宜。』皆令從死，死者甚眾。葬既已下，或言工匠爲機，臧皆知之，臧重即泄。大事畢，已臧，閉中羨，下外羨門，盡閉工匠臧者，無復出者。」可見向來的習慣，「先帝後宮」都是「皆令從死」的。

爲了這個可怕的慘酷之極的「習慣」，學者們便不能不抗議著，不詛咒著。

又《西京雜記》記漢廣川王去疾，好像無賴少年，遊獵畢弋無度，國內冢藏，一皆發掘。所記發晉幽公冢云：「甚高壯。羨門既開，皆是石堊。撥除丈餘深，乃得雲母深尺餘。見百餘屍，縱橫相枕藉，皆不朽。唯一男子，餘悉女子，或坐或臥，亦猶有立者。衣服彩色，不異生人。」此百餘屍，皆殉葬之人也。

像這樣殘酷絕倫的「習慣」，在春秋戰國是那末流行著；恐怕此風決不止齊、晉、秦數國有之的罷。因爲此風盛行，所以學者們不能不詛咒著，反抗著；他們是站在理智上、人道上立言的。他們甚至遷怒到「作俑」的人，以爲是作俑者開始了此風的。這樣的呼吁，說明了古代哲人們所抱的人道主義的強烈的主張。孔子以及其他哲人們全都是執持著「救世」、「救人」的主義的。所以反對一切非人道的行爲。

但以「人」爲「殉」之舉，是否看了以「俑」爲「殉」之事，而後才「學樣」而代之以死者所愛寵的「活人」們的呢？

用「俑」是否在用「活人」殉葬之先呢？

朱熹《孟子集注》：「俑，從葬木偶人也。古之葬者，束草爲人，以爲從衛，謂之芻靈，略似人形而已。中古易之以俑，則有面目機發，而太似人矣。故孔子惡其不仁。而言其必無後也。」（卷一）

　　朱熹的主張是，先有芻靈，後有俑，但他並沒有說用活人殉葬之事。他以爲俑是芻靈的進步，而且，俑是「木偶人」。這話可靠麼？束草爲人的事，不見於記載，也無實物爲據——如果有之，但草也早已腐盡了——今日所見的「俑」，全都是陶器，並不是什麼木偶人。

　　關於俑，古代的文獻，少得很。盜墓的人都只注意到珠玉及其他珍寶、古物，從來沒有想到要保存「俑」的。

　　羅振玉說道：「光緒丁未冬，予在京師，始得古俑二於廠肆。肆估言，俑出中州古冢中，蓋有年矣。鬻古者，取他珍物，而皆捨是。此購他物時隨意攜歸者，不知其可貿錢也。予乃具明以壙墓間物，無一不可資考古，並語以古俑外，有他明器者，爲我畢致之。估乃亟請明器之目。適案頭有《唐會要》，檢示之。估諾諾而去。明年春，復挾諸明器來，則俑以外，伎樂、田宅、車馬、井灶、杵臼、雞狗之物悉備矣。予亟厚值酬之。此爲古明器見於人間之始。是時海內外好古之士，尚無知之者。廠估既得厚償，則大索之芒洛之間。於是邱墓間物，遂充斥都市。顧中朝士夫無留意者，海外人士乃爭購之。廠估之在關中者，遂亦挾關中之明器以歸。」（《古明器圖錄序》）古明器和古俑的研究，恐怕要以羅氏爲開山祖。「前籍之記古明器者，僅宋岳珂撰《古冢槃盂記》、《博古圖》載一陶鼎而已。他無聞焉。」（同上序）按前人關於古墓發掘之記載，敘及明器者多有之（《太平廣記》卷三百八十九至卷三百九十，所載甚詳）。惟所稱「皆以石爲鷹犬，捧燭石人男女四十餘，皆立侍。」（《太平廣記》卷三百八十九）「見銅人數十枚」（同書，同卷）以及「每門中各有銅人馬數百，執持干戈，其製精巧」（同書，卷三百九十）云云，今日卻不曾有「實物」發見。今日所見之明器，幾乎全都是陶器。收藏家收之。惟僞造者亦不少。此項明器，自古俑（包括侍從、女俑、樂伎等等）、任器（陶罌、梟尊、鼎、壺、瓶等等）、灶、舍、井廐、杵臼、牛車以至駝、馬、

牛、羊、犬、豕、雞、鶩、鴉之屬無不具備，足供考古學者及歷史家以許多重要的研究資材。明器學正在發展中，其前途是很光明的。

但現在所發現的明器（除玉器、銅器、鏡及鼎彝等外）為什麼會以陶器為主呢？為什麼銅人銅馬以及石人男女、石為之鷹犬等等均不曾發現過呢？也許古籍所載發墓事，多得之傳聞，每步誇張罷。惟載及殉葬的「活人」事頗少，可見此風自秦以後便很少見。以漢高祖之寵愛戚夫人，呂后之妒恨她，而高祖死時，卻也不曾以她為殉，可見以「人」為殉之風，斯時已被認為不合理、不道德而加以廢棄了。

惟此種風氣，在後世還不曾完全絕跡。英國人在不久的時候以前，凡戰死的人下葬時，必將其愛馬牽於墓上殺之。印度到了今日，夫死妻殉之風，也還未完全被撲滅。中國殉夫之風，今日也還間一見之。這些都是這古代遺習的保存。由於這野蠻的遺風的存留，到後來卻變成了道德的信條了。殉夫被視為至高的美德。所謂「烈婦」曾為無數的文士們所詠嘆著。

在中古時代，狠毒的人也曾利用著這遺風而殺死其所妒者。例如：

> 干寶字令升，父瑩為丹陽丞。有寵婢，母甚妒之。及瑩亡，葬之，遂生持婢於墓。干寶兄弟尚幼，不之審也。後十餘年，母喪，開墓，而婢伏棺如生。載還，經日乃蘇。言其父恩情如舊；地中亦不覺為惡。既而嫁之，生子。　　　（《太平廣記》卷三百七十五引《五行記》）

又死者亦每以攜去其所愛寵者為念，像下面的故事，就是一個好例：

> 北齊時，有伎人姓梁，甚豪富。將死，謂其妻子曰：「吾平生所愛奴馬，使用日久，稱人意。吾死，可以為

殉。不然，無所棄也。」及死，家人囊盛土，壓奴殺之，
馬猶未殺。奴死四日而蘇，說云：「初不覺去。忽至官
府，留止在門。經宿，見亡主被鏁，兵衛引入。見奴謂
曰：『我謂死人得使奴婢，故遺言喚汝。今各自受其苦，
全不相關，今當白官放汝。』」　　　　　（《法苑珠林》）

這裡所謂「吾平生所愛奴馬，使用日久，稱人意。吾死，可以爲殉」的念
頭，可以說明古代爲什麼會有活人殉葬的習慣。

原來野蠻人相信「第二世界」的存在，相信：人雖死，其靈魂仍存
在，死者的行爲是和活人相同的。他生前所喜愛的東西，死後也一定同樣
的喜愛著。所以，當他死時，他生前所常用的器物玩好以及所愛寵的人或
獸，都要帶到「第二世界」裡去。這便是古墓中所以會發掘出許多古物和
殉死的屍體的原因。後來，人類雖然逐漸的進步了，但這種信仰還根深蒂
固的在在著。不過，古代社會裡，僅有特殊階級，有權利可以以人爲殉，
以珍寶、玩好爲殉。許多平民們，困於經濟的力量，他們實在不會有許多
殉葬物的，同時，也絕對的不能有活人爲殉的。但由於這信仰，卻又不能
不有若干殉葬物。於是便產生了以陶器做成的許多具體而微的器物、灶
舍、牛羊和侍從、女俑等等，用來供給死者之用。這是一種象徵，以陶
器、俑人來代替實物和活人。

到了後來，由於道德觀念的發展，以人爲殉之舉，漸被視爲不人
道，許多特殊階級便也捨人而用俑了。

所以「俑」是象徵活人的，其產生的時代決不會比「以人爲殉」的時
代早。其產生的原因，是代替「活人」用的，最初是由於經濟力量的不足
及其他理由；其後，才因了道德觀念的發展而廢人用俑。孟子所謂「始作
俑者，其無後乎」的詛咒，恰好是顛倒了事實的。並不是因了用俑爲殉之

後，才用活人爲殉的；恰恰相反，「俑」乃是象徵了活人而被使用作殉葬物的。

在中國，此風今日還遺留著；不過不用「俑」了。人死後，其後裔卻用了許多紙紮的房舍、箱籠、舟車、器用乃至紙人，焚化了給死者使用。不用實物，不用明器，而用易於「焚化」的紙紮之人物，其程度雖有不同，其信仰與作用卻是「一貫」的。

一九四六年四月二十一日寫。

（《昌言》創刊號，一九四六年）

元曲敍錄

關漢卿

關漢卿號已齋叟，大都人，太醫院尹（見《錄鬼簿》）。楊維楨《元宮詞》云：「開國遺音樂府傳，白翎飛上十三弦。大金優諫關卿在，《伊尹扶湯》進劇編。」關卿大約即指漢卿。據此則漢卿當曾仕於金。惟其爲太醫院尹，則不知爲在元或在金時事耳。陶九成《輟耕錄》又載他與王和卿相嘲謔的事。漢卿生平事跡之可考者已盡於此，楊朝英的《朝野新聲》及《陽春白雪》曾載漢卿小令套曲若干首，其中大都爲情歌，遊蹤事跡，於其中絕不易考。惟漢卿有套曲〈一枝花〉一首，題作〈杭州景〉者，曾有「大元朝新附國，亡宋家舊華夷」之語，借此可知其到過杭州，且可知其係作於宋亡（西元一二七八年）之後耳，大約漢卿於元滅宋之後，曾由大都往遊杭州，或後竟定居於杭州也難說，所以元刊的《古今雜劇》，《西蜀夢》則標「大都新編」，《單刀會》則標「古杭的本」。他的戲劇生活，似當分爲二期，前期活動於大都，後期則當活動於杭州。漢卿名位不顯，後半期的生活，或並去太醫院尹之職，而僅爲伶人編劇以爲生；以其既爲職業的編劇者，故所作殊夥。「離了利名場，鑽入安樂窩」（〈四塊玉〉），蓋爲不得志者的常語。《錄鬼簿》作於至順元年（西元一三三〇），已稱漢卿爲「已死名公才人」，且列之於篇首，則其卒至遲當在一三〇〇年之前，其生年則至遲當在金亡（西元一二三四）之前的二十年（即一二一四）。我們假定他的生卒年分爲西元一二一四～一三〇〇年，則他來遊杭州之年（一二七八年以後的一二年〔？〕）正是他年老去職之時，故得以漫遊於江南故都而無所牽掛。

漢卿作品，於小令套曲十餘首外，其全力完全注重於雜劇，所作有六十五本之多，即除去疑似者外，至少亦當有六十本以上。今古才人，似他著作力的如此健富者殊不多見（惟李玄玉作傳奇三十三本，朱素臣作

傳奇三十本差可比擬耳）。《太和正音譜》評漢卿之詞，以爲「如瓊筵醉客」，又以爲「觀其詞語，乃可上可下之才」。然漢卿所作，通俗者爲多，如《謝天香》、《金線池》、《望江亭》、《玉鏡臺》之類，誠未必高出於馬致遠、鄭德輝諸作者，然如《救風塵》之結構完整，《竇娥冤》之充滿悲劇氣氛，《單刀會》之慷慨激昂，《拜月亭》之風光旖旎，則皆爲時人所不及，其筆力之無施不可，比之馬、鄭、白、王（實甫），實有餘裕。即其套曲小令，亦溫綺多姿，可喜之作殊多，例如：

　　碧紗窗外靜無人，跪在床前忙要親。罵了個負心，回轉身。雖是我話兒嗔，一半兒推辭，一半兒肯。
　　多情多緒小冤家，迻逗得人來憔悴煞。說來的話先瞞過咱。怎知定一半兒眞實，一半兒假。

（《一半兒・題情》）

之類，絕非東籬之一味牢騷的同流。「可上可下」之語，實非定評。

（《小說月報》二十一卷一號，一九三〇年一月）

關漢卿作品全目

　　《關張雙赴西蜀夢》（存），《董解元醉走柳絲亭》，《丙吉教子立宣帝》，《薄太后走馬救周勃》，《太常公主認先皇》，《曹太后死哭劉夫人》，《荒墳梅竹鬼團圓》，《閨怨佳人拜月亭》（存），《風月狀元三負心》，《沒興風雪瘸馬記》，《金銀交鈔三告狀》，《蘇氏進織錦回紋》，《介休縣敬德降唐》，《升仙橋相如題柱》，《金谷

園綠珠墜樓》，《漢匡衡鑿壁偷光》，《劉夫人書寫（一作寫恨）萬花堂》，《呂蒙正風雪破窯記》，《晏叔元風月鷓鴣天》，《錢大尹智寵謝天香》（存），《姑蘇臺范蠡進西施》，《開封府蕭王勘龍衣》，《杜蕊娘智賞金線池》（存），《柳花亭李婉復落娼》，《望江亭中秋切鱠旦》（存），《甲馬營降生趙太祖》，《賢孝婦風雪雙駕車》，《雙提屍冤報汴河冤》，《老女婿金馬玉堂春》，《宋上皇御斷姻緣簿》，《崔玉簫擔水澆花旦》，《晉國公裴度還帶》，《隋煬帝牽龍舟》，《風雪狄梁公》，《屈勘宣華妃》，《月落江梅怨》，《煙月舊風塵》（即《救風塵》）（存），《管寧割席》，《白衣相高鳳漂麥》，《孫康映雪》，《唐明皇哭香囊》，《唐太宗哭魏徵》，《鄧夫人哭存孝》，《關大王單刀會》（存），《溫太眞玉鏡臺》（存），《武則天肉醉王皇后》，《翠華妃對玉釵》，《漢元帝哭昭君》，《劉夫人救啞子》，《劉盼盼鬧衡州》，《呂無雙銅瓦記》，《風流孔目春衫記》，《萱草堂玉簪記》，《錢大尹鬼報緋衣夢》（存），《楚雲公主酌江月》，《魯元公主三噀赦》，《醉娘子三撇嵌》，《詐妮子調風月》（存），《感天動地竇娥冤》（存），《包待制三勘蝴蝶夢》（存），《狀元堂陳母教子》，《劉夫人慶賞五侯宴》，《包待制智斬魯齋郎》（存），《姻緣簿》（疑即《宋上皇御斷姻緣簿》），《伊尹扶湯》，《續西廂》（存）。

計關氏作劇六十五本，今存者凡十四本，未見者凡五十一本。其著作力的豐健，時人無匹，其存劇之多，亦時人無匹，將來也許更有續見也不一定。

（《小說月報》二十一卷一號，一九三〇年一月）

錢大尹智寵謝天香雜劇

元大都關漢卿撰　《元曲選》（甲集下）本

〔楔子〕柳永好酒好色，與上廳行首謝天香打得廝熱，一日，因欲赴舉，便辭了天香而去。恰好錢大尹到任，要天香去接。永說，錢大尹是他好友，要托他照覷她。

〔登場人物〕沖末：柳。正旦：謝天香。淨：張千。

〔正旦唱〕仙呂賞花時。么篇。

〔第一折〕錢可道到了任，柳永去見他，三番兩次以謝氏為托。錢尹頗為惱怒，數說了他一場。柳永便含怒別去，上京應舉。天香送他到城外，張千也去送，抄了他一首〈定風波〉詞而回。

〔登場人物〕外：錢大尹。張千。柳。正旦。眾旦。

〔正旦唱〕仙呂點絳唇。混江龍。油葫蘆。天下樂。金盞兒。醉中天。金盞兒。醉扶歸。賺煞。

〔第二折〕〈定風波〉詞中有可可二字；可字係犯錢尹的諱。他有意要折辱天香，便命她唱這詞，她卻將可可改為已已，改為齊微韻到底，因此，錢尹便除了她樂籍，送她到私宅，說是做小夫人。

〔登場人物〕錢大尹。張千。正旦。

〔正旦唱〕南呂一枝花。梁州第七。隔尾。賀新郎。牧羊關。二煞。煞尾。

〔第三折〕三年之後，錢尹將天香放在家中，不偢不問。一日，二姬約她擲色數兒。恰好，大尹來了，說明要立她為小夫人，叫她換衣服去。

〔登場人物〕正旦。錢尹。二旦。

〔正旦唱〕正宮端正好，滾繡球。倘秀才。滾繡球。倘秀才。窮河西。滾繡球。倘秀才。呆骨朵。倘秀才。醉太平。二煞。一煞。煞尾。

〔第四折〕柳永中了狀元，誇官三日，錢尹令張千強邀了他至衙飲酒。他知天香爲大尹娶去，抑抑孤歡。大尹令天香出來行酒，他們都不樂不飲。於是府尹說明情由，即送天香到狀元宅中去。

〔登場人物〕錢大尹。張千。柳永。祗候。正旦。

〔正旦唱〕中呂粉蝶兒。醉春風。石榴花。鬥鵪鶉。上小樓。么篇。哨遍。耍孩兒。二煞。隨尾。

題目　柳耆卿錯怨開封主

正名　錢大尹智寵謝天香

（《小說月報》二十一卷一號，一九三〇年一月）

溫太真玉鏡臺雜劇

元大都關漢卿撰　《元曲選》（甲集下）本

〔第一折〕溫嶠爲翰林學士，尚未結婚。他姑母被他接來，住在他處。她只有一女名劉倩英，他一見她便留情。他姑母要他教倩英讀書寫字。

〔登場人物〕老旦：夫人。梅香。正末：溫嶠。旦：倩英。

〔正末唱〕仙呂點絳唇。混江龍。油葫蘆。天下樂。那吒令。鵲踏枝。寄生草。么篇。六么序。么篇。醉扶歸。金盞兒。醉中天。賺煞尾。

〔第二折〕第二天，他去教小姐彈琴寫字，見她打扮得別樣不同，更爲醉心。他姑娘托他爲小姐尋一門親事，他便說，有一個學士可以，他代他保親，且以玉鏡臺爲聘禮。不料，第二天，官媒來了，娶親的卻是他自己。夫人不得已而允將小姐嫁他。

〔登場人物〕老夫人。正末。梅香。旦。官媒。

〔正末唱〕南呂一枝花。梁州第七。牧羊關。隔尾。四塊玉。牧羊關。賀新郎。隔尾。紅芍藥。菩薩梁州。煞尾。

〔第三折〕他們結了婚，小姐十分的不喜他，因他年紀已老，她不允與他同房。他說了許多好話，也是無用。

〔登場人物〕正末。贊禮。官媒。梅香。旦。

〔正旦唱〕中呂粉蝶兒。紅繡鞋。迎仙客。醉高歌。醉春風。紅繡鞋。普天樂。滿庭芳。上小樓。么篇。耍孩兒。四煞。三煞。二煞。煞尾。

〔第四折〕二月之後，夫人尚不肯與他和好。王府尹奉旨，特設一宴，名曰水墨宴，又叫做鴛鴦會。專請他們夫妻赴會。王府尹說，有詩的學士，金鍾飲酒，夫人插金鳳釵，搽官定粉，無詩的學士，瓦盆裡飲水，夫人頭戴草花，墨烏面皮。她因此著急，要他著意做詩。他詩做成了，她便插上金鳳釵。因此，他們兩口兒從此和好。

〔登場人物〕外：王府尹。祇從。正末。旦。

〔正末唱〕雙調新水令。駐馬聽。喬牌兒。掛玉鉤。川撥棹。豆葉黃。喬牌兒。掛玉鉤。水仙子。甜水令。折桂令。雁兒落。得勝令。鴛鴦煞。

題目　王府尹水墨宴

正名　溫太眞玉鏡臺

趙盼兒風月救風塵雜劇

元大都關漢卿撰　《元曲選》（乙集上）本

〔第一折〕周舍要娶宋引章，引章也要嫁他。整說了半年，方才成事。引章原和安秀實相好，秀實托姨姨趙盼兒勸她，她不作理會。

〔登場人物〕沖末：周舍。正卜兒。外旦：宋引章。外：安秀實。正旦：趙盼兒。

〔正旦唱〕仙呂點絳唇。混江龍。油葫蘆。天下樂。那吒令。鵲踏枝。寄生草。村里迓鼓。元和令。上馬嬌。遊四門。勝葫蘆。么篇。賺煞。

〔第二折〕周舍娶了引章，同回鄭州，很虐待她。引章托王貨郎寄書給她母親，叫趙盼兒救她去。趙盼兒便想好了一條計策。

〔登場人物〕周舍。外旦。卜兒。正旦。

〔正旦唱〕商調集賢賓。逍遙樂。金菊香。醋葫蘆。么篇。么篇。後庭花。柳葉兒。雙雁兒。浪來里煞。

〔第三折〕趙盼兒和張小閒同到鄭州，尋見了周舍，說要嫁他。但須先休了宋引章。周舍答應了她。

〔登場人物〕周舍。店小二。丑：張小閒。正旦。外旦。

〔正旦唱〕正宮端正好。滾繡球。倘秀才。滾繡球。么篇。倘秀才。脫布衫。小梁州。么篇。二煞。黃鐘尾。

〔第四折〕周舍到家，遞了休書給引章，引章連忙出門。他要娶盼兒，盼兒也已走了。他便追上去，設一計賺了休書來咬碎了。不料這休書早已為盼兒所換過，他便扯了她們去告官。盼兒說，引章原有丈夫。於是安秀實也來了，李公弼便斷引章與秀實團圓。

〔登場人物〕外旦。店小二。正旦。外：李公弼。張千。安秀實。

〔正旦唱〕雙調新水令。喬牌兒。慶東原。落梅風。雁兒落。得勝令。沽美酒。太平令。收尾。

題目　安秀才花柳成花燭

正名　趙盼兒風月救風塵

（《小説月報》二十一卷一號，一九三〇年一月）

包待制三勘蝴蝶夢雜劇

元大都關漢卿撰　《元曲選》（丁集下）本

〔楔子〕王老生有三子，讀書爲業，只是家計貧寒。

〔登場人物〕外：孛老。正旦。沖末：王大。王二。丑：王三。

〔正旦唱〕仙呂賞花時。么篇。

〔第一折〕王老至街爲兒買紙筆，卻爲葛彪打死在街，三個兄弟知道了，便去尋他，也把他打死了。他們被捉見官。

〔登場人物〕孛老。淨：葛彪。副末：地方。王大。王二。王三。正旦。淨。公人。祗候。

〔正旦唱〕仙呂點絳脣。混江龍。油葫蘆。天下樂。那吒令。鵲踏枝。寄生草。金盞兒。後庭花。柳葉兒。賺煞。

〔第二折〕他們解到了包公處。包公著將王大、王二償命。王母叫起屈來。他命將王三償命，她卻默默不言。包公以爲王三一定不是她生的，不料王三卻正是她的親子。於是包公大爲驚異，想起曾作一夢，他救了一個小蝴蝶。於是設下一計，把他們都下了囚牢。

〔登場人物〕張千。祗候。外：包拯。犯人：趙頑驢。王三。正旦。解子。

〔正旦唱〕南呂一枝花。梁州第七。賀新郎。隔尾。鬥蝦蟆。牧羊關。隔尾。牧羊關。紅芍藥。菩薩梁州。水仙子。黃鐘尾。

〔第三折〕王母到監中探子，張千受了包公分付，只放了王大、王二與她同回，卻叫王三在此償命，她忍住了淚而回。

〔登場人物〕張千。李萬。王大。二。三。正旦。

〔正旦唱〕正宮端正好。滾繡球。倘秀才。脫布衫。醉太平。笑和尚。叨叨令。上小樓。么篇。快活三。朝天子。尾煞。（中插王三唱：端正好。滾繡球。）

〔第四折〕第二天，他們到獄牆外尋王三的屍身。見了屍身，正在哭泣，王三卻出來了，他們還以他為鬼。他說是包公盆吊死了偷馬賊趙頑驢替了他，放了他出獄。大家正在喜歡，包公又沖上來，將王大宣入朝，以王三為中牟縣令，闔家乃因禍得福。

〔登場人物〕王三。趙屍。王大。王二。正旦。包公。

〔正旦唱〕雙調新水令。駐馬聽。夜行船。掛玉鉤。沽美酒。太平令。風入松。川撥棹。殿前歡。水仙子。鴛鴦煞。

題目　葛皇親挾勢行凶橫　趙頑驢偷馬殘生送

正名　王婆婆賢德撫前兒　包待制三勘蝴蝶夢

（《小說月報》二十一卷一號，一九三〇年一月）

包待制智斬魯齋郎雜劇

元大都關漢卿撰　《元曲選》（戊集下）本

〔楔子〕魯齋郎到了許州，見銀匠李四的妻有姿色，便奪了她去。李四追到鄭州要告他，犯急心疼病倒在地上。有都孔目張珪把他抬回家，由

他妻李氏治好了。二人認爲姊弟。孔目勸他回家，不要惹事。

〔登場人物〕沖末：魯齋郎。張龍。外：李四。旦。二俠。正末：張珪。祗候。貼旦。二俠。

〔正末唱〕仙呂端正好。么篇。

〔第一折〕清明時節，張珪帶妻子上墳。魯齋郎因已厭了李四的妻，也到郊外，要物色一個美婦人。他打了一彈，打破了張家孩子的頭。他們大罵，卻不知他是魯齋郎。張珪見是他，嚇得跪下不迭。他要他把妻子第三天送去。

〔登場人物〕魯。正末。貼旦。俠兒。張龍。

〔正末唱〕仙呂點絳唇。混江龍。油葫蘆。天下樂。金盞兒。後庭花。青哥兒。賺煞。

〔第二折〕第二天，張珪沒法，只得把他妻騙到魯齋郎宅中，然後說明原由。魯齋郎卻將李四的妻賞給他爲妻子。

〔登場人物〕魯。張龍。正末。貼旦。

〔正末唱〕南呂一枝花。梁州第七。牧羊關。四塊玉。罵玉郎。感皇恩。採茶歌。黃鐘尾。

〔第三折〕張龍正將李四妻送給他，李四又來尋他，見了他妻，各自留意。他覺得很怪，後來，沖了回來，聞知原因，才知原來是李四的妻。他便決心出家，將家緣都交於李四看管。

〔登場人物〕李四。俠兒。正末。張龍。旦。

〔正末歌〕中呂粉蝶兒。醉春風。紅繡鞋。迎仙客。紅繡鞋。石榴花。鬥鵪鶉。上小樓。么篇。十二月。堯民歌。耍孩兒。二煞。煞尾。

〔第四折〕包拯收留了張、李二家兩對兒女，教養成親。十五年後，乃設計奏知聖上，斬了魯齋郎。又叫他們到雲臺觀去追薦父母。恰好李四和妻，還有張妻也都到這觀裡，於是大家廝認。後來，張珪也來了，

大家勸他還俗，他不肯。包拯也到觀中，乃主張一切，使他還俗。二子已各得官，皆各娶了二女。

〔登場人物〕外：包。從人。淨：觀主。李四。旦兒。貼旦。李傔。小旦。張傔。小旦。正末。

〔正末唱〕雙調新水令。風入松。甜水令。折桂令。雁兒落。得勝令。川撥棹。七弟兄。梅花酒。收江南。收尾。

題目　三不知同會雲臺觀
正名　包待制智斬魯齋郎

（《小說月報》二十一卷一號，一九三〇年一月）

杜蕊娘智賞金線池雜劇

元大都關漢卿撰　《元曲選》（辛集上）本

〔楔子〕韓輔臣上京應舉，路過濟南，訪府尹石好問，石留他住在杜蕊娘家中，二人一見留情。

〔登場人物〕末：韓。正旦：杜。外：石。張千。

〔正旦唱〕仙呂端正好。么篇。

〔第一折〕二人作伴了半年，一心想要嫁娶，為娘板障，不肯許這親事。她欲送了秀才出門，更欲設法使二人不和。

〔登場人物〕杜。梅香。旦。卜兒。

〔正旦唱〕仙呂點絳唇。混江龍。油葫蘆。天下樂。醉扶歸。金盞兒。醉中天。寄生草。賺煞。

〔第二折〕這時石府尹考滿朝京，鴇母乘機要拈韓輔臣出門去，他一怒而走。但走後卻逗留在濟南二十多天，不忍便離。一日趁鴇母在茶房吃

茶，便到杜家去看蕊娘。她因中了鴇母的讒言，正怪他一去不來，見他到了，便假裝彈琴不理會他。他也誤會了，以爲她眞的不理他。

〔登場人物〕韓。杜。梅香。

〔正旦唱〕南呂一枝花。梁州第七。牧羊關。罵玉郎。感皇恩。採茶歌。三煞。二煞。尾煞。

〔第三折〕石府尹復任濟南府，韓輔臣求他拘拿杜氏母女來出氣。石府尹勸他復與蕊娘和好。於是他央了曲中姊妹，爲他設酒在金線池請蕊娘。酒半，輔臣去見她。她憤氣未平，仍不理會輔臣。他以爲蕊娘眞的是不喜歡他了。

〔登場人物〕韓。杜。石。張千。外旦三人。

〔正旦唱〕中呂粉蝶兒。醉春風。石榴花。鬥鵪鶉。普天樂。醉高歌。十二月。堯民歌。上小樓。么篇。耍孩兒。二煞。尾煞。

〔第四折〕韓輔臣因此大怒，便到石府尹處告杜蕊娘，懇求他拘了她來。石府尹不得已而拘了她來，要給她一個失誤官身的罪名，她驚惶無措。見輔臣在旁，便求他懇告寬刑，他要她答應嫁他才肯說，於是蕊娘乃聲言肯嫁給他。石府尹便爲他們主婚。

〔登場人物〕杜。韓。石。張千。

〔正旦唱〕雙調新水令。沉醉東鳳。沽美酒。太平令。川撥棹。七兄弟。梅花酒。收江南。

題目　韓解元輕負花月約　　老虔婆故阻燕鶯期
正名　石好問復任濟南府　　杜蕊娘智賞金線池

（《小說月報》二十一卷一號，一九三○年一月）

感天動地竇娥冤雜劇

元大都關漢卿撰　《元曲選》（壬集下）本

〔楔子〕竇天章欠蔡婆的錢，將女兒端雲給她爲兒媳婦。她送錢給他上京應舉去。

〔登場人物〕卜兒。沖末：竇天章。正旦：端雲。

〔沖末唱〕仙呂賞花時。

〔第一折〕十三年後，蔡婆向賽盧醫討債，卻爲他騙至野外要勒死。虧得張老父子前來救了她。不料張老之子張驢兒卻又持著救命之恩，要她嫁給他父親，他自己娶了竇娥。他們一同回家。竇娥不肯。因此，只好管待他們在家。

〔登場人物〕正旦。卜兒。淨：醫。孛老。副淨：驢。

〔正旦唱〕仙呂點絳唇。混江龍。油葫蘆。天下樂。一半兒。後庭花。青哥兒。寄生草。賺煞。

〔第二折〕蔡婆有病，張驢兒要買一點藥，毒死了她，好娶竇娥。不料卻誤殺了他自己的父親。他因此要挾持竇娥嫁他，她不肯。遂告到當官，以毒死公公定罪。

〔登場人物〕醫。驢。卜兒。孛老。正旦。淨。孤。祗候。

〔正旦唱〕南呂一枝花。梁州第七。隔尾。賀新郎。鬥蝦蟆。隔尾。牧羊關。罵玉郎。感皇恩。採茶歌。黃鐘尾。

〔第三折〕第二天，竇娥便處斬了，她與婆婆哭別，臨刑時並言，她的血將飛濺丈二白練上；她死後天將大雪；楚州將大旱三年。不料果一一皆應其言。

〔登場人物〕外：監斬官。淨：公人。劊手。正旦。卜兒。

〔正旦唱〕正宮端正好。滾繡球。倘秀才。叨叨令。快活三。鮑老

兒。耍孩兒。二煞。一煞。煞尾。

〔第四折〕竇天章在十六年後，得了兩淮廉訪使歸來。這時竇娥已死三年了。她夜間來托夢於他，細訴前事。他第一天上堂，調了案卷，捉了人犯來，才知前後事。便將張驢兒殺了。

〔登場人物〕丑：張千。祗從。外：州官。丑：吏。丑：解差。驢。醫。卜兒。

〔魂旦唱〕雙調新水令。沉醉東風。喬牌兒。雁兒落。得勝令。川撥棹。七弟兄。梅花酒。收江南。駕鴦煞尾。

題目　秉鑒持衡廉訪法
正名　感天動地竇娥冤

（《小說月報》二十一卷一號，一九三〇年一月）

望江亭中秋切鱠雜劇

元大都關漢卿撰　《元曲選》（癸集上）本

〔第一折〕白姑姑在清安觀裡為住持，有一個女人譚記兒常來和她閒談。白姑姑有一個姪兒白士中，因就官潭州，經過庵門。白姑姑便設計命他們結為夫婦上任。

〔登場人物〕旦兒：白姑姑。正末：白。正旦。譚。

〔正旦唱〕仙呂點絳唇。混江龍。村里迓鼓。元和令。上馬嬌。勝葫蘆。么篇。後庭花。柳葉兒。賺煞尾。

〔第二折〕他們到任後，夫婦相得。但有楊衙內因求娶譚記兒不得，懷恨在心，矇奏聖上，得了金牌勢劍，要取白士中首級。老夫人使院公將這消息通知他。他大驚。但夫人卻定下了一策。

〔登場人物〕淨：楊衙內。張千。院公。白。正旦。

〔正旦唱〕中呂粉蝶兒。醉春風。紅繡鞋。普天樂。十二月。堯民歌。煞尾。

〔第三折〕這時正是中秋夜。譚記兒扮了賣魚婆，到了楊衙內船邊，以切鱠魚爲名，哄得他喜歡，灌得他酒醉，便取了金牌勢劍文書而去。

〔登場人物〕正旦。楊。張千。李稍。

〔正旦唱〕越調鬥鵪鶉。紫花兒序。金蕉葉。調笑令。鬼三臺。聖藥王。禿廝兒。絡絲娘。收尾。中插（馬鞍兒）一曲，李稍唱，張千唱，衙內唱，眾合唱。

〔第四折〕楊衙內沒了金牌勢劍，無法治白士中之罪。白士中又取他淫詞挾制他。他無法，只得說，兩下罷休。但要請夫人一見。夫人出來，乃即賣魚婆也。正在這時，湖南巡撫李秉忠，奉了聖上的命來查，他免了楊衙內職，白士中夫婦團圓。

〔登場人物〕白。祗候。楊。張千。李稍。正旦。外：李秉忠。

〔正旦唱〕雙調新水令。沉醉東風。雁兒落。得勝令。錦上花。么篇。清江引。

題目　清安觀邂逅說親

正名　望江亭中秋切鱠

（《小說月報》二十一卷一號，一九三〇年一月）

關大王單刀會雜劇

元大都關漢卿撰　《元刊古今雜劇三十種》本

〔第一折〕孫權將荊州借給了劉備。備既得了西川，卻將荊州占住，以關羽爲守將，並無歸還東吳之意。孫吳君臣對此都甚憤憤。孫權久有興兵奪取荊州之計。魯肅獻了一策，謂可不戰而定荊州，即設宴去騙了關羽來江東，強迫他交出荊州來。喬國老知道了這事，力諫吳王不可造次行事。

〔登場人物〕駕。侍從們。外末：魯末。正末：喬國老。

〔正末唱〕點絳脣。混江龍。油葫蘆。天下樂。那吒令。鵲踏枝。寄生草。金盞兒。醉扶歸。金盞兒。（此下另有金盞兒一曲，文全同，當係衍文。）後庭花。賺煞尾。

〔第二折〕司（原文作同，誤）馬德操隱居於山間林下，逍遙自在。魯肅前來訪他。與他說起欲請關羽赴宴事。德操具說西川將士之勇，關公人馬之威，恐怕肅下不的他手。

〔登場人物〕正末：司馬德操。魯肅。道童。

〔正末唱〕端正好。滾繡球。倘秀才。滾繡球。倘秀才。滾繡球。倘秀才。滾繡球。叨叨令。尾。

〔第三折〕關羽坐鎮荊州，曹、吳皆不敢小窺於他。有一天，東吳魯肅派人來請他過江赴宴。他準備著要去。他的兒子關平因恐東吳有詐，力阻他前往。他甚自信，以爲東吳即使有詐，也奈何他不得。「一人拼命，萬夫難當……交他每鞠躬又送的我來船上。」

〔登場人物〕正末：關羽。關舍人。淨：周倉（？）。

〔正末唱〕粉蝶兒。醉春風。十二月。堯民歌。石榴花。鬥鵪鶉。上小樓。么。快活三。鮑老兒。剔銀燈。蔓菁菜。柳青娘。道和。尾。

〔第四折〕羽既決定前去赴宴，便帶了單刀，輕身坐船，前往江東而去。魯肅早已定好計策，伏兵在兩廂。關公處處提防。在歡宴之間，魯肅提起交還荊州之事，關羽便大怒而起。他劫持了魯肅，教他直送他下船。肅在他支配之下，無法可想，狡謀一不能展施。只得聽命，送羽下船而別。

〔登場人物〕正末：關羽。魯肅。關舍人。淨：周倉（？）。船夫。兵士們（？）。

〔正末唱〕新水令。風入松。胡十八。慶東原。沉醉東風。雁兒落。得勝令。攪箏琶。離亭宴帶歇指煞。沽美酒。太平令。

題目：喬國老諫吳帝　司〔馬徽〕休官職
〔魯子〕敬索荊州　〔關〕大王單刀會

（《小說月報》二十一卷一號，一九三〇年一月）

關張雙赴西蜀夢雜劇

元大都關漢卿撰　《元刊古今雜劇三十種》本

〔第一折〕劉玄德從荊州入西蜀，得立下基礎，進位為西蜀皇帝。文有諸葛亮，武有關、張等為輔。後關羽為孫吳所殺。玄德起兵報仇。中途，張飛又為其部下所刺死。玄德因此悲憤益深。誓欲滅絕東吳，以報此仇。

〔登場人物〕玄德。侍從（？）。

〔玄德唱〕點絳唇。混江龍。油葫蘆。天下樂。醉中天。金盞兒。醉中天。金盞兒。尾。

〔第二折〕諸葛孔明早知道了關、張被殺的消息。他見玄德如此掛

念著關、張，直是不敢開口報知。然而玄德在睡夢中卻早已知道了關、張被殺之事。孔明想起關、張二將如此英雄，到頭來只落得「蓋世功名紙半張」，深為浩嘆。

〔登場人物〕諸葛亮。（？）。

〔諸葛唱〕一枝花。梁州。隔尾。牧羊關。賀新郎。牧羊關。收尾。

〔第三折〕張飛為張達所殺，靈魂飄蕩，在黑雲中行走，只看見他的二哥關羽也在走過。他知道自己是陰魂，不敢陷他，嚇的他直向陰雲中躲去，然而不料關羽卻也是一位陰魂。他們互相談起被害之事，十分悲戚；他們三個，本是同行同坐的，怎先亡了他們兄弟兩個。他們先去見諸葛軍師於夢中，後入宮庭，托夢於玄德。他們滿心只想捕捉到了陷害他們的劉封、張達來報仇。

〔登場人物〕張飛。關羽。（？）。

〔張飛唱〕粉蝶兒。醉春風。紅繡鞋。迎仙客。石榴花。鬥鵪鶉。上小樓。么。哨遍。耍孩兒。三。二。收尾。

〔第四折〕張飛他們的鬼魂，進了宮庭，暗然心傷。「往常真戶尉見咱當胸叉手。今日見紙判官趨前退後。元來這做鬼的比陽人不自由。立在丹墀內，不由我淚交流，不見一班兒故友。」他們見到此時蕭索之景，念及前事，不禁痛淚交流。見了劉備，為了自己陰魂，欲前又卻。他們流連著不忍便去，然又不能不去。臨去時只是丁寧的說，要報冤仇。

〔登場人物〕張飛。關羽。劉備。（？）。

〔張飛唱〕端正好。滾繡球。倘秀才。滾繡球。叨叨令。倘秀才。呆古朵。倘秀才。滾繡球。三煞。二。尾。

（原無題目正名）

閨怨佳人拜月亭雜劇

元大都關漢卿撰　《元刊古今雜劇三十種》本

〔楔子〕兵部尙書王鎭，奉命往邊庭公幹；夫人及小姐瑞蘭，設宴爲他送行。一聲珍重早回，他們便相別了。

〔登場人物〕孤：王鎭。夫人。旦：王瑞蘭。梅香。

〔旦唱〕賞花時。么。

〔第一折〕不久，元兵南下，金人遷都，各處大亂。王夫人偕瑞蘭也隨眾避難而去。中途，與夫人與瑞蘭相失。同時，有蔣世隆者與其妹瑞蓮，也因逃避相失。王夫人與蔣瑞蓮相遇，認她爲女，一路作伴，瑞蘭則與蔣生相遇；他們爲避人耳目計，不得已權作夫妻同行。他們夫妻倆中途爲強人所劫去。強人的首領滿陀興福，卻是世隆的結義兄弟，便於歡宴之後，贈金與他們，相別而去。

〔登場人物〕夫人。旦。正末：蔣世隆。小旦：蔣瑞蓮。外末：滿陀興福。其他兵士強人等。

〔旦唱〕點絳唇。混江龍。油葫蘆。天下樂。醉扶歸。後庭花。金盞兒。醉扶歸。金盞兒。賺尾。

〔第二折〕蔣生與瑞蘭在旅邸中成了婚，不幸蔣生忽然生了病，客中臥病，淒涼萬狀，與他相對無策者，惟有他的妻而已。某日，有官吏經由此處；侍從們認出了瑞蘭，便去告訴了老爺。原來這位老爺便是她的父親王鎭。瑞蘭羞答答的訴知她父親，說她已與蔣生結婚。但王鎭大怒，立迫她與他同歸。任瑞蘭如何的懇求苦說，都不成。她只得與蔣生淒慘的相別而去。

〔登場人物〕孤。旦。正末。夫人。小旦。店家。侍從們。

〔旦唱〕一枝花。梁州。牧羊關。賀新郎。牧羊關。鬥蝦蟆。哭皇天。烏夜啼。三煞。二煞。收尾。

〔第三折〕王鎮帶了瑞蘭同歸，中途又遇見了他的妻王夫人，及義女蔣瑞蓮，他們一家是團圓著了。但瑞蘭總是鬱鬱寡歡的在想念著她的丈夫。瑞蓮也因她哥哥不知消息，甚以爲悶。一夕，瑞蘭在中庭燒香拜月，祝拜她丈夫的無恙與團圓。瑞蓮上場沖破了她，她羞澀的說出她丈夫的姓名時，瑞蘭也失聲而哭。瑞蘭反爲之愕然，以爲她當是她丈夫的舊妻妾。等她說明是世隆的妹子時，她方才回嗔作喜。

〔登場人物〕夫人。小旦。旦。梅香。

〔旦唱〕端正好。滾繡球。倘秀才。呆古朵。倘秀才。滾繡球。伴讀書。笑和尚。倘秀才。叨叨令。倘秀才。呆古朵。三煞。二。尾。

〔第四折〕蔣世隆在旅邸遇見了滿陀興福，一同上京應舉。各中了文武狀元。王鎮宴之於家，意欲招他們爲婚。瑞蘭見了世隆，大喜，即使他與他妹妹相見。他們全都團圓了。瑞蓮也便嫁給了興福爲妻。全劇便在夫婦團圓、天子封拜中結束了。

〔登場人物〕孤。夫人。正末。外末：興福。媒人。旦。小旦。

〔旦唱〕新水令。駐馬聽。慶東原。鎮江回。步步嬌。雁兒落。水仙子。胡十八。掛玉鉤。喬牌兒。夜行舡。么。殿前歡。沽美酒。阿忽令。

（題目正名原無）

（《小說月報》二十一卷一號，一九三〇年一月）

錢大尹智勘緋衣夢

元大都關漢卿撰　有顧曲齋刊本

〔第一折〕汴梁王員外有女王閏香，與李十萬的兒子李慶安曾指腹爲婚。後來李十萬窮了，王員外想要悔婚，叫嬤嬤去說，並送了十兩銀子、

一雙鞋子給他。李老聞言，氣極無語。慶安剛好由書塾歸來，因同學笑他無個風箏放，便去向父親要。他聞知此事，並不在心，只是穿了新鞋，取了錢去買風箏放。他放起風箏，落在人家梧桐樹上，便脫了鞋兒上樹去取。不料這人家卻正是王員外家。王閨香這時心中悶悶不樂，去遊後花園，見了樹下的鞋子；便叫慶安下地。說起了才知道便是指腹爲婚的人。她約慶安今夜到園中等著，她將著梅香送錢物給他，做財禮來娶她。

〔登場人物〕沖末：王員外。嬤嬤。李老。小末：李慶安。正旦：王閨香。梅香。

〔正旦唱〕仙呂點絳脣。混江龍。油葫蘆。天下樂。後庭花。青哥兒。賺煞。

〔第二折〕王員外這天在典解庫中閒坐，強人裴炎將衣服去當錢，王員外不收。裴炎大怒，決意要於夜間去殺他全家。夜間，梅香奉了閨香之命，將著金珠財寶，等待李慶安去取。不料正沖著裴炎，被他所殺，取了金寶而去。等到慶安來時，卻見梅香已死，染了一身鮮血，急忙著逃回。閨香見梅香不回，自去看她，一見屍身，便大喊起來。王員外斷定梅香必是慶安所殺，到了他家，又見門上有血手印，便扯了他見官去。

〔登場人物〕王員外。邦老：裴炎。梅香。小末。正旦。嬤嬤。李老。

〔正旦唱〕南呂一枝花。梁州。四塊玉。罵玉郎。感皇恩。採茶歌。尾聲。

〔第三折〕這時，錢可爲開封府府尹，見慶安是個文弱少年，不像殺人之徒，便將他囚於獄神廟中，聽他睡中說的什麼話。慶安作寢語云：「非衣兩把火，殺人賊是我。趕的無處藏，走在井底躲。」錢尹由這語中，猜出殺人犯必是姓裴名炎或姓炎名裴的。便喚寶鑒來，著他去查。

〔登場人物〕孤：錢大尹。從人。令史。小末。李老。寶鑒。魔眼鬼。（寶鑒的同伴。）

〔第四折〕竇鑒等到了棋盤井底巷茶坊中坐著；裴炎正在將一腿狗肉強賣給茶三婆。三婆不要。裴炎不管，放下狗腿自去。竇鑒聞知此人名叫裴炎，便放在心上，命魔眼鬼扮著貨郎。裴妻要配刀，卻認得擔上的刀是她家的。因此，她便招出眞情來，捉了裴炎了案。錢尹放了慶安。由閏香爲李老及她父親講和。錢尹便命王員外做個筵席與李慶安夫婦團圓。

〔登場人物〕茶博士。茶三婆。竇鑒。張千。（魔眼鬼。）裴炎。淨旦：裴妻。錢尹。李老。王員外。小末。正旦。

〔茶三婆唱〕越調鬥鵪鶉。紫花兒序。寨兒令。鬼三臺。調笑令。尾聲。

〔正旦唱〕雙調新水令。喬牌兒。雁兒落。得勝令。

題目　王閏香夜鬧四春園　錢大尹智勘緋衣夢
正名　李慶安絕處幸逢生　獄神廟暗中彰顯報

（按：此劇第三折無曲套，第四折則有二套曲，實元劇的創例。恐誤。或者第四折的前半當歸並於第三折之中。又「新水令」一曲，照慣例也爲未完之曲套。）

（《小說月報》二十一卷一號，一九三〇年一月）

詐妮子調風月雜劇

元大都關漢卿撰　《元刊古今雜劇三十種》本

〔第一折〕有某家侍妾名燕燕者，奉夫人命到書齋伏侍小千戶。小千戶極爲夫人所鍾愛。燕燕聰明伶俐，面貌姣好，小千戶一見便留情於她。燕燕初時不肯與他相愛，但也捨不得「脫過這郎君」，便依順了他，專等以後做「世襲千戶的小夫人」。

〔登場人物〕老孤。正末。卜兒。夫人。正旦：燕燕。

〔正旦唱〕點絳唇。混江龍。油葫蘆。天下樂。那吒令。鵲踏枝。寄生草。么。村裡迓鼓。元和令。上馬嬌。勝葫蘆。么。後庭花。柳葉兒。尾。

〔第二折〕清明時節，燕燕爲女伴們約去蹴秋千，赴宴席。她爲了掛記著小千戶，很早的便逃席而回。小千戶那天也在郊外踏青，卻與小姐相遇，兩相有情。他取了她的手帕爲表記。他見燕燕回時，微微喘息，語言恍惚，頗爲生疑，但他卻有事在心，未及顧到此。他飯也不吃，衣也不更的痴想著。等到燕燕爲他更衣時，手帕卻落下地來，爲她所拾。燕燕因此，大爲悲憤，數落了他一頓，情詞極爲沉痛；小千戶無言可答。

〔登場人物〕外孤。正末。外旦。六兒。正旦。

〔正旦唱〕粉蝶兒。醉春風。朱履曲。滿庭芳。十二月。堯民歌。江兒水。上小樓。么。哨遍。耍孩兒。五煞。四。三。二。尾。

〔第三折〕燕燕自經此變，心中鬱鬱不歡。跟小千戶的書僮六兒卻有意於燕燕，乘機前來她房中調戲。她巧言賺他出房，卻呼的閉上房門，鋪的吹滅殘燈。六兒叫不開門，便忿忿而去。第二天，夫人命燕燕到小姐處求親。燕燕推卻不去。六兒卻在夫人面前攛掇著。夫人大怒，罵了燕燕一頓。她只得憤憤的銜命而去。她前去見了相公，說道：「夫人使來問小姐親事，相公許不許？」相公許了，又命她自去問小姐。小姐卻也一諾無辭。燕燕因此大爲不快，欲著幾句話破了這門親，剛說得一句：「小姐，那小千戶酒性歹。」卻爲小姐所喝罵。她只得垂頭喪氣的回去覆命。

〔登場人物〕孤。夫人。末：六兒。正旦。外孤。外旦。

〔正旦唱〕鬥鵪鶉。紫花兒序。么。梨花兒。紫花序兒。小桃紅。調笑令。聖藥王。鬼三臺。天淨沙。東原樂。綿搭絮。拙魯速。尾。

〔第四折〕到了小千戶與小姐結婚之日，燕燕雖爲小姐裝扮插帶，心

中卻極爲不願。「說得他兒女夫妻，似水如魚，撇得我鰥寡孤獨。」他們行禮時，命她說好話，她卻滿嘴裡是咒語。直到了相公夫人抬舉她爲小千戶的「小夫人」時，她方才滿心欣然的拜謝著。

〔登場人物〕老孤。外孤。眾外。夫人。正末。正旦。外旦。

〔正旦唱〕新水令。駐馬聽。甜水令。折桂令。水仙子。殿前歡。喬牌兒。掛玉鉤。落梅風。雁兒落。得勝令。阿古令。

正名　雙鴛燕暗爭春
　　　詐妮子調風月

（《小說月報》二十一卷二號，一九三〇年二月）

破幽夢孤雁漢宮秋雜劇

元馬致遠撰　《元曲選》（甲集上）本

〔楔子〕呼韓耶單于欲循故事，求婚漢室。這時漢元帝正聽了毛延壽之勸，派他到各處圖選宮妃。

〔登場人物〕沖末：番王。部落。淨：毛。正末：元帝。內官。宮女。

〔正末唱〕仙呂賞花時。

〔第一折〕毛延壽已選了九十九名宮女，只少一名。選至成都姊歸縣，得了王嬙。因她家不曾用錢買托，因此將美人圖點破，不得親幸。她一夕彈琵琶自遣，卻遇見了元帝。帝得之大喜。立命捉住延壽斬首。

〔登場人物〕毛。正旦：王嬙。二宮女。駕。內官。

〔正末唱〕仙呂點絳唇。混江龍。油葫蘆。天下樂。醉中天。金盞兒。醉扶歸。金盞兒。賺煞。

〔第二折〕單于求親，漢主以公主尚幼爲辭。毛延壽逃出漢境，即將昭君圖獻給單于。他便指名要昭君下嫁。這時元帝正沉迷著昭君，日在宮中。群臣逼他送出昭君，以免有動干戈。他只得送她去了。

〔登場人物〕番王。部落。毛。旦。宮女。駕。外：尚書。丑：常侍。番使。

〔正末唱〕南呂一枝花。梁州第七。隔尾。牧羊關。賀新郎。鬥蝦蟆。哭皇天。烏夜啼。三煞。二煞。黃鐘尾。

〔第三折〕漢帝百般無奈，親送昭君北去。昭君到了番營。番王拔營北歸，到了黑龍江，明妃跳江而死。番王驚悔。乃葬之江邊，號爲青冢，並將毛延壽送回漢廷治罪。

〔登場人物〕番使。旦。駕。文武內官。番王。部落。

〔正末唱〕雙調新水令。駐馬聽。步步嬌。落梅風。殿前歡。雁兒落。得勝令。川撥棹。七弟兄。梅花酒。收江南。鴛鴦煞。

〔第四折〕自明妃和番去後，漢帝一百日不曾設朝。一夕夢見昭君，醒後，又聽雁嘹長空，倍覺悽楚。第二天，番使卻送了毛延壽來，並說明和親之意。漢帝便命殺了延壽以祭明妃。

〔登場人物〕駕。內官。旦。番兵。尚書。

〔正末唱〕中呂粉蝶兒。醉春風。叫聲。剔銀燈。蔓菁菜。白鶴子。么篇。上小樓。么篇。滿庭芳。十二月。堯民歌。隨煞。

題目　沉黑江明妃青冢恨
正名　破幽夢孤雁漢宮秋

（《小說月報》二十一卷二號，一九三〇年二月）

半夜雷轟薦福碑雜劇

元馬致遠撰　《元曲選》（丁集上）本

〔第一折〕范仲淹奉命巡遊各處。他心中記念著結義的兄弟張鎬。一日，揚州牧宋公序辭出赴任。他要招個女婿。仲淹便說張鎬可以。仲淹到了張家莊，鎬正在張浩家中授學徒。他與了鎬三封書，一封給黃員外，一封給劉團使，一封給宋公序，張鎬便辭館而去。

〔登場人物〕沖末：范。外：宋公序。淨：張浩。正末：張鎬。學生們。

〔正末唱〕仙呂點絳唇。混江龍。後庭花。油葫蘆。天下樂。那吒令。鵲踏枝。寄生草。么篇。六么序。么篇。金盞兒。醉扶歸。賺煞。

〔楔子〕張鎬到了洛陽，投第一書給黃員外，當夜黃員外便犯病而死。他又到黃州去投劉仕林。

〔登場人物〕旦：黃妻。正末。

〔正末唱〕仙呂賞花時。么篇。

〔第二折〕范仲淹獻上了張鎬的萬言策，聖上便命張鎬為吉陽縣令。使命到了張家莊。卻錯認了張浩。於是他便冒名上任去。鎬正欲投奔黃州，卻知劉仕林又死了。這時他與張浩交背而過。浩故意不認他，卻叫「曳剌」去殺他。他對「曳剌」說明了原因，這個「曳剌」便放了他去，取了他血襟等信物而回。張浩要滅口，推他下井，卻推他不下。這時宋公序恰經過這裡，便捉了二人去審問。

〔登場人物〕范。使官。淨。正末。行者。龍神。曳剌。宋。隨從。

〔正末唱〕正宮端正好。滾繡球。叨叨令。滾繡球。倘秀才。醉太平。倘秀才。滾繡球。呆骨朵。倘秀才。滾繡球。煞尾。

〔第三折〕張鎬又到了饒州，住在薦福寺。寺中有一碑，乃顏眞卿寫的。長老要打千份，送他爲盤費，不料半夜裡這碑卻爲雷轟壞了。他欲撞樹自殺，仲淹上來救了他，與他一同赴京。

〔登場人物〕范。外：長老。正來。龍神。鬼力。

〔正末唱〕中呂粉蝶兒。醉春風。石榴花。鬥鵪鶉。普天樂。紅繡鞋。上小樓。么篇。滿庭芳。快活三。鮑老兒。十二月。堯民歌。耍孩兒。二煞。一煞。煞尾。

〔第四折〕他們到京，張鎬中了首名狀元。宋公序恰來見他們，范仲淹便定張浩以冒名張鎬的罪；以趙實爲吉陽縣令，且命鎬娶了宋女。

〔登場人物〕范。正末。長老。宋。趙實。張浩。

〔正末唱〕雙調新水令。駐馬聽。雁兒落。得勝令。落梅風。水仙子。川撥棹。七弟兄。梅花酒。收江南。鴛鴦煞。

題目　三封書謁揚州牧

正名　半夜雷轟薦福碑

呂洞賓三醉岳陽樓雜劇

元馬致遠撰　《元曲選》（丁集下）本

〔第一折〕呂岩在蟠桃會上見下界青氣沖天，便到了岳州，要度這人，他改裝爲一個賣墨的先生。他上了岳陽樓，假作醉臥。這時，柳樹精正上樓來，他便勸他出家。先令他投胎於郭家爲人。

〔登場人物〕淨：酒保。正末：呂岩。外：柳精。

〔正末唱〕仙呂點絳唇。混江龍。油葫蘆。天下樂。那吒令。鵲踏

枝。寄生草。么篇。後庭花。金盞兒。醉中天。憶王孫。金盞兒。賺煞。

〔第二折〕柳樹精投胎爲郭馬兒，他的妻便是白梅花精，投胎爲賀臘梅。他們在岳陽樓賣酒。洞賓第二次去度他。他妻已省，他卻不省，仍然沒有結果。他險些兒把洞賓推入水中去。

〔登場人物〕郭。旦兒。正末。

〔正末唱〕南呂一枝花。梁州第七。賀新郎。梧桐樹。隔尾。牧羊關。紅芍藥。菩薩梁州。哭皇天。烏夜啼。三煞。二煞。黃鐘尾。

〔楔子〕郭馬兒改了賣酒。洞賓又來了，與了他一支劍，叫他殺了媳婦出家去。

〔登場人物〕郭。正末。

〔正末唱〕仙呂賞花時。

〔第三折〕不料當夜三更時，卻有人殺了他媳婦。他便告訴了社長，同去告官，發了文書給他。他們冲見了洞賓，要捉住他，卻爲他打脫而去。二人分途前追。

〔登場人物〕郭。丑：社長。正末。旦。

〔正末唱〕正宮端正好。滾繡球。倘秀才。滾繡球。叨叨令。倘秀才。滾繡球。伴讀書。笑和尚。煞尾。

〔第四折〕郭馬兒追上了洞賓，捉住了他，同去見官。洞賓說，他妻不曾死。果然她便來了。跟從也不見了，只見一群道士。於是他乃省悟。

〔登場人物〕正末。郭。旦。外。鍾離。大仙。（孤一行人）

〔正末唱〕雙調新水令。駐馬聽。沉醉東風。七弟兄。梅花酒。收江南。水仙子。收尾。

題目　郭上灶雙赴靈虛殿

正名　呂洞賓三醉岳陽樓

（《小說月報》二十一卷二號，一九三〇年二月）

西華山陳摶高臥雜劇

元馬致遠撰　《元曲選》（戊集上）本

〔第一折〕趙大舍和鄭恩去買卦，遇見了陳摶，他算定他們有帝王之分。

〔登場人物〕沖末：趙。淨：鄭恩。正末：陳摶（道扮）。

〔正末唱〕仙呂點絳唇。混江龍。油葫蘆。天下樂。醉中天。後庭花。金盞兒。後庭花。金盞兒。醉中天。金盞兒。賺煞。

〔第二折〕趙大舍果爲天子，乃遣使臣黨繼恩來請他下山，他不得已爲了天下走一遭。

〔登場人物〕外：使臣。卒子。正末。

〔正末唱〕南呂一枝花。梁州第七。隔尾。牧羊關。紅芍藥。菩薩梁州。隔尾。牧羊關。賀新郎。牧羊關。哭皇天。烏夜啼。黃鐘煞。

〔第三折〕他到了山下，入了朝中，趙天子意勸他爲官，他不爲之動。

〔登場人物〕趙。侍臣。正末。

〔正末唱〕正宮端正好。滾繡球。倘秀才。滾繡球。倘秀才。叨叨令。倘秀才。滾繡球。倘秀才。滾繡球。倘秀才。三煞。二煞。煞尾。

〔第四折〕鄭恩命美女來戲他，陳摶也不爲之動。他把門閉上了，陳摶只在門內秉燭待旦。

〔登場人物〕鄭。色旦。正末。

〔正末唱〕雙調新水令。駐馬聽。步步嬌。沉醉東風。攪箏琶。雁兒落。川撥棹。七弟兄。梅花酒。收江南。水仙子。太平令。離亭宴帶歇指煞。

題目　識眞主汴梁賣課　念故知徵賢敕佐

正名　寅賓館天使遮留　西華山陳摶高臥

（《小說月報》二十一卷二號，一九三〇年二月）

邯鄲道省悟黃粱夢雜劇

元馬致遠撰　《元曲選》（戊集上）本

〔第一折〕東華帝君知呂巖有神仙之分，便差正陽子（鍾離）去點度他。在邯鄲道黃花店見了他。他功名心急，懍然不省。鍾離便使他大睡一場。

〔登場人物〕沖末：東華。正旦：王婆。外：呂。正末：鍾離權。

〔正末唱〕仙呂點絳唇。混江龍。油葫蘆。天下樂。金盞兒。後庭花。醉中天。金盞兒。醉雁兒。後庭花。醉中天。一半兒。金盞兒。賺煞。

〔楔子〕呂巖拜了兵馬大元帥，娶了高太尉女翠娥為妻，生了一男一女。他因反了吳元濟，便帶兵辭了丈人去討伐。

〔登場人物〕正末：高太尉。旦兒：翠娥。兩俠。洞賓。

〔正末唱〕仙呂賞花時。么篇。

〔第二折〕他出征之後，不到半年，太尉死了。他妻與魏舍有不伶俐的勾當。二人正在吃酒，洞賓卻因賣了一陣，得了不少金寶，私自回家，恰被沖上。魏舍逃了，他要殺妻，卻被老院公勸住。這時，朝廷又命使命來取他的首級。但第二個使命又來，只叫他遞配遠惡軍郡去。

〔登場人物〕旦兒。淨：魏舍。洞賓。正末：院公。末：使命。丑：解子。兩俠。

〔正末唱〕商調集賢賓。逍遙樂。金菊香。醋葫蘆。么篇。么篇。么

篇。么篇。么篇。么篇。么篇。么篇。么篇。後庭花。雙雁兒。高過浪裡
來。隨調煞。

〔第三折〕解子送他到了荒山之中，把他放了。這時大雪飛揚，他
和二子都凍倒了，虧得一個樵夫救醒了他，指引他到山前草團標裡問先生
去。

〔登場人物〕洞賓。二俠。解子。正末：樵夫。

〔正末唱〕大石調六國朝。歸塞北。初問口。怨別離。歸塞北。么
篇。雁過南樓。六國朝。歸塞北。擂鼓體。歸塞北。淨瓶兒。玉翼蟬煞。

（第四折）到了團標，見一卜兒，問她要飯吃。她兒子回家，殺了
洞賓的二子，又追殺了他。這時，他大夢十三年方才醒來；原來卜兒即王
婆，邦老即鍾離。店中所煮黃粱尚未熟呢。

〔登場人物〕旦：卜兒。洞賓。二俠。正末：邦老。東華。眾仙。

〔正末唱〕正宮端正好。滾繡球。倘秀才。叨叨令。倘秀才。滾繡
球。笑和尚。叨叨令。倘秀才。滾繡球。煞尾。

題目　漢鍾離度脫唐呂公
正名　邯鄲道省悟黃粱夢

（《小說月報》二十一卷二號，一九三○年二月）

江洲司馬青衫淚雜劇

元馬致遠撰　《元曲選》（己集上）本

〔第一折〕白樂天為吏部侍郎，與賈浪仙、孟浩然同到裴興奴家中去
遊玩吃酒。白與興奴二人，一見便互相留情。卻因賈、孟二人醉了，不得
不送他們回去。他臨行時，與興奴約定明日獨至。

〔登場人物〕沖末：白。外：賈；孟。正旦：裴。老旦：卜兒。梅香。

〔正旦唱〕仙呂點絳唇。混江龍。油葫蘆。天下樂。醉扶歸。後庭花。金盞兒。後庭花。金盞兒。賺煞。

〔楔子〕白居易與裴興奴正相伴頗洽，不料被憲宗貶爲江州司馬。二人相別時，興奴誓志要守到他回來。

〔登場人物〕外：憲宗。內官。白。裴。梅香。

〔正旦唱〕仙呂端正好。

〔第二折〕白居易去後，興奴守志不留客。有浮梁茶客劉一郎，卻要來娶她。她堅執不從。她嬤嬤設了一計，令人傳假信，說白氏已死。她祭奠了白後，只好隨了茶客上船。

〔登場人物〕淨：劉。丑：張小閒。卜兒。裴。

〔正旦唱〕正宮端正好。滾繡球。倘秀才。滾繡球。呆骨朵。倘秀才。滾繡球。叨叨令。倘秀才。滾繡球。醉太平。一煞。二煞。三煞。四煞。尾煞。

〔第三折〕半年之後，元微之過江州，白居易與他同在一船上飲酒。這時劉一郎的茶船也泊在江州。他喝酒去了，只留下裴興奴在船。她心中悶苦，彈琵琶自遣。白聞琵琶聲，知爲她，即令人邀過船來，同訴衷情，才知虔婆之計。元微之允於回朝時奏知此事。茶客正在這時回船，爛醉如泥。她伏侍他睡了之後，便上了白居易船，與他同走了。劉一郎醒來不見興奴，叫地方拿人。地方疑他謀害了她，欲將他鎖拿去了。

〔登場人物〕白。裴。劉。外：元。梅香。地方。雜當。

〔正旦唱〕雙調新水令。駐馬聽。步步嬌。攪箏琶。雁兒落。小將軍。沉醉東風。撥不斷。掛搭沽。沽美酒。太平令。川撥棹。七弟兄。梅花酒。收江南。水仙子。太清歌。二煞。鴛鴦煞。

〔第四折〕元微之回朝奏知憲宗，他便赦了白居易，復任他爲侍郎，並召裴興奴入朝，問她始終因由。乃由他宣判：將裴歸白；虔婆決杖六十，劉一郎流竄遠方。

〔登場人物〕元。白。裴。憲宗。內官。賈。孟等。

〔正旦唱〕中呂粉蝶兒。醉春風。迎仙客。石榴花。鬭鵪鶉。上小樓。么篇。紅芍藥。紅繡鞋。喜春來。普天樂。快活三。鮑老兒。叫聲。剔銀燈。蔓菁菜。隨煞。

題目　潯陽商婦琵琶行
正名　江州司馬青衫淚

馬丹陽三度任風子雜劇

元馬致遠撰　《元曲選》（癸集下）本

〔第一折〕馬丹陽見下界終南山甘河鎭青氣沖天，曉得居民任屠有半仙之分，便稟知師父去度他。他到了甘河鎭，化得鎭人皆不吃葷，因此屠戶虧本，任屠便挺身要殺他。

〔登場人物〕沖末：馬丹陽。正末：任屠。旦：李氏。眾屠戶。

〔正末唱〕仙呂點絳脣。混江龍。油葫蘆。天下樂。那吒令。鵲踏枝。寄生草。金盞兒。賺煞尾。

〔第二折〕任屠見了馬丹陽要去殺他，卻被他點化，反拜他爲師，在花園中修行。

〔登場人物〕馬。正末。旦。外。神子。

〔正末唱〕正宮端正好。滾繡球。倘秀才。滾繡球。倘秀才。窮河西。叨叨令。三煞。二煞。煞尾。

〔第三折〕他的妻知他出家，抱了孩子和小叔同去勸他。他毫不動念。且休了妻，摔死了幼子。於是他的妻便無法可想而歸。

〔登場人物〕旦。小叔。正末。馬。

〔正末唱〕中呂粉蝶兒。醉春風。紅繡鞋。石榴花。鬥鵪鶉。上小樓。么篇。滿庭芳。普天樂。耍孩兒。二煞。三煞。四煞。五煞。煞尾。（俫不出場大約是用砌末）

〔第四折〕十年之後，馬丹陽再使六賊及他摔死的孩鬼來魔障他。見他道行已深，毫不動念，便知他功成行滿，可以證果朝元了。於是眾仙才各執樂器來迎他。

〔登場人物〕六賊。正末。俫。馬。眾仙。（六賊——六個人）

〔正末唱〕雙調新水令。駐馬聽。川撥棹。雁兒落。得勝令。川撥棹。七弟兄。梅花酒。收江南。尾。

題目　甘河鎮一地斷葷腥
正名　馬丹陽三度任風子

（《小說月報》二十一卷三號，一九三〇年三月）

張君瑞鬧道場雜劇（《西廂記》第一本）

元王實甫撰　《西廂十則》本

〔楔子〕崔夫人帶領了鶯鶯、歡郎和婢紅娘，同住在河中府普救寺西邊的另造宅子裡。一日，暮春天氣，好生困人，她命紅娘伴了小姐到前邊庭院，「閒散心耍一回去來」。

〔登場人物〕夫人。鶯鶯。紅娘。歡郎。

〔夫人唱〕仙呂賞花時。〔鶯鶯唱〕么篇。

〔第一折〕張君瑞欲赴蒲關，往依同學友人杜君實。路經此處，往遊普救寺，驀遇鶯鶯，心緒繚亂，不得自遣。

〔登場人物〕正末：張生。俫：琴童。店小二。法聰。紅娘。鶯鶯。

〔張唱〕仙呂點絳唇。混江龍。油葫蘆。天下樂。村里迓鼓。元和令。上馬嬌。勝葫蘆。么篇。後庭花。柳葉兒。寄生草。賺煞。

〔第二折〕夫人要為相國作道場，命紅娘去問長老法本日期。這時，恰好張生又來了。他向長老要了西廂居住讀書。又要附一份齋，追薦他父母。法本一一允之。他乘間向紅娘問話，被她搶白了一頓。

〔登場人物〕夫人。紅娘。張生。法本。法聰。

〔張唱〕中呂粉蝶兒。醉春風。迎仙客。石榴花。鬥鵪鶉。上小樓。么篇。脫布衫。小梁州。么篇。快活三。朝天子。四邊靜。哨遍。耍孩兒。五煞。四煞。三煞。二煞。尾聲。

〔第三折〕這一夜。鶯鶯和紅娘燒夜香。張生在牆上看她。他高哼了一首詩，她也和他一首。他正欲沖去見她，卻見角門呀的一聲關上，二人已不見了。

〔登場人物〕鶯鶯。紅娘。張生。

〔張唱〕越調鬥鵪鶉。紫花兒序。金蕉葉。調笑令。小桃紅。禿廝兒。聖藥王。麻郎兒。么篇。絡絲娘。東原樂。綿搭絮。拙魯速。么篇。尾。

〔第四折〕三月十五日做佛事，張生又見了鶯鶯一面，且第一次拜見了夫人。僧眾見了鶯鶯，無不顛倒。

〔登場人物〕鶯鶯。夫人。紅娘。法本。僧眾。張生。

〔張唱〕雙調新水令。駐馬聽。沉醉東風。雁兒落。得勝令。喬牌兒。甜水令。折桂令。錦上花。碧玉簫。鴛鴦煞。

題目　老夫人閒春院　崔鶯鶯燒夜香
正名　小紅娘傳好事　張君瑞鬧道場

（《小說月報》二十一卷四號，一九三〇年四月）

崔鶯鶯夜聽琴雜劇（《西廂記》第二本）

元王實甫撰　《西廂十則》本

〔第一折〕鶯鶯自做佛事後，心裡也甚想念著君瑞，只是悶在心頭，說不出來。忽然，孫飛虎領了五千人圍住僧院，要擄鶯鶯爲妻。合寺大驚。夫人便傳道：有誰退得賊兵，便以鶯鶯妻之。張生獻策，先用緩兵計：令飛虎等候三天，然後叫人向杜確去求救兵。

〔登場人物〕孫飛虎。卒子。法本。夫人。鶯鶯。紅娘。張生。

〔鶯鶯唱〕仙呂八聲甘州。混江龍。油葫蘆。天下樂。那吒令。鵲踏枝。寄生草。六么序。元和令帶後庭花。柳葉兒。青哥兒。賺煞。

〔楔子〕賊兵果退一箭地。惠明便奉命送書到白馬將軍處。他立刻領了五千兵來，斬了孫飛虎。夫人命紅娘邀張生住到她家去。卻不提起婚事。

〔登場人物〕法本。張生。惠明。夫人。杜確。卒子。飛虎。

〔惠明唱〕正宮端正好。滾繡球。叨叨令。倘秀才。滾繡球。白鶴子。二。一。要孩兒。二。收尾。

〔第二折〕張生移居崔宅。夫人命紅娘請他宴會。他們都以爲婚事在即，張生欣然而去。

〔登場人物〕張生。紅娘。

〔紅娘唱〕中呂粉蝶兒。醉春風。脫布衫。小梁州。么篇。上小

樓。么篇。滿庭芳。快活三。朝天子。四邊靜。耍孩兒。四煞。五煞。二煞。收尾。

〔第三折〕鶯鶯也甚滿意。張生到時，夫人命她出來，說一聲：小姐拜見哥哥者。他們都呆了。張生酒也飲不下了。鶯鶯去後，他向夫人詰問。她說，鶯鶯原已許聘與鄭恆。只將金帛多酬張生。張生憤懣不已。紅娘勸他夜間彈琴，以探鶯鶯之心。

〔登場人物〕張生。鶯鶯。夫人。紅娘。

〔鶯鶯唱〕雙調五供養。新水令。么篇。喬木查。攪箏琶。慶宣和。雁兒落。得勝令。甜水令。折桂令。月上海棠。么。喬牌兒。清江引。殿前歡。離亭宴帶歇拍煞。

〔第四折〕鶯鶯和紅娘燒夜香。月光溶溶，她心緒無聊。張生在西廂內彈琴，她在窗外細聽，更有所感。

〔登場人物〕鶯鶯。張生。紅娘。

〔鶯鶯唱〕越調鬥鵪鶉。紫花兒序。小桃紅。天淨沙。調笑令。禿廝兒。聖藥王。麻郎兒。么。絡絲娘。東原樂。綿搭絮。拙魯速。尾。絡絲娘煞尾。

題目　張君瑞解賊圍　小紅娘畫請客
正名　老夫人賴婚事　崔鶯鶯夜聽琴

（《小說月報》二十一卷四號，一九三〇年四月）

張君瑞害相思雜劇（《西廂記》第三本）

元王實甫撰　《西廂十則》本

〔楔子〕鶯鶯命紅娘去看張生一遭。

〔登場人物〕鶯鶯。紅娘。

〔紅唱〕仙呂賞花時。

〔第一折〕紅娘去見了張生，他將一簡叫她遞給小姐，以爲必有回音。

〔登場人物〕紅娘。張生。

〔紅唱〕仙呂點絳脣。混江龍。油葫蘆。天下樂。村里迓鼓。元和令。上馬嬌。勝葫蘆。么篇。後庭花。青哥兒。寄生草。賺煞。

〔第二折〕紅娘將簡帖兒放在妝盒裡。鶯鶯見了，責備紅娘一番。然後又寫覆書，叫她將去，命她傳語張生，下次不可如此。紅娘見了張生，便說，不濟事了。張生也甚悽惶。等他見到覆簡裡的四句詩時，他卻喜笑了。原來她約他晚上在花園相會。

〔登場人物〕鶯鶯。紅娘。張生。

〔紅唱〕中呂粉蝶兒。醉春風。普天樂。快活三。朝天子。四邊靜。脫布衫。小梁州。換頭。石榴花。鬥鵪鶉。上小樓。么。滿庭芳。耍孩兒。四煞。三煞。二煞。煞尾。

〔第三折〕紅娘對鶯鶯卻不說破。只請她到花園燒香去。正在這時，張生跳牆而過，鶯鶯大怒，拒之。紅娘故意數說了他一頓。

〔登場人物〕張生。紅娘。鶯鶯。

〔紅唱〕雙調新水令。駐馬聽。喬牌兒。攪箏琶。沉醉東風。喬牌兒。甜水令。折桂令。錦上花。清江引。雁兒落。得勝令。離亭宴帶歇拍煞。

〔第四折〕自受這場氣後，第二天張生便病重。夫人命紅娘去看病，且命人去請醫生。鶯鶯也叫了紅娘去，給她一張簡帖，說今夜相會。卻騙她說是上好藥方。張生見了這方，頓時病也沒有了。

〔登場人物〕夫人。紅娘。鶯鶯。張生。

〔紅唱〕越調鬥鵪鶉。紫花兒序。天淨沙。調笑令。小桃紅。鬼三臺。禿廝兒。聖藥王。東原樂。綿搭絮。么。煞尾。

題目　張君瑞寄情詩　小紅娘遞密約

正名　崔鶯鶯喬坐衙　老夫人問醫藥

（《小説月報》二十一卷四號，一九三〇年四月）

草橋店夢鶯鶯雜劇（《西廂記》第四本）

元王實甫撰　《西廂十則》本

〔楔子〕紅娘促鶯鶯去赴會，二人乃同行。

〔登場人物〕紅娘。鶯鶯。

〔紅唱〕正宮端正好。

〔第一折〕張生倚在門邊等著，鶯鶯果來了。她終夕無一語。天未明，紅娘便來，捧之而去。張生猶疑在夢中。

〔登場人物〕紅娘。鶯鶯。張生。

〔張唱〕仙呂點絳唇。混江龍。油葫蘆。天下樂。那吒令。鵲踏枝。寄生草。村里迓鼓。元和令。上馬嬌。勝葫蘆。么。後庭花。柳葉兒。青哥兒。寄生草。賺煞。

〔第二折〕他們的事，不久便為夫人所覺。她叫紅娘來問，紅娘直說不違。於是夫人無可奈何，只得命張生上京求名，然後把女兒給他。

〔登場人物〕夫人。歡郎。紅娘。鶯鶯。張生。

〔紅唱〕越調鬥鵪鶉。紫花兒序。金蕉葉。調笑令。鬼三臺。禿廝兒。聖藥王。麻郎兒。么。絡絲娘。小桃紅。么。東原樂。收尾。

〔第三折〕張生別了鶯鶯赴京。他們在十里長亭送行。二人嗟嘆不已。

〔登場人物〕夫人。紅娘。張生。鶯鶯。

〔鶯鶯唱〕正宮端正好。滾繡球。叨叨令。脫布衫。小梁州。么。上小樓。么。滿庭芳。快活三。朝天子。四邊靜。耍孩兒。五煞。四煞。三煞。二煞。一煞。收尾。

〔第四折〕張生離了蒲東二十里外，在草橋店歇夜。他轉輾不能入睡。睡時，卻做著夢。先夢鶯鶯的語聲唱著，次夢鶯鶯來尋他，他邀她入庭。卒子追來尋他。他以言嚇退卒子，便抱小姐。不料卻錯抱了琴童。他的夢方醒了過來，心中惆悵不已。

〔登場人物〕張生。琴童。店小二。鶯鶯。卒子。

〔張唱〕雙調新水令。步步嬌。落梅風。〔鶯鶯在內唱：喬木查。攪箏琶。錦上花。清江引。〕慶宣和。喬牌兒。

〔鶯鶯唱：甜水令。折桂令。水仙子。〕雁兒落。得勝令。鴛鴦煞。絡絲娘煞尾。

題目　小紅娘成好事　老夫人問由情
正名　短長亭斟別酒　草橋店夢鶯鶯

（《小說月報》二十一卷四號，一九三〇年四月）

張君瑞慶團圞雜劇（《西廂記》第五本）

元關漢卿撰　《西廂十則》本

〔楔子〕張生一舉及第，時已在半年之後，先令琴童賫信，報告夫人小姐。

〔張唱〕仙呂賞花時。

〔第一折〕鶯鶯正在家悶想張生。琴童恰到。他見了夫人後，又賫信

給小姐。小姐便將汗衫、裏肚、襪子等物交琴童帶去給他。

〔登場人物〕童。紅娘。鶯鶯。

〔鶯鶯唱〕商調集賢賓。逍遙樂。掛金索。金菊香。醋葫蘆。么。梧葉兒。後庭花。青哥兒。醋葫蘆。金菊香。浪裡來煞。

〔第二折〕張生在京犯了病，因奉聖旨著他在翰林院編修四史，不能出京。恰好琴童將了贈物及信至。他一一珍惜。

〔登場人物〕張。琴童。

〔張生唱〕中呂粉蝶兒。醉春風。迎仙客。上小樓。么。滿庭芳。白鶴子。二煞。三煞。四煞。五煞。快活三。朝天子。賀聖朝。耍孩兒。二煞。三煞。四煞。煞尾。

〔第三折〕鄭恆到了蒲東，先喚了紅娘去問婚事，被她搶白了一頓。第二天，他去見夫人，心生一計，說張生在京已另娶一妻。夫人大怒，便允將鶯鶯嫁給他。

〔登場人物〕鄭恆。夫人。紅娘。

〔紅娘唱〕越調鬥鵪鶉。紫花兒序。天淨沙。小桃紅。金蕉葉。調笑令。禿廝兒。聖藥王。麻郎兒。絡絲娘。么。收尾。

〔第四折〕張生實授河中府尹，出京，到了夫人家中。他們受了鄭恆讒言，不大理會他。杜將軍來和他們主婚。經了解釋之後，才信鄭恆之言不真。正在他們結婚時，鄭恆卻來了。他無顏自存，便觸樹身亡。這裡，有情人卻成了眷屬。

〔登場人物〕法本。杜將軍。夫人。張生。紅娘。鶯鶯。鄭恆。

〔張唱〕雙調新水令。駐馬聽。喬牌兒。雁兒落。得勝令。慶東原。〔紅娘唱：喬木查。〕攬箏琶。〔鶯鶯唱：沉醉東風。〕落梅風。〔紅娘唱：甜水令。折桂令。〕〔鶯鶯唱：雁兒落。得勝令。〕〔杜將軍唱：落梅風。〕沽美酒。太平令。錦上花。清江引。隨尾。

題目　小琴童傳捷報　崔鶯鶯寄汗衫
正名　鄭伯常干捨命　張君瑞慶團圞

　　明刊本《西廂記》，往往分作五卷，二十折，惟即空觀主人翻刻周王本，分爲五劇，每劇四折，爲獨存元劇面目，今從之（《西廂十則》本的《西廂記》即係翻即空觀本者）。王伯良本《西廂校注》別有「總名」、「張君瑞巧做東床婿，法本師主持南禪地。老夫人開宴北堂春，崔鶯鶯待月西廂記」四句，他本皆無（金人瑞本有之，係承襲伯良本者），不知伯良何據，惟《錄鬼簿》、《太和正音譜》二書，著錄實甫《西廂》，亦作「崔鶯鶯待月西廂記」，恰與實甫總名末句相類，或者伯良竟有所本也難說。今姑附存於此。

（《小說月報》二十一卷四號，一九三〇年四月）

四丞相高會麗春堂雜劇

元大都王實甫撰　《元曲選》（己集上）本

　　〔第一折〕蕤賓節時，金主命左丞相徒單克寧爲押宴官，宴會諸臣，並較射。有右丞相管軍元帥樂善射中，得了錦袍玉帶之賞。有副將軍李圭卻射不中。他羞憤交迸，設一計，要於次日和右丞相打雙陸，贏了他的袍帶。

　　〔登場人物〕沖末：徒單克寧。正末：樂善。淨：李圭。祇從。

　　〔正末唱〕仙呂點絳唇。混江龍。油葫蘆。天下樂。那吒令。鵲踏枝。賞花時。勝葫蘆。么篇。賺煞。

〔第二折〕次日，在香山設宴，左丞相仍爲押宴官。右丞相與李圭打雙陸。第一次是右丞相贏了，得到李圭的八寶珠衣，第二次卻是李圭贏了，他要抹右丞相一個黑臉。他大怒，毆打李圭攪擾了宴會。押宴官便去奏聖。

〔登場人物〕沖末。正末。淨。祗從。

〔正末唱〕中呂粉蝶兒。醉春風。迎仙客。紅繡鞋。上小樓。么篇。滿庭芳。石榴花。鬥鵪鶉。耍孩兒。尾聲。

〔第三折〕右丞相打了李圭後，貶至濟南府歇馬，常常釣魚自樂。府尹很奉承他，命妓瓊英與他把酒唱曲。正在這時，王命下來，宣他去攻征草寇。得勝之後，回復原官。於是府尹便與他送行。

〔登場人物〕外：孤。正末。旦兒。左相。使命。

〔正末唱〕越調鬥鵪鶉。紫花兒序。小桃紅。金蕉葉。調笑令。禿廝兒。聖藥王。麻郎兒。么篇。東原樂。綿搭絮。絡絲娘。拙魯速。么篇。收尾。

〔第四折〕夫人知右相回來消息，特在廳中安排酒飯伺候。使命眾官與他賀喜。左相最後奉命至，宣布復他原官，並著李圭來負荊請罪。因草寇聞他回朝，便即投降也。於是全劇遂以歡宴結束。

〔登場人物〕正末：右相。老旦：夫人。家僮。使命。眾官。左相。李圭。雜當。

〔正末唱〕雙調五供養。喬木查。一錠銀。相公愛。醉娘子。金字經。山石榴。么篇。落梅風。雁兒落。得勝令。風流體。古都白。唐兀歹。攬箏琶。沽美酒。太平令。

題目　李監軍大鬧香山會

正名　四丞相高宴麗春堂

（《小說月報》二十一卷四號，一九三〇年四月）

裴少俊牆頭馬上雜劇

元白仁甫撰　《元曲選》（乙集下）本

〔第一折〕裴尚書命子少俊代他去訪求名花異卉，充實名園，他和張千同去，至李宅，遇李千金，二人相顧，各有情意，乃互通詩箋，約定於黃昏見面。

〔登場人物〕沖末：裴。老旦：夫人。外：李總管。正末：少俊。張千。正旦：李千金。梅香。

〔正旦唱〕仙呂點絳脣。混江龍。油葫蘆。天下樂。那吒令。鵲踏枝。寄生草。么篇。金盞兒。後庭花。么篇。賺煞。

〔第二折〕黃昏時，二人相會了，卻為媽媽所覷破，但她並不聲張。他們數人乃決定相逃之計，離了李府而去。

〔登場人物〕夫人。老旦：嬤嬤。正旦。梅香。張千。少俊。

〔正旦唱〕南呂一枝花。梁州第七。牧羊關。罵玉郎。感皇恩。採茶歌。隔尾。紅芍藥。菩薩梁州。牧羊關。三煞。二煞。黃鐘煞。

〔第三折〕他們同到裴宅，只住在後花園，住了七年，生了一男一女，裴尚書還不知道。後來，他到後花園沖見了孩子，問起情事，乃知一切，便大怒，迫著少俊寫休書給她。少俊不得已送她回家，自己去應舉去，孩子則留在裴家。

〔登場人物〕尚書。裴少俊。院公。正旦。端端。重陽。夫人。

〔正旦唱〕雙調新水令。駐馬聽。喬牌兒。么篇。豆葉兒。掛玉

鉤。沽美酒。太平令。川撥棹。七弟兄。梅花酒。收江南。雁兒落。得勝令。沉醉東風。甜水令。折桂令。鴛鴦煞。

〔第四折〕她回家後，父母雙亡，守著家業。少俊則中了狀元，做洛陽府尹。他見她來，她負氣不肯認，公婆也來了，她也不肯認，後由兩個孩子懇求，方才認了，闔家團圓。

〔登場人物〕正旦。梅香。少俊。祗候。尚書。夫人。端端。重陽。

〔正旦唱〕中呂粉蝶兒。醉春風。滿庭芳。普天樂。迎仙客。石榴花。鬥鵪鶉。上小樓。么篇。十二月。堯民歌。耍孩兒。煞尾。

題目　李千金月下花前

正名　裴少俊牆頭馬上

（《小說月報》二十一卷五號，一九三〇年五月）

唐明皇秋夜梧桐雨雜劇

元白仁甫撰　《元曲選》（丙集上）本

〔楔子〕安祿山失師當斬，張守珪將他解送朝中，明皇不聽國忠、九齡之諫，竟赦了他。與貴妃爲兒，做洗兒會，且命他爲漁陽節度使。

〔登場人物〕沖末：張守珪。卒子。淨：安祿山。正末：玄宗。旦：楊貴妃。高力士。楊國忠。宮娥。外：張九齡。

〔正末唱〕正宮端正好。么篇。

〔第一折〕七夕時，楊貴妃在長生殿乞巧。與玄宗步月訴情。

〔登場人物〕旦。宮娥。正末。

〔正末唱〕仙呂八聲甘州。混江龍。油葫蘆。天下樂。醉中天。金盞

兒。憶王孫。勝葫蘆。金盞兒。醉扶歸。後庭花。金盞兒。醉中天。賺煞尾。

〔第二折〕祿山起兵漁陽，以討國忠爲名，一路無人可敵。明皇在宮中正看貴妃霓裳羽衣舞，倉卒之間，李林甫來奏，便決策幸蜀。

〔登場人物〕祿山。眾將。正末。高力士。鄭觀音。寧王。花奴。黃翻綽。旦。外：使臣。淨：林甫。

〔正末唱〕中呂粉蝶兒。叫聲。醉春風。迎仙客。紅繡鞋。快活三。鮑老兒。古鮑老。紅芍藥。剔銀燈。蔓菁菜。滿庭芳。普天樂。啄木兒尾。

〔第三折〕明皇貴妃幸蜀，留太子討賊。六軍至中途不肯發，殺了國忠，又縊死了貴妃才肯復行。明皇不得已而允之。

〔登場人物〕外：陳玄禮。正末。旦。國忠。力士。太子。郭子儀。李光弼。眾父老。

〔正末唱〕雙調新水令。駐馬聽。沉醉東風。慶東原。步步嬌。沉醉東風。雁兒落。撥不斷。攪箏琶。風入松。胡十八。落梅風。殿前歡。沽美酒。太平令。三煞。太清歌。二煞。川撥棹。鴛鴦煞。

〔第四折〕賊平後，明皇回宮，終日思念貴妃不已。聽了梧桐上的雨聲更覺悽楚萬分。夢她來，又不見了。

〔登場人物〕力士。正末。旦。

〔正末唱〕正宮端正好。么篇。滾繡球。倘秀才。呆骨朵。白鶴子。么。么。么。倘秀才。芙蓉花。伴讀書。笑和尚。倘秀才。雙鴛鴦。蠻姑兒。滾繡球。叨叨令。倘秀才。滾繡球。三煞。二煞。黃鐘煞。

題目　安祿山反叛兵戈舉　　陳玄禮拆散鸞鳳侶
正名　楊貴妃曉日荔枝香　　唐明皇秋夜梧桐雨

（《小説月報》二十一卷五號，一九三〇年五月）

黑旋風雙獻功雜劇

元高文秀撰　《元曲選》（丁集下）本

〔第一折〕孫榮孔目要和渾家郭念兒同到泰安神州還香願，便與宋江討了李逵來做護臂，改名王重義，宋江囑他小心忍耐。

〔登場人物〕沖末：孫。搽旦：郭念兒。外：宋江。吳學究。僂儸。正末：李逵。

〔正末唱〕正宮端正好。滾繡球。倘秀才。伴讀書。笑和尚。耍孩兒。一煞。二煞。三煞。哨遍。煞尾。

〔楔子〕郭念兒原與白衙內有些不伶俐的勾當。他們到火爐店安下。孫榮與李逵去尋房子去，他卻與白衙內早已約定，說了一聲暗號，二人便同逃了。

〔登場人物〕搽旦。淨：白衙內。丑：店小二。孫孔目。正末。

〔正末唱〕越調金蕉葉。么篇。

〔第二折〕孫榮先回，不見了念兒，李逵在半途上沖見了一男一女同騎一馬，跌了一交，回來一說，拐去她的正是此人。問起店小二，知此人乃白赤交衙內。

〔登場人物〕正末。淨。搽旦。店小二。孫。

〔正末唱〕仙呂點絳唇。混江龍。油葫蘆。天下樂。醉扶歸。一半兒。後庭花。醉扶歸。賺煞尾。

〔第三折〕白衙內知孫榮要去告他，便借了大衙門坐三天。恰好孫孔目蝶投蛛網，便被他關入死牢內。李逵知道了，喬裝莊家呆廝，設計用悶藥醉倒了禁子，便放走了孔目，叫他先上山。

〔登場人物〕白。張千。孫。丑：牢子。正末。

〔正末唱〕雙調新水令。落梅鳳。夜行船。甜水令。得勝令。歸塞

北。雁兒落。川撥棹。後庭花。梅花酒。收江南。歸塞北。雁兒落。小將軍。鴛鴦煞。

〔第四折〕李逵又喬裝了祗候，混入衙內，殺了白赤交、郭念兒，將兩顆頭去獻功。恰好宋江領人馬接應他去，剛好在中途相見。

〔登場人物〕正末。白。郭。孫。宋江。吳學究。卒子。

〔正末唱〕中呂粉蝶兒。醉春風。上小樓。么篇。小梁州。么篇。滿庭芳。十二月。堯民歌。隨尾。

題目　及時雨單責狀

正名　黑旋風雙獻功

（《小說月報》二十一卷六號，一九三〇年六月）

須賈大夫誶范叔雜劇

元高文秀撰　《元曲選》（庚集下）本

〔楔子〕魏齊當國，遣中大夫須賈到齊迎接公子申回國。須賈薦了范雎同去。

〔登場人物〕淨：魏齊。沖末：須賈。正末：范雎。卒子。

〔正末唱〕仙呂端正好。么篇。

〔第一折〕他們至齊後，被范雎一席話，說得齊王大喜，遂允放公子申回國。他們臨行時，中大夫驪衍，設宴請范雎。賜與千金，他卻不受。須賈也來辭，即受了驪一頓羞辱。他因此懷恨，且疑范將陰事告齊。

〔登場人物〕外：驪。張千。

〔范唱〕仙呂點絳唇。混江龍。油葫蘆。天下樂。那吒令。鵲踏枝。寄生草。金盞兒。醉扶歸。金盞兒。賺煞。

〔第二折〕回魏之後。須賈設宴請魏齊；那天是范雎生日，卻將他捉來，三推六問，吊拷縄打，要追問他將魏陰事告齊之事。范被打死，抬放在糞坑中。過了一會，范卻醒來。遇院公贈他衣銀，放走了他。他便赴秦而去。

〔登場人物〕沖末：范。淨：須賈。外：魏齊。院公。卒子。祇從。

〔范唱〕南呂一枝花。梁州第七。隔尾。牧羊關。隔尾。牧羊關。紅芍藥。菩薩梁州。隔尾。牧羊關。黃鐘尾。

〔第三折〕范雎至秦，改名張祿，爲秦丞相。列國各以中大夫來賀。須賈也來了。范改裝見他。須賈見范大雪中衣單身冷，尚有故人之情，便贈他以綈袍。范與他同至相府。他問卒子才知此人便是丞相。乃預備第二天肉袒去謝罪。

〔登場人物〕須賈。院公。祇從。范雎。卒子。

〔范唱〕正宮端正好。滾繡球。叨叨令。滾繡球。倘秀才。伴讀書。笑和尚。滾繡球。呆骨朵。滾繡球。三煞。二煞。煞尾。

〔第四折〕六國使臣驩衍等俱來設宴賀張祿丞相。只有須賈不敢至。范遣人喚他來與驩對證，並使他立於風雪之中，食他以草具。報了前仇。虧得院公上來，才救了他。范命他傳語魏王，速將魏齊送至秦地。

〔登場人物〕驩。四個大夫。須賈。范雎。院公。張千。卒子。

〔范唱〕雙調新水令。步步嬌。沉醉東風。沽美酒。太平令。川撥棹。七弟兄。梅花酒。收江南。清江引。雁兒落。得勝令。收尾。

題目　須賈大夫誶范叔
正名　張祿丞相報魏齊

（《小説月報》二十一卷六號，一九三〇年六月）

包龍圖智勘後庭花雜劇

元鄭廷玉撰　《元曲選》（己集上）本

〔第一折〕廉訪使趙忠受聖上恩賜一女，名翠鸞，並著她母親同來伏侍他。但他怕他夫人利害，不便收留她們。於是先叫王慶領二人去見他夫人。他夫人要王慶殺死了這母女二人。王慶轉托李順下手。但他與李妻有私，李妻乃設計，說李放了他們母女，取了他們的頭面。母女正逃出汴梁時，遇巡城卒將他們二人沖散了。

〔登場人物〕沖末：趙。祗從。淨：王慶。旦：翠鸞。卜兒。旦：夫人。搽旦：張氏。正末：李順。倈兒。

〔正末唱〕仙呂點絳唇。混江龍。油葫蘆。天下樂。醉中天。金盞兒。一半兒。後庭花。青哥兒。賺煞。

〔第二折〕李順放了翠鸞母女後，將金釵換了錢來家，吃得醉醺醺的。李妻已與王慶定好計謀。王慶來討回話，威嚇他說，他已知道他放走了翠鸞母女之事。他討饒。王便迫他寫休書。他寫了，不合說出到開封告狀的話。王便將他殺了。他的啞子在一旁見著這事。

〔登場人物〕李。王。李妻。倈兒。

〔正末唱〕南呂一枝花。梁州第七。牧羊關。賀新郎。牧羊關。哭皇天。烏夜啼。鬥蝦蟆。黃鐘尾。

〔第三折〕翠鸞在獅子店投宿，為店小二所殺，棄屍井中，這夜她母親也來這店投宿，還有劉天義亦在這店裡。翠鸞鬼魂，出與劉唱和。她母親聞她女兒語聲，出來尋她卻不見了。便將劉拖到開封府告狀。同時，趙廉訪因不見了翠鸞母女，便請包待制勘問這事。包吩咐劉向鬼要了一件信物來。

〔登場人物〕旦。淨：店小二。卜兒。外：劉天義。趙夫人。王慶。祗候。正末：包。張千。鬼。

〔正末唱〕雙調新水令。沉醉東風。風入松。胡十八。雁兒落。掛玉鉤。川撥棹。夜行船。殿前歡。沽美酒。太平令。鴛鴦煞。

〔第四折〕包將此案推詳再三。先命張千下井，撈了一個屍首，卻是李順的。由他啞兒指認出來。然後捉了李妻來。劉天義也將信物呈上，乃是一個桃符，包便命張千去尋那一對來。張便尋到獅子店，捉了店小二來，也撈到翠鸞屍首。那店小二自認殺她。同時，包命王慶出來，啞子卻指認是他殺了他父親。於是案情全白。由趙廉訪宣判。

〔登場人物〕包。劉。張千。卜兒。王。倈。店小二。搽旦。趙。

〔正末唱〕中呂粉蝶兒。迎仙客。快活三。朝天子。紅繡鞋。剔銀燈。蔓菁菜。乾荷葉。上小樓。滿庭芳。倘秀才。呆骨朵。倘秀才。滾繡球。伴讀書。笑和尚。煞尾。

題目　老廉訪恩賜翠鸞女

正名　包待制智勘後庭花

（《小說月報》二十一卷七號，一九三〇年七月）

楚昭公疏者下船雜劇

元鄭廷玉撰　《元曲選》（乙集下）本

〔第一折〕吳國寶劍湛盧飛入楚宮，屢索不還，吳人乃下戰書，命孫武子、伍子胥統兵伐楚。楚昭公與申包胥商量。包胥主張固守待援，他即去秦邦借兵來。

〔登場人物〕沖末：吳王。卒子。外：孫武子。外：伍子胥。淨：伯嚭。正末：楚王。外：羋旋。使命。外：申包胥。

〔正末唱〕仙呂點絳唇。混江龍。油葫蘆。天下樂。那吒令。鵲踏

枝。寄生草。么篇。金盞兒。醉扶歸。賺煞。

〔第二折〕吳兵至郢。費無忌領兵出戰，大敗，爲子胥所擒。楚王同芈旋只得逃命。

〔登場人物〕淨：費。楚王。芈。吳。孫。伯嚭。卒子。

〔正末唱〕越調鬥鵪鶉。紫花兒序。調笑令。小桃紅。金蕉葉。天淨沙。禿廝兒。聖藥王。收尾。

〔第三折〕楚王、芈旋及楚王妻、子四人逃至長江邊，登上了漁夫的小船。船至江心，風浪大作，艄公說，要疏者下船。於是楚王的妻與子都投下江去了。他們過江後，兄弟二人又分途而去。

〔登場人物〕龍神。鬼力。丑：梢公。正末。芈旋。旦兒。俫兒。

〔正末唱〕中呂粉蝶兒。醉春風。迎仙客。紅繡鞋。石榴花。鬥鵪鶉。普天樂。上小樓。么篇。滿庭芳。耍孩兒。二煞。煞尾。

〔第四折〕申包胥在秦，號哭七日，秦王才允發兵，命姬輦爲將。子胥聞秦兵出，即全師而退。於是楚王復國。兄弟以及投江被救之妻、子皆來相會。秦國且以金枝公主與小公子結親。全劇遂結束於大宴中。

〔登場人物〕外：秦昭公。卒子。申。外：百里奚。淨：姬輦。正末。芈旋。二旦。旦兒。俫兒。

〔正末唱〕雙調新水令。駐馬聽。沉醉東風。落梅風。甜水令。折桂令。沽美酒。太平令。錦上花。么篇。清江引。尾。

題目　伍子胥一戰入郢
正名　楚昭公疏者下船

（《小說月報》二十一卷七號，一九三〇年七月）

布袋和尚忍字記雜劇

元鄭廷玉撰　《元曲選》（庚集上）本

〔楔子〕劉均佐原爲上天貪狼星下凡。如來怕他迷了本性，便命彌徠來引度他。他一天正在飲酒，有一個乞兒劉均佑凍倒在門口。他便收留了他，與他拜爲兄弟。

〔登場人物〕沖末：阿難尊者。正末：劉均佐。旦兒。俠兒。雜當。外：劉均佑。

〔正末唱〕仙呂賞花時。么篇。

〔第一折〕劉均佐生日時，有布袋和尚來募化，在他手上寫了一個忍字，洗也不去。又有一個劉九兒來要一貫錢，他一推，便把劉推倒在地上死了。均佐正要逃命，布袋卻來，要他出家，便救活了劉九兒。劉九兒活了，他又食言，只肯在家修行。

〔登場人物〕均佐。均佑。旦兒。俠兒。雜當。外：布袋。嬰兒。姹女。淨：劉九兒。

〔正末唱〕仙呂點絳脣。混江龍。油葫蘆。天下樂。那吒令。鵲踏枝。寄生草。醉中天。河西後庭花。金盞兒。河西後庭花。憶王孫。金盞兒。賺煞。

〔第二折〕劉均佐聽了師命，在後花園中結一草庵吃素念佛，但他的妻卻和均佑天天飲酒作伴，他的兒子便去告訴他。他不禁大怒，提了刀要來殺他們。卻不見了奸夫，只見師父來復壁中，他大驚。布袋又勸他一次，他便跟了他到岳林寺出家。將家私交於均佑。

〔登場人物〕均佐。均佑。旦兒。俠兒。布袋。

〔正末唱〕南呂一枝花。梁州第七。罵玉郎。感皇恩。採茶歌。牧羊關。哭皇天。烏夜啼。紅芍藥。菩薩梁州。牧羊關。黃鐘尾。

〔第三折〕岳林寺首座定慧和尙，顯化些小境界給均佐看，他便忍不住，又棄寺回家了。

〔登場人物〕外：首座。均佐。布袋。旦兒。俅兒。

〔正末唱〕雙調新水令。雁兒落。得勝令。水仙子。川撥棹。七弟兄。梅花酒。喜江南。鴛鴦煞。

〔第四折〕均佐到了他家墳上憩著，卻見一個老兒來上墳，原來卻是他的孫兒；他去了三個月，人間已是百十餘年了。他因此大悟。布袋又來度了他去。

〔登場人物〕布袋。均佐。淨：孛老。俅兒。

〔正末唱〕中呂粉蝶兒。醉春風。迎仙客。上小樓。么篇。滿庭芳。十二月。堯民歌。煞尾。

題目　乞兒點化看錢奴

正名　布袋和尙忍字記

看錢奴買冤家債主雜劇

元鄭廷玉撰　《元曲選》（癸集上）本

〔楔子〕周榮祖父親毀了佛舍修蓋宅舍，因此觸怒了神明。周榮祖領了妻、子上京求名。

〔登場人物〕正末：周榮祖。旦兒：張氏。俅兒。

〔正末唱〕仙呂賞花時。么篇。

〔第一折〕賈仁窮困無以爲生，日至東岳廟訴說，靈派侯乃請了增福神來，說明他本當凍死餓死，今姑且借周家莊的福二十年給他。

〔登場人物〕外：靈派侯。淨：賈仁。正末：增福神。鬼力。

〔正末唱〕仙呂點絳唇。混江龍。油葫蘆。天下樂。那吒令。鵲踏枝。寄生草。六么序。么篇。賺煞。

〔第二折〕賈仁自取了周家財，便暴富起來。但他卻無寸男尺女。他吩咐門館先生陳德甫要留心買一個孩子給他。恰好周榮祖回家，見藏銀已沒，窮苦不堪，便賣了孩子給賈仁，得了他四貫錢。

〔登場人物〕外：陳。淨：店小二。正末：周榮祖。旦兒。俫兒。賈仁。卜兒。

〔正末唱〕正宮端正好。滾繡球。倘秀才。滾繡球。倘秀才。滾繡球。倘秀才。滾繡球。倘秀才。賽鴻秋。隨煞。

〔第三折〕二十年後，孩子長大了，名爲賈長壽。一日，因他父親生病，到東岳廟中燒香。周榮祖夫妻窮至乞化度日，也到了廟中。父子卻不相識。

〔登場人物〕小末：賈長壽。興兒。賈仁。淨：廟祝。正末。旦兒。

〔正末唱〕商調集賢賓。逍遙樂。金菊香。醋葫蘆。梧葉兒。後庭花。柳葉兒。高過浪來裡煞。

〔第四折〕周榮祖夫妻到了洛陽，他妻犯急心疼病，到陳德甫藥店裡討藥。說明了因由，便叫了賈長壽來認父。這時，賈仁已死。他們便團圓了。周榮祖將銀子酬謝陳德甫等。

〔登場人物〕店小二。陳。正末。旦兒。小末。

〔正末唱〕越調鬥鵪鶉。紫花兒序。小桃紅。鬼三臺。調笑令。么篇。天淨沙。禿廝兒。聖藥王。

題目　窮秀才賣嫡親兒男

正名　看錢奴買冤家債主

花間四友東坡夢雜劇

元吳昌齡撰　《元曲選》（辛集上）本

〔第一折〕蘇軾謫爲黃州團練使，路過廬山，訪故人佛印禪師，要他娶了白牡丹同出爲官，他卻不動念。

〔登場人物〕東坡。行者。正末：佛印。旦：白牡丹。

〔正末唱〕仙呂點絳脣。混江龍。油葫蘆。天下樂。金盞兒。後庭花。醉中天。金盞兒。金盞兒。賺煞。

〔第二折〕第二夜，東坡又帶了白牡丹來，佛印卻使行者代替了他，與白歡會。東坡白討了一場沒趣。佛印又使花間四友：柳、梅、竹、桃在夢中與東坡把杯。

〔登場人物〕正末。行者。東坡。旦兒。旦兒：四友。

〔正末唱〕南呂一枝花。梁州第七。隔尾。牧羊關。罵玉郎。感皇恩。採茶歌。賀新郎。哭皇天。烏夜啼。黃鐘尾。

〔四友舞唱〕月兒高。

〔第三折〕東坡正和四友歡飲，松神怕上聖見責，速到那裡，要追出四友來。四友不得已出來同去。東坡乃由夢中醒來。

〔登場人物〕正末：松神。東坡。四友。行者。

〔正末唱〕正宮端正好。滾繡球。叫聲。上小樓。么篇。滿庭芳。十二月。堯民歌。耍孩兒。煞尾。

〔第四折〕佛印升座說法，東坡、白牡丹以及四友皆來問禪。白牡丹卻爲他所說服，也剃度爲尼了；東坡也爲他難倒了。

〔登場人物〕正末。徒眾。行者。東坡。旦兒。四友。

〔正末唱〕雙調新水令。水仙子。落梅花。風入松。川撥棹。七弟兄。梅花酒。收江南。鴛鴦煞尾。

題目　雲門一派老婆禪
正名　花間四友東坡夢

（《小說月報》二十一卷九號，一九三〇年九月）

張天師斷風花雪月雜劇

元吳昌齡撰　《元曲選》（乙集上）本

〔第一折〕陳世英到了洛陽，居於太守後花園中。八月十五夜，與桂花仙子相會了一夜，約定明年再見。

〔登場人物〕沖末：陳太守。張千。正末：陳。搽旦：封姨。旦兒。桃花仙子。正旦：桂花仙子。

〔正旦唱〕仙呂點絳唇。混江龍。油葫蘆。天下樂。鵲踏枝。河西後庭花。一半兒。金盞兒。醉扶歸。醉中天。賺煞尾。

〔第二折〕世英天天思念著桂花仙，生了病，百藥不癒。陳太守乃命嬤嬤去問他。這時，正是第二年八月十五夜，他等仙子不來時。他將病原告訴了嬤嬤。

〔登場人物〕太守。張千。陳世英。正旦：嬤嬤。

〔正旦唱〕南呂一枝花。梁州第七。牧羊關。罵玉郎。感皇恩。採茶歌。三煞。二煞。黃鐘尾。

〔楔子〕他等到了天明，桂花仙竟不來。他病越發的重了。請了一個太醫給他看病。

〔登場人物〕陳。張千。淨：太醫。

〔正末唱〕仙呂賞花時。

〔第三折〕恰好張天師到府中向陳太守辭行，便結壇治病，勾將

荷、菊、梅、桃以及封姨、雪大王來，最後才勾到桂花仙，將他們解到長眉仙處發落。

〔登場人物〕太守。張千。外：天師。道童。直符。荷。菊。梅。桃。雪。封。正旦。陳。

〔正旦唱〕正宮端正好。滾繡球。倘秀才。叫聲。上小樓。石榴花。鬥鶴鶉。滿庭芳。紅繡鞋。快活三。鮑老兒。煞尾。

〔第四折〕西池長眉仙判決此事，命罰桂花仙子於陰山，且命勾陳世英之魂來見這事。但後又饒了她。

〔登場人物〕長眉仙。仙童。荷。菊。梅。桃。正旦。封。雪。陳。

〔正旦唱〕雙調新水令。折桂令。雁兒落。得勝令。川撥棹。七弟兄。梅花酒。喜江南。

題目　長眉仙遣梅菊荷桃

正名　張天師斷風花雪月

（《小説月報》二十一卷九號，一九三〇年九月）

崔府君斷冤家債主雜劇

元鄭廷玉撰　《元曲選》（庚集上）本

〔楔子〕崔子玉與張善友為結義兄弟。崔秉性忠直，上帝屢屢命他判斷陰府之事。有一天，崔上京求名，到張處拜別。前一夜，張家被賊趙廷玉偷去了五個銀子。第二天，有一個和尚來寄十個銀子，卻被張妻吞沒了。崔來時見氣色便知張失財而他的妻得財事。他們備酒與崔餞行，送到城外即別。

〔登場人物〕沖末：崔。正末：張。老旦：卜兒。淨：趙。外。和尚。

〔正末唱〕仙呂憶王孫。

〔第一折〕三十年後，張搬到福陽縣，成為富翁。生二子，一名乞僧，一名福僧，並各娶了一房媳婦。乞僧善積財，福僧善浪用。以此，家庭中常常爭鬧不安。終於將家財三份分派了，兄弟各一份，老者留一份。

〔登場人物〕淨：乞僧。丑：福僧。淨：雜當。丑：雜當。二旦。正末。卜兒。

〔正末唱〕仙呂點絳唇。混江龍。油葫蘆。天下樂。那吒令。鵲踏枝。寄生草。賺煞。

〔第二折〕福僧將他自己家私花盡，又將乞僧的家私花盡，乞僧一病而死，他嬤嬤也死了。福僧卻將來兩個幫閒者柳隆卿、胡子轉，將臺盞取走了。這時崔子玉正為福陽縣來拜望張，知道此事，也無從安慰他。

〔登場人物〕淨：柳。丑：胡。正末。崔。祗候。雜當。大旦。乞僧。卜兒。

〔正末唱〕商調集賢賓。逍遙樂。梧葉兒。醋葫蘆。么篇。么篇。窮河西。鳳鸞吟。浪來裡煞。

〔第三折〕張家財散盡，次子又死，二媳各歸宗去了。張悲憤交迫，到崔子玉衙裡控告當境土地和閻神。崔推卻不理。

〔登場人物〕正旦。福僧。二旦。雜當。正末。崔子玉。張千。祗候。

〔正末唱〕中呂粉蝶兒。醉春風。紅繡鞋。迎仙客。白鶴子。么篇。上小樓。么篇。耍孩兒。二煞。煞尾。

〔第四折〕次日，張又去告。崔使他熟睡了，使他在睡夢中親見他的二子及妻，乃知福僧是五臺山僧，乞僧是趙廷玉；他的妻因賴了和尚十個銀子，遍受地獄之苦。張至此才悟得前後因果。

〔登場人物〕正末。崔。祗候。鬼力。閻神。乞僧。福僧。卜兒。

〔正末唱〕雙調新水令。駐馬聽。沽美酒。太平令。水仙子。雁兒落。得勝令。

題目　張善友告土地閻神

正名　崔府君斷冤家債主

（《小說月報》二十一卷九號，一九三〇年九月）

漢高皇濯足氣英布雜劇

元尚仲賢撰　《元曲選》（辛集上）本

〔第一折〕漢楚相持，隨何奉劉邦命去說英布。他帶了二十人去，說動了英布。這時，楚使恰到，隨何卻拔劍殺了他，迫得英布不得不降漢。

〔登場人物〕沖末：隨何。外：漢王。張良。曹參。淨：周勃。樊噲。楚使。正末：英布。卒子。

〔正末唱〕仙呂點絳唇。混江龍。油葫蘆。天下樂。那吒令。鵲踏枝。寄生草。玉花秋。後庭花。金盞兒。雁兒。賺煞。

〔第二折〕英布領兵歸漢，漢王並不出迎。布不得已自去見他，卻見他正在帳中濯足。布大怒，欲自刎，卻為隨何所阻。又欲拔軍至鄱陽湖落草。

〔登場人物〕正末。隨何。卒子。漢王。二宮女。

〔正末唱〕南呂一枝花。梁州第七。隔尾。牧羊關。哭皇天。烏夜啼。罵玉郎。感皇恩。採茶歌。煞尾。

〔第三折〕布正著惱，拔營欲去，卻見隨何領了妓女，帶了筵席來，又見張良等來為他把盞，又見漢王親來獻上牌劍，親自推車。他驚喜

過望，便領兵去打項王了。

〔登場人物〕漢王。曹。張。周。樊。卒子。隨。廚役。四旦。正末。沖末。宣敕官。

〔正末唱〕正宮端正好。滾繡球。倘秀才。滾繡球。脫布衫。小梁州。么篇。叨叨令。剔銀燈。蔓菁菜。柳青娘。道和。啄木兒尾。

〔第四折〕布戰勝了項羽，由探子口中說出。最後，布領兵歸來，漢王大封諸臣，以他為淮南王。

〔登場人物〕漢王。張等四人。隨何。二旦。正末：探子。正末：英布。卒子。

〔探子唱〕黃鐘醉花陰。喜遷鶯。出隊子。刮地風。四門子。古水仙子。尾聲。

〔英布唱〕側磚兒。竹枝兒。水仙子。

題目　隨大夫銜命使九江

正名　漢高皇濯足氣英布

（《小說月報》二十一卷九號，一九三〇年九月）

西遊記雜劇

元吳昌齡撰　楊東來批評本

卷之一

〔楔子〕觀世音上場，說明西天竺有《大藏金經》五千四十八卷，欲傳中土，諸佛議論，著毗盧伽尊者托生中土，為陳光蕊之子，長大出家為僧，往西天取經。這時，陳光蕊正與夫人殷氏，預備要雇船到洪州知府任上去。

〔登場人物〕觀世音。陳光蕊。夫人。

〔夫人唱〕仙呂賞花時。

〔第一折〕僕人王安雇到了一隻船，水手劉洪，本是一個歹人。他們開船後，到了大姑山腳下，劉洪卻將王安、陳光蕊推入水中，占了夫人為妻，仍赴洪州為官。夫人因腹中有八個月身孕，只得依順了他。

〔登場人物〕劉洪。王安。陳。夫人。

〔夫人唱〕仙呂點絳唇。混江龍。油葫蘆。天下樂。村里迓鼓。元和令。上馬嬌。么。遊四門。勝葫蘆。後庭花。青哥兒。尾聲。

〔第二折〕陳光蕊入水為龍王所救護，因他有十八年水災也。第二年，他的兒子出世時，劉洪又逼夫人將他棄了。夫人只得將孩兒放入大梳匣，寫了血書，將他浮於水上。

〔登場人物〕龍王。夫人。劉洪。孩子。

〔夫人唱〕中呂粉蝶兒。醉春風。迎仙客。石榴花。鬥鵪鶉。上小樓。么。十二月。堯民歌。般涉調耍孩兒。么。尾聲。

〔第三折〕龍王又將孩子救到金山寺前，為一漁夫所拾，交給丹霞長老收養。過了十八年，這孩子已長大為僧，法名玄奘。長老便教他去訪求母親。他到了洪州，見到母親，說明前因，又回去約長老來。為他們報仇雪恨。

〔登場人物〕龍王。卒。漁人。丹霞禪師。劉洪。唐僧。夫人。

〔夫人唱〕商調集賢賓。逍遙樂。金菊香。梧葉兒。醋葫蘆。么。么。么。仙呂後庭花。柳葉兒。商調浪裡來。

〔第四折〕虞世南繼為洪州知府。丹霞帶了玄奘去見他。乃派人捉了劉洪來。他只得一一承認。乃將他牽到江邊，殺祭陳光蕊，不料龍王夜叉，卻背了活的陳光蕊出水來。在父子夫妻的團圓中，觀音出現，叫玄奘到長安去，祈雨救民，並去取經。

〔登場人物〕虞。丹。玄。劉洪。夫人。公人。龍王。夜叉。陳。觀音。

〔夫人唱〕雙調新水令。駐馬聽。雁兒落。得勝令。川撥棹。七弟兄。梅花酒。收江南。

正名　賊劉洪殺秀士　老和尚救江流
　　　觀音佛說因果　陳玄奘大報仇

卷之二

〔第一折〕唐僧被封三藏法師，奉詔往西天取經。虞世南諸人皆來送他。尉遲恭獨欲他取一個法名，他便為他取號寶林。同時插松一枝於地。說，松枝東向，他便回也。

〔登場人物〕虞世南。秦叔寶。房玄齡。眾父老。唐僧。尉遲恭。婦人。

〔尉遲恭唱〕仙呂點絳唇。混江龍。油葫蘆。天下樂。醉中天。金盞兒。賞花時。么。尾聲。

〔第二折〕胖姑兒等到長安城裡去看餞送唐僧，回時，說給老張聽。

〔登場人物〕老張。王留。胖哥。胖姑兒。

〔胖姑兒唱〕雙調豆葉黃。一綱兒麻。喬牌兒。新水令。雁兒落。川撥棹。七弟兄。梅花酒。收江南。隨煞。

〔第三折〕南海火龍三太子，犯法將斬，觀音救了他，命他變為白馬，差木叉送給玄奘為坐騎。

〔登場人物〕神將。龍君。觀音。唐僧。驛夫。木叉。

〔木叉唱〕南呂一枝花。梁州第七。牧羊關。隔尾。牧羊關。鬥蝦蟆。尾。

〔第四折〕觀音為唐僧西遊，奏過玉帝，差十方保官，都保唐僧沿途

無事。第六個保官便是華光天王。

〔登場人物〕觀音。揭帝。華光。

〔華光唱〕正宮端正好。滾繡球。倘秀才。滾繡球。呆古朵。笑和尚。伴讀書。尾。

正名　唐三藏登途路　村姑兒逞囂頑
　　　木叉送火龍馬　華光下寶德關

卷之三

〔第一折〕花果山上有孫行者住著。他攝了金鼎國王女爲妻，又盜了西王母仙衣仙桃。因此，李天王等帶兵來擒他。他被觀音壓於花果山下，金鼎國王女則被送回家。

〔登場人物〕孫行者。李天王。那吒。卒子。王女。觀音。

〔金鼎王女唱〕仙呂八聲甘州。混江龍。油葫蘆。天下樂。村里迓鼓。元和令。上馬嬌。油葫蘆。么。後庭花。青哥兒。尾。

〔行者唱〕得勝令。

〔第二折〕唐僧到了花果山，救了孫行者，收他爲徒。觀音將鐵戒箍安於行者頭上，將他取名爲悟空。他如凡心不退，便教唐僧念緊箍兒咒。

〔登場人物〕山神。唐僧。龍馬。孫行者。觀音。

〔山神唱〕南呂一枝花。梁州第七。隔尾。牧羊關。罵玉郎。感皇恩。採茶歌。哭皇天。烏夜啼。么。紅芍藥。菩薩梁州。尾。

〔第三折〕他們經過流沙河。遇見了沙僧，行者降伏之，亦爲徒同行。又至劉家莊投宿，得知劉太公之女，爲黃風山妖銀額將軍所攝去。行者們便去殺了此妖，救回劉大姐，重復登途。

〔登場人物〕沙和尚。行者。唐僧。銀額。劉太公。劉大姐。

〔劉太公唱〕大石調六國朝。喜秋風。歸塞北。六國朝。雁過南

樓。擂鼓休。歸塞北。好觀音。觀音煞。

〔第四折〕紅孩兒在途中，假裝要孫行者背負，乘機盜了唐僧去。他們同觀音去見佛，佛命四揭帝拿鉢盂蓋了紅孩兒來。紅孩兒之母，因子被捕，遂來救他。佛命那吒捕之。迫她皈依，方才救了她母子。她只得皈依了。唐僧因亦被放出。

〔登場人物〕唐僧。行者。沙和尚等。紅孩兒。觀音。佛。文殊。普賢。四揭帝。鬼子母。鬼兵。那吒。

〔鬼子母唱〕越調鬥鵪鶉。紫花兒序。小桃紅。調笑令。鬼三臺。禿廝兒。麻郎兒。么。絡絲娘。拙魯速。尾。

正名　李天王捉妖怪　孫行者會師徒
　　　沙和尚拜三藏　鬼子母救愛奴

　卷之四

〔楔子〕豬八戒自稱黑風大王，要冒充了朱太公之子，將他的聘妻騙到山洞中去。恰好裴海棠正差梅香去約朱子。

〔登場人物〕豬八戒。裴女。梅香。

〔裴女唱〕仙呂賞花時。么。

〔第一折〕豬八戒冒名朱子，騙了海棠上山去。

〔登場人物〕豬八戒。裴女。

〔裴女唱〕仙呂點絳唇。么。混江龍。油葫蘆。天下樂。穿窗月。寄生草。金盞兒。三犯後庭花。賺煞尾。

〔第二折〕裴女走後，裴、朱兩家涉訟。八戒卻在山中受用窩。有一夜，二人正在唱曲，唐僧一行人恰經過山下。行者上山去看看，用一大石將八戒打走了。海棠托他帶一個口信給她父母。

〔登場人物〕裴女。豬。行者。

〔裴女唱〕中呂粉蝶兒。正宮六么遍。中呂上小樓。么。喬捉蛇。十二月。堯民歌。般涉調耍孩兒。煞。尾聲。

〔第三折〕裴、朱欲打官司，唐僧等恰好經過。行者便將前事說知，裴太公托他救回女兒，與朱子成親。豬八戒不見裴女，卻被行者設了一計，賺他到裴莊來，假裝裴女，欲捉他，卻被他逃走，反將唐僧也攝去了。

〔登場人物〕裴。朱。小兒。唐。行者。沙。龍。豬。土地。

〔行者唱〕中呂朝天子。

〔裴女唱〕正宮端正好。蠻姑兒。滾繡球。叨叨令。伴書生。笑和尚。倘秀才。滾繡球。尾。

〔行者又唱〕雙調雁兒落。么。

〔第四折〕行者去見觀音佛，請了灌口二郎同去救唐僧。二郎放了細狗，咬倒八戒。但唐僧卻勸他救了八戒，與他護法西行。

〔登場人物〕二郎。行者。豬。唐僧。

〔二郎神唱〕越調鬥鵪鶉。紫花兒序。金蕉葉。調笑令。禿廝兒。聖藥王。麻郎兒。么。拙魯速。么。尾。

正名　朱太公告官司　裴海棠遇妖怪
　　　三藏托孫悟空　二郎收豬八戒

　卷之五
〔第一折〕他們到了女人國，女王要逼唐僧爲婚配，唐僧不肯。正在危難之間，虧得韋馱尊天來了，方才救得了他。

〔登場人物〕唐。豬。孫。沙。馬。韋馱。諸女。

〔女王唱〕仙呂點絳唇。混江龍。油葫蘆。天下樂。那吒令。鵲踏枝。寄生草。么。六么序。么。金盞兒。尾。

〔孫行者唱〕寄生草。

〔第二折〕離了女人國，他們又行了一個月，見一個採藥仙人，向他問路。他說前有火焰山，須向鐵扇公主借扇扇之，方可過去。行者自告奮勇，前去借扇。

〔登場人物〕唐。孫。豬。沙。馬。仙人。山神。

〔仙人唱〕南呂玉交枝。么。么。么。醉鄉春。雙調小將軍。清江引。碧玉霄。隨尾。

〔第三折〕鐵扇公主見了孫行者，一言不合，便不肯借扇於他。二人鬥了許久，鐵扇公主敗了，便取出扇來，將行者扇走了。

〔登場人物〕鐵扇。小鬼。行者。

〔公主唱〕正宮端正好。滾繡球。倘秀才。滾繡球。叨叨令。石鶴子。中呂快活三。鮑老兒。古鮑老。道和。柳青娘。尾。

〔第四折〕行者不得已，只得去見觀音。觀音著風雨雷電神即時下中界，就除此火山之害，送唐僧過山，且免使後人受苦。

〔登場人物〕觀音。電母。風伯。雨師。雷公。唐僧。

〔電母唱〕黃鐘醉花陰。喜遷鶯。出隊子。四門子。寨兒令。神仗兒。尾。

正名　女人國遭嶮難　採藥仙說艱難
　　　孫行者借扇子　唐僧過火焰山

卷之六

〔第一折〕他們一行人到了中天竺國，唐僧命行者先尋個打火做宿處。行者卻與賣胡餅的貧婆問話，卻被她問倒了。虧得唐僧代去解答了。

〔登場人物〕唐。孫。豬。沙。馬。貧婆。

〔貧婆唱〕仙呂點絳唇。混江龍。油葫蘆。天下樂。那吒令。鵲踏枝。醉中天。金盞兒。醉中天。金盞兒。煞尾。

〔第二折〕諸天們去接唐僧。給孤長者則引度他於諸天帝君，著取金

經回東土去。孫、豬、沙三人，先在天竺圓寂了，唐僧將他們火化，另有成基、惠光、恩昉、敬測四人伴送唐僧回東土。

〔登場人物〕靈鷲山神。眾。給孤長者。唐。寒山。拾得。回來大權。行者。八戒。沙和尚。

〔給孤長者唱〕商調集賢賓。逍遙樂。梧桐兒。醋葫蘆。么。么。么。么。仙呂後庭花。青哥兒。商調浪來裡煞。

〔第三折〕成基等四人，叫唐僧閉了眼，便送他到長安。是日，恰是唐僧去國十七年，松枝忽向東，眾皆到城外相接。

〔登場人物〕成基等。眾父老。眾官。唐僧。尉遲總管。

〔成基唱〕越調鬥鵪鶉。紫花序。小桃紅。金蕉葉。調笑令。聖藥王。鬼三臺。拙魯速。么。尾。

〔第四折〕唐僧回後，開壇闡教。佛使命飛仙引他入靈山會，正果朝元。

〔登場人物〕佛。四金剛。飛仙。唐僧。

〔飛仙唱〕雙調新水令。駐馬聽。雁兒落。南呂金字經。么。雙調沽美酒。太平令。

正名　胡麻婆問心字　孫行者答空禪
　　　靈鷲山廣眾會　唐三藏大朝元

（《小說月報》二十一卷九號，一九三〇年九月）

尉遲恭單鞭奪槊雜劇

元尙仲賢撰　《元曲選》（庚集下）本

〔楔子〕唐將圍困尉遲恭於介休城。以劉武周首級示之，而招降了他。

〔登場人物〕沖末：徐茂公。淨：尉遲恭。正末：李世民。卒子。

〔正末唱〕仙呂端正好。

〔第一折〕三日後，尉遲恭開城投唐。他從前曾打了三將軍一鞭，怕他記仇，但李世民安慰了他，且親自到聖人處奏知，就將的牌印來。

〔登場人物〕尉遲。卒子。正末。徐茂公。

〔正末唱〕仙呂點絳脣。混江龍。油葫蘆。天下樂。那吒令。鵲踏枝。寄生草。後庭花。青哥兒。賺煞。

〔第二折〕凹民去後，元吉守著營寨，他和段志賢設了一計把尉遲恭陷入牢中，只要死的，不要活的。但徐茂公知道這事，連忙去追了世民回營來。元吉說謊，說他要逃回山後，是他去追捉了來。但世民叫他試演看。他三次爲尉遲所捉。於是他便不敢再說。這時，單雄信正引兵來。世民便帶了段志賢去看洛陽城，卻叫徐和尉遲隨後接應。

〔登場人物〕淨：元吉。丑：段志賢。外：單雄信。卒子。正末。尉遲。

〔正末唱〕正宮端正好。滾繡球。倘秀才。脫布衫。小梁州。么篇。上小樓。么篇。隨煞尾。

〔第三折〕單雄信追趕李世民，他這時正在看洛陽城。徐茂公阻擋不住。以舊情動之，他則割袍絕交。正在無路可走之時，尉遲上來，打走了雄信，救了世民。

〔登場人物〕單雄信。卒子。段志賢。正末。徐茂公。

〔正末唱〕越調鬥鵪鶉。紫花兒序。耍三臺。調笑令。小桃紅。禿廝兒。聖藥王。收尾。

〔第四折〕李世民又在榆科園與單雄信交鋒，大敗。徐茂公忙叫尉遲恭去接應。雙方戰情，由探子口中說出。原來，又是尉遲恭殺得雄信大敗而逃，於是茂公殺牛備酒，等他們回來賞功賀喜。

〔登場人物〕正末。探子。徐茂公。

〔正末唱〕黃鐘醉花陰。喜遷鶯。出隊子。刮地風。四門子。古水仙子。煞尾。

題目　單雄信斷袖割袍
正名　尉遲恭單鞭奪槊

（《小説月報》二十一卷十號，一九三〇年十月）

洞庭湖柳毅傳書雜劇

元尚仲賢撰　《元曲選》（癸集上）本

〔楔子〕涇河小龍娶了洞庭湖龍王龍女三娘爲妻，夫妻不和；他在父親面前挑撥，他便命她在涇河岸上牧羊去。

〔登場人物〕外：涇河老龍王。水卒。淨：小龍。正旦：龍女。

〔正旦唱〕仙呂端正好。么篇。

〔第一折〕柳毅上京求名，下第而歸，在涇河岸上遇見了龍女；龍女便托他便道寄書回家。

〔登場人物〕沖末：柳毅。老旦：卜兒。正旦。

〔正旦唱〕仙呂點絳唇。混江龍。油葫蘆。天下樂。那吒令。鵲踏枝。寄生草。么篇。賺煞。

〔第二折〕柳毅寄了書去，洞庭君與夫人讀之而悲。這時爲他兄弟錢塘君火龍所知，大怒，即點起水卒而去。吞了小龍在腹，涇河老龍知了，心中悲憤，怨恨寄書人，要想報仇。

〔登場人物〕柳。淨：夜叉。外：洞庭君。老旦：夫人。外：錢塘君。小龍。水卒。老龍。正旦：電母。

〔正旦唱〕越調鬥鵪鶉。紫花兒序。小桃紅。紫花兒序。鬼三臺。調笑令。禿廝兒。聖藥王。拙魯速。么篇。收尾。

〔第三折〕錢塘君得勝回來，設宴款待柳毅，就便要與他提親。他因見三娘牧羊時形容憔悴，便不允諾。不料宴次，三娘出來拜見，卻是一個仙人。他們送了不少財物給他回去。

〔登場人物〕洞庭君。水卒。夜叉。錢塘君。柳。正旦。

〔正旦唱〕商調集賢賓。金菊香。梧葉兒。後庭花。柳葉兒。醋葫蘆。金菊香。浪來裡煞。

〔第四折〕龍女奉父母之命，假爲盧氏女，由媒說合，與柳毅結婚。婚時，毅見其甚似三娘，問起緣原，乃知果爲牧羊女也。

〔登場人物〕卜兒。柳。正旦。媒。洞庭。夫人。錢塘。鼓樂。

〔正旦唱〕雙調新水令。駐馬聽。夜行船。沽美酒。太平令。雁兒落。得勝令。鴛鴦尾煞。

題目　涇河岸三娘訴恨

正名　洞庭湖柳毅傳書

（《小説月報》二十一卷十號，一九三〇年十月）

散家財天賜老生兒雜劇

元武漢臣撰　《元曲選》（丙集上）本

〔楔子〕劉從善無兒，家中招了一婿張郎。其侄引孫，不容於家，他給他一百兩銀子而去。婢小梅有孕在身。從善燒了借券，分了家財，自到莊家去住，將小梅托於婆婆看管。

〔登場人物〕正末：從善。淨：卜兒。丑：張郎。旦兒。沖末：引孫。搽旦：小梅。

〔正末唱〕仙呂賞花時。

（第一折）張郎因小梅懷孕，心中不快，怕她生了子。他的妻引張，與他也定下一計，只說小梅逃走了，到莊上報信。從善非常難過，便要散財。

〔登場人物〕張郎。旦兒。卜兒。正末。丑：興兒。

〔正末唱〕仙呂點絳唇。混江龍。油葫蘆。天下樂。那吒令。鵲踏枝。寄生草。後庭花。青哥兒。賺煞尾。

〔第二折〕他們在開元寺中散錢，大乞兒一貫，小乞兒五百。引孫也來要錢，他們不給，從善卻在暗中給了他些錢，並將家私交了張郎。

〔登場人物〕張郎。正末。卜兒。旦。引孫。淨：大都子。劉九兒。小都子。

〔正末唱〕正宮端正好。滾繡球。倘秀才。呆骨朵。脫布衫。小梁州。么篇。倘秀才。滾繡球。煞尾。

〔第三折〕清明時，大家去上墳。張郎卻先上張家墳，不上劉家墳。引孫卻來上墳。從善因此說動婆婆，感悟了她，乃命引孫當家。

〔登場人物〕張郎。旦兒。社長。引孫。正末。卜兒。

〔正末唱〕越調鬥鵪鶉。紫花兒序。調笑令。小桃紅。鬼三臺。紫花

兒序。禿廝兒。聖藥王。收尾。

〔第四折〕從善生辰時，張郎夫婦來拜賀，從善不讓他們入門。引張乃喚了小梅和孩子同來。乃知三年來，小梅皆是引張養著。於是二老大喜，將家財分爲三份。

〔登場人物〕正末。卜兒。引孫。張郎。旦兒。小梅。俫兒。

〔正末唱〕雙調新水令。清江引。碧玉簫。落梅風。水仙子。雁兒落。得勝令。

題目　指絕地苦勸糟糠婦
正名　散家財天賜老生兒

李素蘭風月玉壺春雜劇

元武漢臣撰　《元曲選》（丙集下）本

〔第一折〕李斌號玉壺生，因遊學至嘉禾。踏青得遇上廳行首李素蘭，互達情愫，允至她家。

〔登場人物〕老旦：卜兒。正末：玉壺生。琴童。旦：素蘭。梅香。

〔正末唱〕仙呂點絳唇。混江龍。油葫蘆。天下樂。那吒令。鵲踏枝。寄生草。六么序。么篇。後庭花。柳葉兒。賺煞。

〔楔子〕李斌故人陶伯常，任滿上朝，路過嘉興，去見他，取了他萬言長策而去，允在聖人前保奏他。

〔登場人物〕沖末：陶伯常。祇候。正末。琴童。

〔正末唱〕仙呂端正好。

〔第二折〕二人相陪伴了一年之後，玉壺生錢也無了，但素蘭卻情好益篤，終日相伴，又畫一幅壺蘭，唱〈玉壺春詞〉。虔婆另招了一個山西客人甚黑子，趕了李生去。素蘭不忿，剪了髮不肯從。

〔登場人物〕卜兒。素蘭。梅香。正末。琴童。淨：甚舍。

〔正末唱〕南呂一枝花。梁州第七。牧羊關。隔尾。賀新郎。四塊玉。隔尾。罵玉郎。感皇恩。採茶歌。牧羊關。二煞。黃鐘尾。

〔第三折〕玉壺生不忍別了素蘭而去，便去央托第二個行首陳玉英，叫她請了素蘭來，到她家裡相見。虔婆知道了，便和甚舍同去，大鬧了一場又要去告官。不料這官正是新任嘉興府尹陶伯常。

〔登場人物〕貼旦：陳玉英。正末。旦。卜兒。甚舍。陶伯常。張千。

〔正末唱〕中呂粉蝶兒。醉春風。迎仙客。紅繡鞋。滿庭芳。石榴花。鬥鵪鶉。快活三。鮑老兒。十二月。堯民歌。上小樓。么篇。耍孩兒。四煞。三煞。二煞。煞尾。

〔第四折〕他們到了衙門，陶伯常上廳勘問，單請李斌立著，因他已由他保奏，做了同知。他主張素蘭嫁給玉壺生。甚舍卻爭著：他們是同姓。素蘭說，她原姓張。於是他們團圓了。

〔登場人物〕陶。祗候。卜兒。甚舍。正末。旦。

〔正末唱〕雙調新水令。駐馬聽。水仙子。落梅風。雁兒落。得勝令。沽美酒。太平令。

題目　甚黑子花柳鳴珂巷
正名　李素蘭風月玉壺春

（《小說月報》二十一卷十號，一九三〇年十月）

包待制智賺生金閣雜劇

元武漢臣撰　　《元曲選》（癸集下）本

〔楔子〕郭成問卦，知有百日血光災，須到千里外才可躲避。他便與妻別了父母，帶了生金閣而上京去。

〔登場人物〕沖末：孛老。卜兒。旦兒。正末：郭成。

〔正末唱〕仙呂賞花時。

〔第一折〕他們到了路上，遇了大雪，至一家酒店內喝酒。恰遇龐衙內也到這店內。郭成將生金閣獻給他，圖個一官半職，又叫渾家出來拜見他。他領他們到他家中，欲將他的妻奪來，命他再去娶一個。他不肯，便吊他到馬槽中去。

〔登場人物〕淨：龐衙內。隨從。正末。旦兒。丑：店小二。

〔正末唱〕仙呂點絳唇。混江龍。油葫蘆。天下樂。金盞兒。醉扶歸。金盞兒。後庭花。青哥兒。賺煞。

〔第二折〕郭妻不肯順從他，他命人叫了嬤嬤來勸她。嬤嬤由她處知道這事，也罵他不已。他在窗外竊聽，便命人把嬤嬤拋在井中，並將郭成殺了。郭成死後，卻提了頭跳過牆去了。

〔登場人物〕正旦：嬤嬤。衙內。隨從。旦兒。正末。倈兒：福童。

〔正旦唱〕越調鬥鵪鶉。紫花兒序。小桃紅。憑欄人。鬼三臺。寨兒令。么篇。金蕉葉。調笑令。收尾。

〔第三折〕元宵時，龐衙內出外賞燈。街上熱鬧非常，卻被沒頭鬼提了頭追上衙內，把這會攪散了。老人、里正只得到酒店中略飲一杯。恰遇包拯由西延邊上賞軍歸來，也在這店中息足。聞知有此異事，大怪。在途中又遇鬼魂。便命婁青去勾鬼來聽審。

〔登場人物〕鼓樂。外：老人。里正。衙內。隨從。魂子。店小

二。正末：包拯。張千。婁青。

〔正末唱〕南呂一枝花。梁州第七。牧羊關。賀新郎。牧羊關。哭皇天。烏夜啼。黃鐘尾。

〔第四折〕鬼魂訴了前情，第二天，旦兒逃出龐府，和福童同來告狀。包拯請龐衙內來喝酒，智賺了他的生金閣來，並把他拿下死牢。

〔登場人物〕正末。祇候。張千。婁青。魂子。旦兒。俫兒。衙內。小廝。

〔正末唱〕雙調新水令。沉醉東風。慶東原。雁兒落。得勝令。沽美酒。太平令。

題目　李幼奴摣傷似玉顏
正名　包待制智賺生金閣

梁山泊李逵負荊雜劇

元康進之撰　《元曲選》（壬集下）本

〔第一折〕強人宋剛、魯智恩假借了梁山泊宋江、魯智深之名，搶了老王林的女兒滿堂嬌。李逵下山喝酒，知道了這事，便氣憤憤的回山，要向二人問罪。

〔登場人物〕沖末：宋江。外：吳學究。淨：魯智深。卒子。老王林。淨：宋剛。丑：魯智恩。旦兒：滿堂嬌。正末：李逵。

〔正末唱〕仙呂點絳唇。混江龍。醉中天。油葫蘆。天下樂。賞花時。金盞兒。賺煞。

〔第二折〕李逵回山，一見面便大罵一頓。宋江知道了他的情由，便

與他賭頭，同到山下質證。

〔登場人物〕宋。吳。魯。卒子。正末。

〔正末唱〕正宮端正好。滾繡球。倘秀才。滾繡球。倘秀才。叨叨令。一煞。黃鐘尾。

〔第三折〕他們到了王林店中一對證，卻原來不是他們二人。李逵心裡很驚惶，只怪他們嚇壞了王林，不肯說實話。他們便先回山寨了。李逵卻慢騰騰的也回去了，這時宋剛、魯智恩卻送了滿堂嬌來見丈人。王林連忙用酒灌醉了二人，上山去報信，要搭救李逵。

〔登場人物〕李。王。宋。魯。滿。淨。丑。

〔正末唱〕商調集賢賓。逍遙樂。醋葫蘆。么篇。么篇。後庭花。雙雁兒。浪來裡煞。

〔第四折〕李逵負荊請罪，宋江不理，只要他的頭。他不得已，借了宋江的劍來要自刎。恰在這時，王林來了，他叫道：刀下留人！於是乃訴說二賊已在他家。宋江便命李逵、魯智深同去捉了他們上山殺了。

〔登場人物〕李。魯。王。吳。宋。卒。淨。丑。滿堂嬌。

〔正末唱〕雙調新水令。駐馬聽。攪箏琶。沉醉東風。步步嬌。喬牌兒。殿前歡。離亭宴煞。

題目　杏花莊王林告狀

正名　梁山泊李逵負荊

（《小說月報》二十一卷十一號，一九三〇年十一月）

同樂院燕青博魚雜劇

元李文蔚撰　《元曲選》（乙集上）本

〔楔子〕重陽令節，宋江放諸首領三十天假下山下。如違了三天，便要斬首。燕青到四十天才回。宋江欲殺他，虧得吳學究勸住，只打了六十，搶下山去，再也不用。燕青因此一口氣壞了雙眼。宋江給他錢叫他去尋求醫生。

〔登場人物〕沖末：宋江。外：吳學究。僂儸。正末：燕青。

〔正末唱〕仙呂端正好。么篇。

〔第一折〕燕和和燕順兄弟同居。燕和娶了王蠟梅，叔嫂不和，因此燕順負氣另住。蠟梅和楊衙內有不伶俐的勾當，約好清明日同樂院相見。這時，燕青下了山，被店家逐出門外，正在乞化，卻為楊馬沖了一交。遇見燕二，他用神針法灸，醫好了他的雙眼。二人認為兄弟而別。

〔登場人物〕沖末：燕大。搽旦：蠟梅。外：燕二。淨：楊。丑：店小二。正末。

〔正末唱〕大石調六國朝。喜秋風。歸塞北。雁過南樓。六國朝。憨貨郎。歸塞北。初問口。尾聲。

〔第二折〕燕青到同樂院博魚去。燕大博贏了他的，他哀求，又還了他。正走時，又遇見楊衙內，折了他的扁擔，碎了他的魚盆。他便在同樂院中打了衙內一頓，又和燕大認為兄弟。

〔登場人物〕淨：店小二。燕大。搽旦。正末。楊衙內。

〔正末唱〕仙呂點絳脣。混江龍。那吒令。金盞兒。油葫蘆。醉中天。醉扶歸。後庭花。金盞兒。賺煞尾。

〔第三折〕中秋日，燕大、燕青被蠟梅灌醉了酒，他們睡去了。她卻約了楊在後花園中喝酒。燕青去乘涼，窺見了，便叫了燕大同去捉姦，卻

被他逃了。正要殺她，楊卻帶了人捉了他們下在死牢內。

〔登場人物〕搽旦。燕大。正末。楊。隨從。

〔正末唱〕中呂粉蝶兒。叫聲。醉春風。倘秀才。叫聲。滾繡球。么篇。煞尾。

〔第四折〕燕二投奔梁山泊，做了首領，知道此信，便下山來打算救他們，不料他們已經劫牢逃出。楊和她帶弓兵追去，卻反爲他們三人所捉。宋江命將二人處死。

〔登場人物〕燕二。大。正末。楊。搽旦。弓兵。宋江。僂儸。

〔正末唱〕雙調新水令。沉醉東風。攪箏琶。喬木查。甜水令。折桂令。離亭宴帶歇指煞。

題目　梁山泊宋江將令

正名　同樂院燕青博魚

趙氏孤兒大報讎雜劇

元紀君祥撰　《元曲選》（壬集上）本

〔楔子〕屠岸賈與趙盾有隙，殺了他家三百口，且設計殺了駙馬趙朔。朔吩咐其妻善撫腹中孤兒，預備將來報仇。

〔登場人物〕淨：屠岸賈。卒子。沖末：趙朔。旦兒：公主。外：使命。從人。

〔沖末唱〕仙呂賞花時。么篇。

〔第一折〕屠岸賈知公主生子，命人把守前後門，怕嬰兒脫逃了。把門的恰是下將軍韓厥。公主叫人請了程嬰來，命他將趙氏孤兒救出，她自

己自縊而死。韓厥知嬰救出嬰孩，也同意放他出門，並自刎滅口。

〔登場人物〕屠。卒子。旦兒。俅兒。外：程嬰。正末：韓厥。

〔正末唱〕仙呂點絳唇。混江龍。油葫蘆。天下樂。河西後庭花。金盞兒。醉中天。金盞兒。醉扶歸。青哥兒。賺煞尾。

〔第二折〕屠岸賈知走了趙氏孤兒，便矯命將全國一月以上半歲以下之嬰孩，都送來殺了，程嬰知事急，便去與公孫杵臼相議，將他己子，詐為趙兒，且自己出首，說杵臼藏著。

〔登場人物〕正末：杵臼。程。屠。卒子。俅兒。家童。

〔正末唱〕南呂一枝花。梁州第七。隔尾。牧羊關。紅芍藥。菩薩梁州。三煞。二煞。煞尾。

〔第三折〕程嬰去出首。屠岸賈領兵圍了公孫杵臼的莊，命嬰下手打他，果搜出了一個嬰孩殺了。他因此寵任程嬰，且將嬰子過繼為己子。

〔登場人物〕屠。卒子。程。公孫。俅兒。

〔正末唱〕雙調新水令。駐馬聽。雁兒落。得勝令。水仙子。川撥棹。七弟兄。梅花酒。收江南。鴛鴦煞。

〔第四折〕二十年後，趙氏孤兒已長成了；他名程勃，又名屠成。屠教武，程教文。一日，程故遺手卷於地，然後說明緣由。趙大怒，決意欲報仇。

〔登場人物〕屠。卒子。程嬰。正末：程勃。

〔正末唱〕中呂粉蝶兒。醉春風。迎仙客。紅繡鞋。石榴花。鬥鵪鶉。普天樂。上小樓。么篇。耍孩兒。二煞。一煞。煞尾。

〔第五折〕程勃奏知了主公，他命魏絳暗傳旨意，命他自去捉拿屠岸賈。他捉住了他，由魏絳傳命殺他。且同時傳命封贈程嬰、程勃。

〔登場人物〕勃。嬰。賈。卒子。外：魏絳。張千。

〔正末唱〕正宮端正好。滾繡球。倘秀才。笑和尚。脫布衫。小梁

州。么篇。黃鐘尾。

題目　公孫杵臼恥勘問

正名　趙氏孤兒大報讎

（《小說月報》二十一卷十二號，一九三〇年十二月）

說鱄諸伍員吹簫雜劇

元李壽卿撰　《元曲選》（丁集下）本

〔第一折〕費無忌殺壞了伍奢全家，又賺得伍尚來殺了。只有伍員一人鎮守樊城，不知此信。無忌又遣他長子費得雄去賺他。不料公子羋建卻先來通知他，於是他打了得雄，逃到鄭國而去。

〔登場人物〕沖末：無忌。卒子。淨：費得雄。外：羋建。俫。正末：伍員。

〔正末唱〕仙呂點絳脣。混江龍。油葫蘆。天下樂。村裡迓鼓。元和令。上馬嬌。勝葫蘆。么篇。賺煞。

〔第二折〕費無忌知伍員逃奔鄭國，便命養由基帶五千兵追去。養由基不忍射死他，射了三箭皆咬去箭頭，於是員得以脫命至鄭。不料子產欲見好於楚，有害他之意，他便燒了驛亭，南奔於吳。羋建死於亂軍中，他只抱了其子羋勝。至中途，遇浣紗女，給他飯吃。他叫她勿泄消息，她乃抱石投江。又至江邊，見漁父閭邱亮渡他過去。他又叫他勿泄消息。他乃自刎而亡。

〔登場人物〕無忌。卒子。外：養由基。正末。俫兒。旦兒：浣紗女。外：閭邱亮。

〔正末唱〕南呂一枝花。梁州第七。牧羊關。罵玉郎。哭皇天。烏夜啼。煞尾。

〔第三折〕早已十八年後。子胥自吳乞師，吳王只是不允。他因此流落在吳，吹簫乞食。一日，為人欺負，遇鱄諸解圍。他乃與他拜為兄弟。他允為他報仇。他的妻田氏自刎而亡，使他去得放心。

〔登場人物〕淨：老人。丑：里正。無路子。眾。正末。外：鱄諸。旦兒。

〔正末唱〕中呂粉蝶兒。醉春風。石榴花。鬥鵪鶉。迎仙客。快活三。朝天子。上小樓。滿庭芳。尾聲。

〔楔子〕伍員借了十萬師，一戰入郢。捉住費無忌。鞭平王之屍。

〔登場人物〕外：楚昭公。卒子。無忌。正末。鱄諸。

〔正末唱〕仙呂賞花時。

〔第四折〕子胥報了楚，又要伐鄭，子產連忙訪得當年漁父之子村廝兒去說他，乃不伐鄭。又贍養了浣紗女之母。恩怨分明。

〔登場人物〕外：鄭子產。卒子。丑：村廝兒。外：吳闔廬。芈勝。正末：鱄諸。無忌。卜兒。浣婆婆。

〔正末唱〕雙調新水令。駐馬聽。雁兒落。得勝令。甜水令。折桂令。月上海棠。么篇。喬牌兒。清江引。隨尾。

題目　繼浣紗漁翁伏劍
正名　說鱄諸伍員吹簫

（《小說月報》二十二卷一號，一九三一年一月）

月明和尚度柳翠雜劇

元李壽卿撰　《元曲選》（辛集下）本

〔楔子〕觀音淨瓶中的柳枝，偶沾微塵，罰往下方爲妓柳翠。又差月明尊者去度她。這時是她父親亡後十年，與她作伴的牛員外爲她請十眾僧人薦度。其中有月明。

〔登場人物〕老旦：觀音。小末：善才。搽旦：卜兒。旦兒：柳翠。淨：牛員外。長老。淨：行者。正末：月明和尚。

〔正末唱〕仙呂賞花時。么篇。

〔第一折〕十眾僧人都到柳家做佛事，只有月明不來。他在門口和柳翠閒談，要度她出家，卻爲她母親逐去了。

〔登場人物〕卜兒。旦。長老。眾行者。正末。

〔正末唱〕仙呂點絳唇。混江龍。油葫蘆。天下樂。那吒令。鵲踏枝。寄生草。後庭花。金盞兒。賺煞尾。

〔第二折〕柳翠自從做罷好事，睡裡夢裡便見那和尚。一日，又撞著他，強要她出家，且顯幻象給她看。使閻王捉了她殺壞。她乃因此自悟。

〔登場人物〕旦兒。正末。外：閻神。淨：牛頭。鬼力。

〔正末唱〕南呂一枝花。梁州第七。隔尾。么篇。牧羊關。么篇。隔尾。牧羊關。罵玉郎。感皇恩。採茶歌。黃鐘尾。

〔第三折〕柳翠跟了月明出家後，又回到家中見她母親，又見她的牛員外，只要凡人一動，月明便知道。一夜之後，月明直領她去了。

〔登場人物〕卜兒。牛員外。旦。正末。

〔正末唱〕中呂粉蝶兒。醉春風。乾荷葉。上小樓。么篇。滿庭芳。快活三。鮑老兒。十二月。堯民歌。耍孩兒。三煞。二煞。煞尾。

〔第四折〕這時顯孝寺中的僧眾已知香積廚下的月明是眞僧了，他

們各來問禪。柳翠也來。不久，她便坐化東廊。月明也上天，帶她去見觀音。

〔登場人物〕長老。行者。正末。旦兒。牛員外。觀音。善才。

〔正末唱〕雙調新水令。駐馬聽。殿前歡。掛玉鉤。雁兒落。得勝令。鴛鴦煞。

題目　顯孝寺主誦金經
正名　月明和尚度柳翠

（《小説月報》二十二卷一號，一九三一年一月）

沙門島張生煮海雜劇

元李好古撰　《元曲選》（癸集下）本

〔第一折〕天上金童、玉女，因思凡罰往下方，男爲張羽，女爲龍女。張生寄居石佛寺讀書，一夜彈琴自遣，恰遇龍女出海潛聽。便與他約爲夫妻，在八月十五日相見。張生也等不及，便追去尋她。

〔登場人物〕外：東華仙。正末：長老。行者。沖末：張生。家僮。正旦：龍女。侍女。

〔正旦唱〕仙呂點絳唇。混江龍。油葫蘆。天下樂。哪吒令。鵲踏枝。寄生草。六么序。么篇。金盞兒。後庭花。青哥兒。賺煞。

〔第二折〕張生迷途遇見毛女，她送給他三件法寶，以便降伏龍王，不怕他不招他爲婿。這法寶乃銀鍋、金錢、鐵杓子；用來煮海的。張生便到沙門島去。

〔登場人物〕張生。正旦：改扮仙姑。

〔正旦唱〕南呂一枝花。梁州第七。牧羊關。罵玉郎。感皇恩。採茶

歌。黃鐘煞尾。

〔第三折〕張生到了沙門島，生了火，將海水放入鍋內燒著。海水即便沸滾。龍王著慌，即來找長老要他去勸秀才。張生便說明緣由。長老允許與他同到龍宮就親而去。

〔登場人物〕行者。張生。家僮。長老。

〔正末唱〕正宮端正好。滾繡球。倘秀才。滾繡球。脫布衫。小梁州。么篇。笑和尚。尾聲。

〔第四折〕法雲禪師與張生同到海中，龍王便招了他爲婿；與女瓊蓮結婚。不久。東華仙乃到海中來，說明二人眞相，並領他們仍回瑤池，復歸本位。

〔登場人物〕正旦。張生。外：龍王。水卒。東華仙。

〔正旦唱〕雙調新水令。駐馬聽。滴滴金。折桂令。雁兒落。得勝令。沽美酒。太平令。收尾。

題目　石佛寺龍女聽琴

正名　沙門島張生煮海

（《小說月報》二十二卷一號，一九三一年一月）

臨江驛瀟湘秋夜雨雜劇

元楊顯之撰　《元曲選》（乙集上）本

〔楔子〕張天覺爲奸臣所忌，到江州歇馬。至淮河船覆，與女兒翠鸞散失了。她在漁父崔家住著。

〔登場人物〕末：張。正旦。興兒。淨：排岸司。外：孛老。崔文遠。

〔正旦唱〕仙呂端正好。

〔第一折〕翠鸞住在崔家，甚是相得。那邊她父親卻遍尋她不得。崔文遠有一侄甸士因赴舉過望伯父，他便主張與她結婚。一日後，便別去應舉。

〔登場人物〕張。興兒。正旦。李老。沖末：崔甸士。

〔正旦唱〕仙呂點絳脣。混江龍。油葫蘆。天下樂。醉中天。金盞兒。賺煞。

〔第二折〕崔甸士到京，得了頭名，試官招他爲婿。他與新夫人同赴秦川縣任上去了。這時，離他赴舉已經三年了，崔老差翠鸞到秦川去尋他。他卻下了毒手，將翠鸞當作逃奴，命解子押她到沙門島去，只要死的不要活的。

〔登場人物〕淨：試官。張千。崔甸士。搽旦。正旦。解子。祗從。

〔淨唱〕醉太平。〔正旦唱〕南呂一枝花。梁州。牧羊關。隔尾。哭皇天。烏夜啼。黃鐘煞。

〔第三折〕張天覺這時已爲天下提刑廉訪使。到了臨江驛住下。解子解送翠鸞，沿途吃苦不少。天雨地滑，又打又罵。

〔登場人物〕張。興兒。正旦。解子。祗從。

〔正旦唱〕黃鐘醉花陰。喜遷鶯。出隊子。么篇。山坡羊。刮地風。四門子。古水仙子。隨尾。

〔第四折〕她也到了臨江驛，崔老也住在那裡。她通夜哭著，天覺甚怒。第二天一看，乃是他的久失的女兒。於是她借了父親的祗從，親自捉了甸士和新夫人來，要殺壞他們二人。崔老哀告，方才免殺，仍娶她爲妻，休了新妻，改作梅香，大家置酒團圓。

〔登場人物〕淨：驛丞。崔老。張。興兒。祗從。解子。正旦。崔。搽旦。

〔正旦唱〕正宮端正好。滾繡球。伴讀書。笑和尚。快活三。（搽旦唱醉太平）鮑老兒。貨郎兒。醉太平。尾煞。

題目　淮河渡波浪石尤風

正名　臨江驛瀟湘秋夜雨

（《小説月報》二十二卷一號，一九三一年一月）

鄭孔目風雪酷寒亭雜劇

元楊顯之撰　《元曲選》（己集下）本

〔楔子〕鄭嵩孔目，救了殺人犯宋彬，與他拜爲兄弟，送了他些銀子而別。又值蕭娥告從良。他到了蕭家住著。

〔登場人物〕沖末：李府尹。張千。外：鄭孔目。丑：解差。正末：宋彬。搽旦：蕭娥。

〔正末唱〕仙呂賞花時。么篇。

〔第一折〕鄭孔目迷戀著蕭娥，不肯歸家，同事趙用設計賺了他回來，她也跟了來，因此，氣死了他渾家。蕭娥便替他管家事。恰在這時，府尹命他上京，他便將孩子交了蕭娥看管而去。

〔登場人物〕鄭。搽旦。淨：高成。正末：趙用。俫兒：賽娘。僧住。張千。旦兒。蕭氏。

〔正末唱〕仙呂點絳唇。混江龍。油葫蘆。天下樂。醉中天。後庭花。金盞兒。賺煞尾。

〔第二折〕鄭孔目去後，蕭娥常常打罵兩個孩子。趙用與孔目同去，因遺忘了一件文書，又到鄭家來取，見兒啼女哭，便與她吵了一場。取了文書而去。

〔登場人物〕搽旦。正末。俫兒。

〔正末唱〕越調鬥鵪鶉。紫花兒序。小桃紅。天淨沙。調笑令。禿廝兒。聖藥王。寨兒令。么篇。收尾。

〔第三折〕鄭孔目由京師回時，聞沿途紛紛傳說，他的妻蕭娥有了奸夫，將兩個孩子磨折。他在張保店中沽酒，問他詳情，乃知孩子已被逐出，沿途討飯，且奸夫姓高，於是他將孩子寄在酒店，提了刀去殺奸。奸夫高成走了，卻殺了蕭娥。

〔登場人物〕鄭。丑：店小二。正末：張保。俫兒。高。蕭。

〔正末唱〕南呂一枝花。梁州第七。賀新郎。紅芍藥。菩薩梁州。罵玉郎。感皇恩。採茶歌。哭皇天。烏夜啼。黃鐘尾。

〔第四折〕鄭孔目到府自首，尹府判他刺配沙門島，奸夫高成恰為解差。他們到了酷寒亭。風雪交加。兩個孩子要去叫化殘飯剩羹給父親吃，遇見了宋彬，他帶領了嘍囉，救了他，殺了高成。

〔登場人物〕李尹。張千。正末：宋。俫兒。嘍囉。鄭。高。

〔正末唱〕雙調新水令。沉醉東風。落梅風。喬牌兒。川撥棹。七弟兄。梅花酒。收江南。鴛鴦煞。

題目　後堯婆淫亂辱門庭　潑奸夫狙詐占風情
正名　護橋龍邂逅荒山道　鄭孔目風雪酷寒亭

（《小說月報》二十二卷一號，一九三一年一月）

救孝子賢母不認屍雜劇

元王仲文撰　《元曲選》（戊集上）本

〔第一折〕王翛然爲大興府府尹，勾遷義細軍至楊家，楊母有二子，她定要長子當軍去，留下次子；府尹問其原因，乃因長子是她親生的，次子是她的夫妾生的。王大驚異。長子臨行時，以刀贈妻弟，叫妻轉致給他，以王爲證見。

〔登場人物〕沖末：王。張千。外：楊興祖。謝祖。正旦：李氏。旦兒：王春香。雜當。

〔正旦唱〕仙呂點絳脣。混江龍。油葫蘆。天下樂。憶王孫。醉中天。後庭花。青哥兒。賺煞尾。

〔楔子〕王婆婆要接她女兒回家拆洗衣服，楊母因無人送，未叫他去。王婆親自來接。但前半月，楊母實已叫謝祖送去，送至半路而回，這時，春香卻遇見一個賽盧醫拐了一個啞梅香，在半路上因生子死了。他便迫著春香跟他同逃，卻又將刀把梅香臉上劃割了。且將她衣服給了梅香穿。

〔登場人物〕卜兒：王婆婆。正旦。旦兒：春香。謝祖。淨：醫。啞梅香。

〔正旦唱〕仙呂賞花時。么篇。

〔第二折〕這時是一月之後了，王婆婆親到楊家問她女兒爲什麼未回。這時，楊母也疑惑媳婦去了半月爲何並未有信息。於是大家著了慌。問謝祖，他卻說只送至半路。他們同去尋找，問牧童，乃尋見屍首，王婆一口咬定是謝祖殺的，謝祖卻不承認。恰好本處推官鞫得中下鄉來查失了梅香的事；他叫令史審問此案，令史要燒化了屍首。楊母卻說，衣是屍不是。

〔登場人物〕正旦。卜兒。謝祖。丑：牧童。伴哥。淨：孤。丑：令史。張千。李萬。

〔正旦唱〕正宮端正好。滾繡球。倘秀才。滾繡球。倘秀才。滾繡球。叨叨令。四煞。三煞。二煞。煞尾。

〔第三折〕推官再三勘問，楊母只不肯認屍。令史卻將謝祖屈打成招，下在死牢。

〔登場人物〕孤。令史。李萬。張千。正旦。謝祖。祗候。

〔正旦唱〕中呂粉蝶兒。醉春風。迎仙客。紅繡鞋。普天樂。上小樓。么篇。滿庭芳。耍孩兒。五煞。四煞。三煞。二煞。尾煞。

〔第四折〕正在王儵然未審問此案時，楊興祖因軍功得金牌上千戶，中途遇春香，且捉住盧醫，來見王府尹，乃將此案結束。

〔登場人物〕賽盧醫。旦兒。興祖。隨從。王。張千。李萬。令史。謝祖。正旦。

〔正旦唱〕雙調新水令。駐馬聽。喬牌兒。水仙子。沽美酒。太平令。收江南。

題目　送親嫂小叔枉招罪

正名　救孝子賢母不認屍

（《小說月報》二十二卷一號，一九三一年一月）

謝金蓮詩酒紅梨花雜劇

元張壽卿撰　《元曲選》（庚集上）本

〔第一折〕趙汝州寫信給洛陽太守劉輔，說要見謝金蓮。劉囑咐下人說，趙來時，只說謝已嫁人。他留趙住在後花園，又囑謝假裝王同知之女

去誘他，他們一夜在花下相遇。趙便邀她進房飲酒。她去時，允他明夜帶酒來同喝。

〔登場人物〕正旦：謝。沖末：劉。外：趙。張千。梅香。

〔正旦唱〕仙呂點絳唇。混江龍。油葫蘆。天下樂。那吒令。鵲踏枝。寄生草。後庭花。金盞兒。醉中天。賺煞。

〔第二折〕第二夜，謝將一瓶花，一樽酒，來回禮。這花乃是紅梨花。二人正在唱酬歡飲間，嬤嬤來了，將謝喚了去。趙仍只一個人留在那裡。

〔登場人物〕趙。謝。梅香。淨：嬤嬤。

〔正旦唱〕南呂一枝花。梁州第七。隔尾。哭皇天。烏夜啼。賀新郎。四塊玉。罵玉郎。感皇恩。採茶歌。一煞。尾煞。

〔第三折〕太守下鄉勸農去，吩咐張千，要是趙去時，將銀馬贈他。這時，趙正在想念謝不置。有一天，一個賣花三婆到園中偷採花枝，爲趙撞見。趙將紅梨花給他看，她連說有鬼有鬼，便告訴他，她的兒子也爲一個女人執了紅梨花的所害死。這婦人乃是王同知之女，死後一靈不昧，專迷惑少年秀才。趙聞之，大驚，乃不別太守而去。

〔登場人物〕正旦：花婆。趙。劉。張千。

〔正旦唱〕中呂粉蝶兒。醉春風。迎仙客。紅繡鞋。石榴花。鬥鵪鶉。快活三。鮑老兒。十二月。堯民歌。亂柳葉。上小樓。么篇。煞尾。

〔第四折〕趙中了狀元，至洛陽爲縣令。劉太守設宴請他，他醉臥宴間。太守命謝爲他打扇，扇上插有一枝紅梨花。趙醒來見她，大驚失措，連呼有鬼。太守乃出來，爲他剖釋一切。原來是太守怕他迷戀煙花，失了進取之心，故爲此計也。於是兩口兒乃成合。

〔登場人物〕謝。劉。趙。張千。

〔正旦唱〕雙調新水令。沉醉東風。雁兒落。得勝令。掛玉鉤。川撥棹。七弟兄。梅花酒。收江南。水仙子。

題目　趙汝州風月白紈扇
正名　謝金蓮詩酒紅梨花

（《小說月報》二十二卷二號，一九三一年二月）

便宜行事虎頭牌雜劇

元李直夫撰　《元曲選》（丙集上）本

〔第一折〕山壽馬爲金牌上千戶，鎮守邊界。一日，正在打獵，他叔叔銀住馬和嬭嬭來望他。朝廷又有使命來，以他爲天下兵馬大元帥，卻將那千戶印子交給手下得力的人。他便將印給了銀住馬。

〔登場人物〕旦：茶茶。六兒。沖末：老千戶。老旦。正末：千戶。屬官。外：使命。

〔正末唱〕仙呂點絳唇。混江龍。油葫蘆。天下樂。醉中天。金盞兒。一半兒。金盞兒。賺煞。

〔第二折〕老千戶到渤海寨取家小到夾山口；順便去訪問他哥哥金住馬，他極力勸他不要喝酒。他度日甚艱，老千戶便送他一領綿衣而別。

〔登場人物〕老千戶。老旦。正末。金住馬。

〔正末唱〕雙調五供養。落梅風。阿那忽。慢金盞。石竹子。大拜門。山石榴。醉娘子。相公愛。不拜門。也不囉。喜人心。醉也摩娑。月兒彎。風流體。忽都白。唐兀歹。離亭宴煞。

〔第三折〕八月十五日，老千戶正在喝酒，卻被賊兵打破了夾山口，擄了人口馬匹去。他連忙追去奪回。元帥山壽馬知道這事，便令人勾他。他幾次抗令不去，後來，只得叫關西曳刺一鐵索將他捉去。元帥判他斬罪。他動以情，嬭嬭、妻動以情，也都不肯，經歷們去求，也不肯。後

來，知他曾奪回人馬，便赦死杖百，狗兒替了六十，他打四十。

〔登場人物〕老千戶。老旦。雜當。外：經歷。淨：左右勾事人。外：曳剌。正末。祗候。旦。

〔正末唱〕雙調新水令。沉醉東風。攪箏琶。胡十八。慶宣和。步步嬌。沽美酒。太平令。雁兒落。得勝令。鴛鴦煞。

〔第四折〕第二天，元帥又擔酒牽羊，與叔叔暖痛去。到了後來，他才開了門。元帥說明，打他的不是他，乃是虎頭牌也。於是大家和好如初。

〔登場人物〕老千戶。老旦。正末。旦。經歷。祗從。

〔正末唱〕正宮端正好。滾繡球。伴讀書。笑和尚。川撥棹。七弟兄。梅花酒。收江南。尾煞。

題目　樞院相公大斷案

正名　便宜行事虎頭牌

（《小說月報》二十二卷二號，一九三一年二月）

秦修然竹塢聽琴雜劇

元石子章撰　《元曲選》（壬集上）本

〔楔子〕鄭彩鸞父母雙亡，她幼年曾與秦修然指腹爲婚。因朝廷下旨，凡二十歲以上之女子非出嫁不可。她便去出家。將產業交了都管。

〔登場人物〕正旦：鄭。外：都管。老旦：老道姑。

〔正旦唱〕仙呂賞花時。么篇。

〔第一折〕梁州尹到鄭州上任。秦修然去見他，便留在書房讀書。半月之後，秦到城外散步，恰好天色已晚，見一草庵，便去投宿，不料即爲

彩鸞修眞之所。二人說起前事，便一同住宿。天明而去。

〔登場人物〕正旦。副末：秦修然。外：梁州尹。張千。小道姑。

〔正旦唱〕仙呂點絳脣。混江龍。村里迓鼓。元和令。上馬嬌。勝葫蘆。么篇。後庭花。金盞兒。賺煞。

〔第二折〕又過了半月，修然夜夜到庵中去的事，爲梁州尹所知，他便設計，叫嬤嬤去騙修然說，城外庵中，有一個少年鬼道姑，專一迷少年。修然大驚，便匆匆上京求名而去。一面梁州尹卻到城外去訪道姑，請她至衙旁白雲觀爲住持。

〔登場人物〕梁。張千。秦。正旦。小姑。淨：嬤嬤。

〔正旦唱〕中呂粉蝶兒。醉春風。紅繡鞋。石榴花。鬥鵪鶉。上小樓。么篇。快活三。鮑老兒。耍孩兒。尾聲。

〔第三折〕修然中了狀元，選了鄭州通判。梁州尹設計使他到白雲觀與彩鸞相見。他見了彩鸞還以爲是鬼呢。但梁州尹卻使他們成了婚事。

〔登場人物〕梁。秦。張千。正旦。小姑。嬤嬤。

〔正旦唱〕正宮端正好。滾繡球。么篇。叨叨令。倘秀才。滾繡球。尾煞。

〔第四折〕老道姑一病三月。病癒後去尋彩鸞，卻知她已嫁人，便要去尋她一場。到了她家時，道姑指說她了一頓。她請出州尹來勸她。不料這府尹正是她失散了的丈夫，於是這一對老夫妻也團圓了。

〔登場人物〕梁。秦。正旦。小姑。老道姑。都管。

〔正旦唱〕雙調新水令。喬牌兒。雁兒落。得勝令。甜水令。折桂令。沽美酒。太平令。離亭宴煞。

題目　鄭彩鸞草庵學道

正名　秦修然竹塢聽琴

陶學士醉寫風光好雜劇

元戴善夫撰　《元曲選》（丁集上）本

〔第一折〕宋祖差陶穀至南唐，欲說降了唐主；唐主託病不朝，只由丞相宋齊丘管待著，又叫韓熙載任招待。熙載命妓弱蘭奉酒，穀不爲之動。

〔登場人物〕沖末：宋。祗從。外：韓。樂探。正旦。正末。驛吏。眾妓。張千。

〔正旦唱〕仙呂點絳唇。混江龍。油葫蘆。天下樂。後庭花。金盞兒。醉中天。金盞兒。後庭花。賺煞。

〔第二折〕韓見壁上題詩十二字，知乃「獨眠孤館」四字。於是設計命弱蘭假作驛吏寡婦燒夜香。果然陶學士被賺，二人成了婚好。全沒了威嚴之態。她乞求珠玉。他便寫了一首〈風光好〉給她。

〔登場人物〕宋。張千。韓。正旦。梅香。正末。

〔正旦唱〕南呂一枝花。梁州第七。賀新郎。牧羊關。隔尾。牧羊關。紅芍藥。菩薩梁州。三煞。二煞。煞尾。

〔第三折〕第二天，宋齊丘等請他宴會，說唐主病快好了，宴次，出弱蘭命唱〈風光好〉，他還是臉如刮霜。後來，說破了，他便隱几而臥，宋、韓各去了。他知道不能見唐主，也不能回汴梁，便決定投奔杭州錢俶處，別尋個前程。並與秦弱蘭約定要娶她。

〔登場人物〕宋。張千。韓。正旦。陶。

〔正旦唱〕正宮端正好。滾繡球。倘秀才。滾繡球。叨叨令。滾繡球。倘秀才。滾繡球。三煞。二煞。黃鐘煞。

〔第四折〕陶穀到了杭州不久，宋主遣曹彬下江南，秦弱蘭也投杭州，錢王收留了她，要待機會使她與穀相見。一日，在湖山堂上設宴，當

宴使弱蘭出來，且使穀躲於眾人中。他假使一官冒爲陶穀，弱蘭不認他。他又使她在人叢中自去找穀。她尋到了他，他又不認。她欲沖階自殺。錢王連忙止住了她，說明緣由，使他二人團圓。

〔登場人物〕外：錢王。近侍。卒子。陶。樂探。正旦。淨。官。

〔正旦唱〕中呂粉蝶兒。醉春風。迎仙客。石榴花。鬥鵪鶉。上小樓。么篇。快活三。鮑老兒。哨遍。耍孩兒。三煞。二煞。煞尾。

題目　宋齊丘明識新詞藻　韓熙載暗遣閑花草
正名　秦弱蘭羞寄斷腸詞　陶學士醉寫風光好

（《小說月報》二十二卷二號，一九三一年二月）

張孔目智勘魔合羅雜劇

元孟漢卿撰　《元曲選》（辛集下）本

〔楔子〕李德昌問卦知有百日之災，要到南昌做買賣去躲避。他的堂兄弟卻常調戲他妻。因此她不安心他去。

〔登場人物〕沖末：李彥實。淨：李文道。正末：德昌。旦兒。倈兒。

〔正末唱〕仙呂賞花時。么篇。

〔第一折〕德昌去後，文道來調戲他嫂嫂，卻爲他父親打下，德昌冒雨而去，病倒在五道將軍廟。恰遇一老者高山，乃請他帶信到家。

〔登場人物〕文道。旦。彥實。正末。外：高山。

〔正末唱〕仙呂點絳唇。混江龍。油葫蘆。天下樂。醉中天。醉扶歸。一半兒。金盞兒。後庭花。賺煞。

〔第二折〕高山到了他家，先遇見李文道，李忙將了毒藥去毒死了

他。他妻去時，把他運回家，已經死了。文道逼她不從，便告了她，屈打成招。

〔登場人物〕高山。文道。旦。俫。正末。淨：孤。張千。丑：令史。

〔正末唱〕黃鐘醉花陰。喜遷鶯。出隊子。刮地風。四門子。古水仙子。寨兒令。神仗兒。節節高。者剌古。掛金索。尾。

〔第三折〕都孔目張鼎，勸農回來，已換新官。他見了劉玉娘，知是冤枉，便去訴新官。言辭頂撞。新官要他三天之內將此案審結。

〔登場人物〕外：府尹。張千。令史。旦。正末：張鼎。

〔正末唱〕商調集賢賓。逍遙樂。金菊香。醋葫蘆。么篇。金菊香。醋葫蘆。么篇。么篇。後庭花。雙雁兒。浪來裡煞。

〔第四折〕張孔目提出劉玉娘來仔細審問；她說出賣魔合羅的高山來，於是提到他，又由他說起李文道來，於是此案乃大明。玉娘被釋，張鼎也得官。

〔登場人物〕旦。正末。彥實。文道。張千。府尹。高山。

〔正末唱〕中呂粉蝶兒。醉春風。叫聲。喜春來。紅繡鞋。迎仙客。白鶴子。么篇。么篇。么篇。么篇。么篇。叫聲。醉春風。滾繡球。倘秀才。蠻姑兒。快活三。鮑老兒。鬼三臺。剔銀燈。蔓菁菜。窮河西。柳青娘。道和。煞尾。

題目　李文道毒藥擺哥哥　　蕭令史暗裡得錢多
正名　高老兒屈下河南府　　張平叔智勘魔合羅

（《小說月報》二十二卷三號，一九三一年三月）

呂洞賓度鐵拐李岳雜劇

元岳伯川撰　《元曲選》（丙集下）本

〔第一折〕岳壽為吏清正，因接新官韓魏公不著，便回家吃飯。見一道士在門口胡罵，便吊在門前，自去吃飯。不料魏公卻微行而至，放去了先生。岳壽命張千去責問他，乃知他即是新官。他們都嚇得要死，岳壽跌倒，抬回家去。

〔登場人物〕旦：李氏。外：呂洞賓。傢兒。正末：岳壽。張千。外：韓魏公。

〔正末唱〕仙呂點絳唇。混江龍。油葫蘆。天下樂。金盞兒。醉扶歸。金盞兒。後庭花。金盞兒。賺煞尾。

〔第二折〕岳壽被嚇，病倒在家。韓魏公到衙查問文卷，無錯，知他是個能吏，便命孫福送了十個銀子給他養病。他病已深，看看待死，便囑咐了他們一場而死。

〔登場人物〕皂隸人眾。韓。孫福。正末。傢。旦。張千。

〔正末唱〕正宮端正好。滾繡球。倘秀才。叨叨令。倘秀才。滾繡球。脫布衫。小梁州。么篇。倘秀才。滾繡球。倘秀才。滾繡球。三煞。二煞。煞尾。

〔楔子〕岳壽到了閻王處，正要叫他下油鍋，卻有呂洞賓救了他，以他為弟子。因他妻已把他屍身燒壞，乃借李屠屍還陽，名為李岳，號鐵拐。

〔登場人物〕正末。呂。外：閻王。判官。牛頭馬面。

〔正末唱〕仙呂賞花時。么篇。

〔第三折〕他借屍還魂，成了一個瘸子，李屠的父、妻、子，他俱是不認得的。他一心只要回家去。

〔登場人物〕淨：孛老。旦。俫。正末。眾。

〔正末唱〕雙調新水令。沽美酒。太平令。雁兒落。得勝令。慶東原。川撥棹。七弟兄。梅花酒。收江南。大清歌。川撥棹。鴛鴦煞。

〔第四折〕他進岳壽之門與大嫂、孫福、張千相認，李屠的父與媳又追了來，他們爭奪他不已。同去見官。韓魏公也斷不了。遂由呂洞賓來，領了他去朝元，與七仙相見。

〔登場人物〕岳。旦。俫兒。正末。孫福。張千。孛老。旦兒。韓。從人。呂。諸仙。

〔正末唱〕中呂粉蝶兒。醉春風。十二月。堯民歌。紅繡鞋。喜春來。迎仙客。普天樂。快活三。鮑老催。上小樓。么篇。耍孩兒。二煞。煞尾。

題目　韓魏公斷借屍還魂

正名　呂洞賓度鐵拐李岳

（《小說月報》二十二卷三號，一九三一年三月）

河南府張鼎勘頭巾雜劇

元孫仲章撰　《元曲選》（丁集下）本

〔第一折〕王小二因窮苦，到劉員外家中去求鈔。他因打狗，倒打破了一隻尿缸，反說狗咬他，因此與員外爭鬧，聲言要殺他。劉妻因此責他立下一紙保辜文書。

〔登場人物〕丑：王小二。正末：劉。旦：劉妻。街坊。

〔正末唱〕仙呂點絳唇。混江龍。油葫蘆。天下樂。醉中天。金盞兒。賺煞。

〔楔子〕十日後，劉妻卻叫她的情人王知觀殺了劉員外，取了芝麻羅頭巾，減銀環子爲信物。他殺劉後，劉妻以保辜文書爲證，一口咬定是王小二殺的。

〔登場人物〕旦。淨：道士王知觀。正末。街坊。

〔正末唱〕仙呂賞花時。么篇。

〔第二折〕他們到了當官，官是一個糊塗蟲，只由趙令史作主，於是屈打成招。到了半年後，又去追頭巾、環子。小二無奈，妄指在某處埋著。恰好一個莊家向張千討草錢，也被賺入牢中，知道了這事。途中遇見王道士，便對他說著。王連忙將頭巾等埋到那處去。新官到任三日，便判斬。都孔目張鼎恰好遇見了他，知道必有冤枉，便說明頭巾埋了半年，一點不壞，其中當有他情。於是府尹限他三日問成此案。

〔登場人物〕丑：莊家。淨：王道士。外：府尹。淨：孤。張千。旦。王小二。趙令史。祗候。正末：張鼎。

〔正末唱〕南呂一枝花。梁州第七。牧羊關。賀新郎。牧羊關。隔尾。黃鐘煞。

〔第三折〕張鼎勘問王小二，又問張千，追出莊家來，莊家又追出一個道士來。於是他乃設計騙劉妻招出眞情，捉來王知觀，一切案情乃煥然大明。

〔登場人物〕張千。王小二。正末。莊家。旦。王道士。

〔正末唱〕商調集賢賓。逍遙樂。醋葫蘆。么篇。么篇。掛金索。醋葫蘆。么篇。後庭花。梧葉兒。金菊香。浪來裡煞。

〔第四折〕果然在三日內問成了這案。於是府尹賞賜張孔目，保舉爲縣令，而罰了趙令史。

〔登場人物〕府尹。祗候。正末。令史。一行人。

〔正末唱〕雙調新水令。喬牌兒。雁兒落。得勝令。川撥棹。七弟

兄。梅花酒。收江南。

題目　趙令史爲吏見錢親　王小二好鬥禍臨身

正名　望京店莊家索冷債　河南府張鼎勘頭巾

（《小說月報》二十二卷四號，一九三一年四月）

死生交范張雞黍雜劇

元宮大用撰　《元曲選》（己集上）本

〔楔子〕范巨卿與張元伯爲生死之交，同孔仲山、王仲略等並在太學。他們分散歸家。范與張約，二年後今月今日去拜訪他老母。張云，當殺雞炊黍等他。

〔登場人物〕正末：范。沖末：張。孔。淨：王。

〔正末唱〕仙呂賞花時。么篇。

〔第一折〕二年後，范巨卿赴約。在酒店中歇足，遇見了王仲略，他竊了孔仲山的萬言策，自己獻了上去，得了杭州僉判，也在那裡喝酒。二人便同到張元伯處。元伯已自殺雞炊黍等著。他拜母之後，不久便別去，張也約他，明年當到山陽去回訪他。

〔登場人物〕丑：酒保。淨：王。正末：范。沖末：張。老旦：卜兒。家僮。

〔正末唱〕仙呂點絳唇。混江龍。油葫蘆。天下樂。那吒令。鵲踏枝。寄生草。么篇。六么序。么篇。金盞兒。醉中天。金盞兒。賺煞。

〔第二折〕二人別後未經一載，張元伯忽一病不起。他臨危時說，非待巨卿來，靈車不動。這時，太守第五倫正去徵聘巨卿，他堅不就辟。午睡時，夢元伯來告他已死。他便著素衣，連忙奔喪去。

〔登場人物〕張。范。卜兒。旦兒。俫兒。外：第五倫。祇從。家僮。

〔正末唱〕南呂一枝花。梁州第七。隔尾。牧羊關。隔尾。罵玉郎。感皇恩。採茶歌。哭皇天。烏夜啼。三煞。二煞。黃鐘尾。

〔第三折〕元伯死後七日，他們預備葬了他，卻拖不動舉車。巨卿恰在這時趕到，哭奠了一番，便親自拖車，居然車動，葬後哭拜而到他家裡歇著。

〔登場人物〕范。卜兒。旦兒。俫兒。眾街坊。

〔正末唱〕商調集賢賓。逍遙樂。金菊香。梧葉兒。掛金索。村里迓鼓。元和令。上馬嬌。遊四門。勝葫蘆。後庭花。青哥兒。柳葉兒。醋葫蘆。么篇。么篇。高過浪來裡。隨調煞。

〔第四折〕巨卿在元伯墳院種松栽柏。百日之後，第五倫奉了聖旨來徵辟他。孔仲山卻做了馬前走卒。巨卿見他而驚，第五倫乃亦舉薦了他，並治王仲略之罪。

〔登場人物〕趙。孔。第五。王。祇從。

〔正末唱〕中呂粉蝶兒。醉春風。紅繡鞋。石榴花。鬥鵪鶉。上小樓。么篇。十二月。堯民歌。耍孩兒。二煞。一煞。煞尾。

題目　義烈傳子母褒揚

正名　死生交范張雞黍

（《小說月報》二十二卷五號，一九三一年五月）

李亞仙花酒曲江池雜劇

元石君寶撰　《元曲選》（乙集下）本

〔楔子〕洛陽府尹鄭公弼有子元和，他命他赴選去，叫張千伏侍他同去。

〔登場人物〕外：鄭府尹。末：鄭元和。張千。

〔末唱〕仙呂賞花時。

〔第一折〕春天，趙牛觔和劉桃花請了李亞仙在曲江池上賞春。元和經過那邊，顧戀不已，三墜其絲鞭。亞仙便請他過去同席。他請她上馬，同到她家去了。

〔登場人物〕淨：趙。外旦：劉。正旦：李亞仙。梅香。末。張千。

〔正旦唱〕仙呂點絳脣。混江龍。油葫蘆。天下樂。那吒令。鵲踏枝。寄生草。醉中天。金盞兒。青哥兒。賺煞。

〔第二折〕兩年之後，元和金盡，被虔婆逐出，與人送殯唱挽歌度日。張千回家報信。鄭府尹親自追來。將他打死在杏花園。亞仙連忙去看他，叫醒了他，卻爲虔婆所迫歸。

〔登場人物〕鄭府尹。張千。正旦。梅香。卜兒。末。淨。

〔正旦唱〕南呂一技花。梁州第七。（末淨唱：商調尚君馬）隔尾。牧羊關。罵玉郎。感皇恩。採茶歌。黃鐘煞。

〔第三折〕大雪紛紛揚揚，亞仙命梅香去尋了鄭元和來。她不顧虔婆之責備，要元和同住著，奮志求名。

〔登場人物〕正旦。梅香。末。淨。卜兒。

〔正旦唱〕中呂粉蝶兒。醉春風。十二月。堯民歌。滿庭芳。耍孩兒。三煞。二煞。尾煞。

〔第四折〕元和一舉入第，授為洛陽縣令，不肯認父。賴亞仙苦勸，父子仍和好如初。

〔登場人物〕鄭府尹。張千。末。祗從。正旦。淨。卜兒。梅香。

〔正旦唱〕雙調新水令。沉醉東風。雁兒落。得勝令。川撥棹。七弟兄。梅花酒。收江南。鴛鴦煞。

題目　鄭元和風雪卓田院
正名　李亞仙花酒曲江池

（《小說月報》二十二卷五號，一九三一年五月）

魯大夫秋胡戲妻雜劇

元石君寶撰　《元曲選》（丁集上）本

〔第一折〕劉秋胡娶妻羅梅英，三朝後，請了丈人丈母來喝酒，正是這時，勾軍人卻來勾了秋胡去當兵，一刻也不能停留。

〔登場人物〕老旦：卜兒。正末：秋胡。淨：羅大戶。搽旦：卜羅。正旦：梅英。媒婆。外：勾軍人。

〔正旦唱〕仙呂點絳唇。混江龍。油葫蘆。天下樂。村里迓鼓。元和令。上馬嬌。遊四門。勝葫蘆。後庭花。柳葉兒。賺煞。

〔第二折〕十年之後，秋胡一去，毫無消息。李大戶生心欲娶她為妻，假說秋胡已死。他與羅大戶定計，去娶她，倒被她搶白一頓而去。

〔登場人物〕淨：李大戶。羅。卜兒。正旦。羅。搽旦。鼓樂。

〔正旦唱〕正宮端正好。滾繡球。呆骨朵。倘秀才。滾繡球。脫布衫。醉太平。叨叨令。煞尾。

〔第三折〕這時，秋胡已得了官，做了中大夫，告假回家，魯昭公又

賜他黃金一餅。他到了近家時，換了一身便衣，在桑園中，他見一個美婦在採桑，便去調戲她，又送給她金餅，倒吃她一場大罵。

〔登場人物〕秋胡。卜兒。正旦。

〔正旦唱〕中呂粉蝶兒。醉春風。普天樂。滿庭芳。上小樓。十二月。堯民歌。耍孩兒。二煞。三煞。煞尾。

〔第四折〕秋胡到了家，拜見了母親，母親叫他妻出見，原來便是採桑婦，梅英不肯認他，只要他一紙休書。正在這時，李大戶又帶了人來搶親，卻爲秋胡喝左右縛送縣中究治。秋胡母說，她如不認夫，她便撞死，於是她只好認了他。

〔登場人物〕卜兒。秋胡。祗從。正旦。李大戶。羅。搽旦。雜當。

〔正旦唱〕雙調新水令。甜水令。折桂令。喬牌兒。豆葉黃。川撥棹。殿前歡。雁兒落。得勝令。鴛鴦煞。

題目　貞烈婦梅英守志
正名　魯大夫秋胡戲妻

相國寺公孫合汗衫雜劇

元張國賓撰　《元曲選》（甲集下）本

〔第一折〕張義和妻子同在樓上飲酒，賞雪，見一大漢醉倒雪地上，使命人扶他進門，給了他酒食盤纏。他子孝友，見這人好一條大漢，便認他爲兄弟，留住了他。又有一個趙興孫因不平打殺了人，遞配沙門島，也由此過，他們又送他十兩銀子。倒在雪地上的大漢名陳虎，見了，

便要搶了他的。虧得趙氏父子又給了他。

〔登場人物〕正末：張義。淨：卜兒。張孝友。旦兒。興兒。丑：店小二。淨邦老：陳虎。外：趙興孫。解子。

〔正末唱〕仙呂點絳唇。混江龍。油葫蘆。天下樂。後庭花。青哥兒。賺煞尾。

〔第二折〕孝友妻有孕，十八月未生。陳虎勸他們夫妻瞞了父母到徐州東岳廟問玉杯珓兒。他們聽信了他的話而去。這裡，父母知道了，便追了去。他們不肯回，只得取了汗衫，各執一半以爲紀念而去。恰在這時，張家失火，燒得乾乾淨淨。老夫婦二人只得叫化爲生。

〔登場人物〕張孝友。興兒。邦老。旦。正末。卜兒。

〔正末唱〕越調鬥鵪鶉。紫花兒序。小桃紅。鬼三臺。紫花兒序。調笑令。絡絲娘。么篇。耍三臺。青山口。收尾。

〔第三折〕十八年後。這時，張孝友妻已生下一個孩子，十八歲了。張孝友在十八年前，被陳虎推下水去，他娶了他妻李玉娥。玉娥一心只想報仇。她叫孩子去中武舉，又給他一半汗衫，叫他尋張員外。他果然中了武狀元，在相國寺捨齋。張員外夫妻叫化至寺，誤以他爲孝友，又出汗衫。張員外乃知其中消息，但只叫他告訴母親，不必告訴父親。他將他們帶到家去。

〔登場人物〕邦老。旦兒。小末。傢兒。正末。卜兒。雜當。外：長老。

〔正末唱〕中呂粉蝶兒。醉春風。快活三。朝天子。四邊靜。普天樂。上小樓。么篇。脫布衫。小梁州。么篇。耍孩兒。煞尾。

〔第四折〕小張豹是本處提察使。他先回家，母親將這事告訴了他，他便立刻要去捉陳虎。這時，趙興孫做了巡檢，見張員外經過，便拜認了他。他們二人到金沙院。和尚恰是張孝友，他未死，乃爲漁船所救。

於是父母妻子團圓。陳虎也捉了來。由李府尹宣斷一切。

〔登場人物〕邦老。旦兒。小末。趙興孫。弓兵。正末。卜兒。張孝友。僧人。外：府尹。祗從。

〔正末唱〕雙調新水令。小將軍。清江引。碧玉簫。沽美酒。太平令。雁兒落。得勝令。殿前喜。

題目　東岳廟夫妻占玉玦

正名　相國寺公孫合汗衫

（《小說月報》二十二卷六號，一九三一年六月）

薛仁貴榮歸故里雜劇

元張國賓撰　《元曲選》（乙集下）本

〔楔子〕薛仁貴不肯做莊農生活，每日價只是掄槍使棒。一日聞絳州招義軍，便辭父母妻子而去。

〔登場人物〕正末：孛老。卜兒。旦兒：柳氏。沖末：仁貴。

〔正末唱〕仙呂端正好。

〔第一折〕高麗王命葛蘇文攻唐，唐軍無大將，總管張士貴與戰大敗，虧得薛仁貴三箭定天山；得了五十四件大功，定了遼國；張士貴卻都賴爲己有。二人爭功不決。徐茂公命監軍杜如晦證明，張還不服。於是二人比箭之後，以功歸薛。薛酒醉夢歸家。

〔登場人物〕淨：高王。卒子。丑：葛。外：徐。淨：張。正末：杜。薛。

〔正末唱〕仙呂點絳唇。混江龍。油葫蘆。天下樂。那吒令。鵲踏枝。寄生草。金盞兒。賺煞尾。

〔第二折〕他父母正在思念他，家中又貧苦無以爲生。他回家了，在十年後回家了，他父母正在要買酒買肉款待他，卻見張士貴命旨來捉他，要殺壞了他。他一驚而醒，便懇求徐茂公放他回家。茂公以女妻之。

〔登場人物〕李老。卜兒。薛。張。徐。卒子。

〔正末唱〕商調集賢賓。逍遙樂。梧葉兒。後庭花。雙雁兒。醋葫蘆。么篇。浪來裡煞。

〔第三折〕他歸家，清明日在途中遇見舊友伴哥，打聽家中消息，伴哥不知是他，罵了他一頓，又說他父母如何的想念他。他便急急的歸去了。

〔登場人物〕丑：禾旦。正末：伴哥。薛。卒子。

〔正末唱〕中呂粉蝶兒。醉春風。十二月。堯民歌。上小樓。滿庭芳。快活三。迓鼓兒。鮑老兒。耍孩兒。一煞。煞尾。〔丑唱〕雙調豆葉黃（開場）。

〔第四折〕薛與徐小姐歸家拜見了父母，父母出於意外。又見了妻。正在闔家團圓時，徐茂公又奉了聖詔，給他們加官進爵。

〔登場人物〕杜。李老。卜兒。旦兒。薛。小旦。卒子。徐。

〔正末唱〕雙調新水令。殿前歡。甜水令。折桂令。喜江南。沽美酒。太平令。

題目　徐茂公比射轅門

正名　薛仁貴榮歸故里

（《小說月報》二十二卷六號，一九三一年六月）

陳季卿悞上竹葉舟雜劇

元范子安撰　《元曲選》（己集下）本

〔楔子〕陳季卿流落不遇，到故人青龍寺住持惠安和尚處求濟助。

〔登場人物〕沖末：陳。外：惠安。丑：行童。

〔沖末唱〕仙呂賞花時。

〔第一折〕陳季卿在寺中溫習經史。呂洞賓奉師命要度他出門，他不省悟。呂因他歸心頗切，便將一片竹葉兒放在圖中，變了一隻小舟。他睡著了。

〔登場人物〕沖末。外。丑。正末：呂。

〔正末唱〕仙呂點絳唇。混江龍。油葫蘆。天下樂。那吒令。鵲踏枝。寄生草。醉中天。金盞兒。賺煞。

〔第二折〕陳於中途迷路，呂卻引了列御寇、張子房、葛仙翁來指點他，他終於未晤。

〔登場人物〕陳。呂。外三人。

〔正末唱〕雙調新水令。駐馬聽。雁兒落。得勝令。掛玉鉤。沽美酒。太平令。甜水令。折桂令。川撥棹。七弟兄。梅花酒。鴛鴦煞尾。

〔第三折〕陳在江邊，見了一隻漁舟，便要他渡過江去。漁父直送他到家門口。他至家拜見了父母，與妻子談了一會，便又乘了漁舟赴舉去。不料中途舟覆，他卻一驚而醒。醒後，他去追道人。

〔登場人物〕正末：漁夫。陳。行童。外：孛老。卜兒。老旦。旦兒。俫兒。

〔正末唱〕南呂一枝花。梁州第七。隔尾。賀新郎。罵玉郎。感皇恩。採茶歌。牧羊關。哭皇天。烏夜啼。三煞。二煞。黃鐘尾。

〔第四折〕陳追上了呂，哀求他引度。於是東華帝君引了七仙上

場，宣命他做了純陽弟子，同去赴蟠桃會。

〔登場人物〕列。張。葛。陳。呂。東華。又七人。

〔列唱〕村里迓鼓。元和令。上馬嬌。勝葫蘆。

〔正末唱〕正宮端正好。滾繡球。倘秀才。滾繡球。倘秀才。滾繡球。叨叨令。十二月。堯民歌。煞尾。

題目　呂洞賓顯化滄浪夢

正名　陳季卿悮上竹葉舟

（《小說月報》二十二卷七號，一九三一年七月）

包待制智賺灰闌記雜劇

元李行道撰　《元曲選》（庚集上）本

〔楔子〕張海棠賣俏求食，一心要嫁與馬員外。她哥哥張林，不忍而出門去。她母親只好順其意而嫁了她。

〔登場人物〕老旦：卜兒。正旦：海棠。副末：馬員外。沖末：張林。

〔正旦唱〕仙呂賞花時。

〔第一折〕海棠嫁後，生了一子。一天，她的哥哥張林來尋她要錢，她不敢給他。但馬的大妻卻勸她把頭面衣服給了他。馬員外回時，她卻譖說她把東西給了奸夫。員外大怒而氣倒。大妻乘機用藥害死了他，卻說是她害的。

〔登場人物〕搽旦：大妻。正旦。張林。馬均卿。俫兒。趙令史。

〔正旦唱〕仙呂點絳唇。混江龍。油葫蘆。天下樂。那吒令。鵲踏枝。寄生草。後庭花。青哥兒。賺煞。

〔第二折〕妻妾二人自馬死後，便爭產爭子，告到當官。官蘇順極胡塗。一切委託趙令史。於是海棠乃被屈打成招，解到開封府治罪。

〔登場人物〕淨：孤。祗從。趙令史。搽旦。正旦。俫兒。二淨：街坊。二丑：老娘。

〔正旦唱〕商調集賢賓。逍遙樂。梧葉兒。山坡羊。金菊香。醋葫蘆。么篇。么篇。么篇。後庭花。雙雁兒。浪來裡煞。

〔第三折〕海棠到了開封府。在一酒店內遇張林。海棠向其訴冤，林大不忍。趙令史和馬妻卻正追來，要囑解差殺海棠。爲林指破而逃。

〔登場人物〕二淨：解差。丑：酒保。正旦。張林。搽旦。趙令史。

〔正旦唱〕黃鐘醉花陰。喜遷鶯。出隊子。刮地風。四門子。古水仙子。古寨兒令。古神仗兒。節節高。掛金索。尾聲。

〔第四折〕開封府尹是包拯。他推詳案情。知有冤弊。乃調集人證，巧設一計。在地上用石灰畫了一闌，叫二婦拽孩子出闌外。拖得出的是眞母。海棠二次拽不出，包乃知她爲孩子眞母。於是遂申雪了她。

〔登場人物〕沖末：包。丑：張千。祗從。正旦。解子。張林。搽旦。俫兒。街坊。老娘。趙令史。

〔正旦唱〕雙調新水令。步步嬌。喬牌兒。甜水令。折桂令。雁兒落。得勝令。掛玉鉤。慶宣和。水仙子。

題目　張海棠屈下開封府

正名　包待制智勘灰闌記

（《小說月報》二十二卷七號，一九三一年七月）

王月英元夜留鞋記雜劇

元曾瑞卿撰 《元曲選》（辛集上）本

〔楔子〕郭華上京應舉，落第不歸，因戀著胭脂鋪中的一位女郎王月英。每托買胭脂為名，與她閒談。

〔登場人物〕老旦：卜兒。正旦：月英。梅香。末：郭華。

〔正旦唱〕仙呂賞花時。

〔第一折〕月英思念郭華不已，漸成消瘦。梅香暗中問她原由，乃知其故。她便寫下一幅箋，托梅香送給郭華。

〔登場人物〕正旦。梅香。

〔正旦唱〕仙呂點絳唇。混江龍。油葫蘆。天下樂。那吒令。鵲踏枝。寄生草。金盞兒。後庭花。柳葉兒。賺煞尾。

〔第二折〕月英的箋到了郭華手中，乃約他在元夜在相國寺觀音殿相候。那一夜，郭華酒醉了，睡在殿中，月英來推他不醒，便留下繡鞋香帕在他懷中而去。郭華醒來，見了鞋帕，便十分懊悔，吞帕而死。他的家童以為是和尚害死的，便拖他見官去。

〔登場人物〕郭。正旦。梅香。淨：和尚。丑：琴童。外：伽藍。淨：鬼力。

〔正旦唱〕正宮端正好。滾繡球。倘秀才。滾繡球。叨叨令。滾繡球。呆骨朵。煞尾。

〔第三折〕琴童捉了和尚到包待制衙門告狀。包公便命張千假扮貨郎，以賣繡鞋為名。王月英的母親見了繡鞋，知是女兒元夜失落了的，便叫住貨郎，不料張千卻拖了她去，又勾了月英來，乃知一切情事，便命張千帶月英到相國寺找香帕。

〔登場人物〕外：包拯。淨：張千。祇從。琴童。和尚。卜兒。正

旦。梅香。

〔正旦唱〕中呂粉蝶兒。醉春風。迎仙客。紅繡鞋。石榴花。鬥鵪鶉。上小樓。滿庭芳。十二月。堯民歌。煞尾。

〔第四折〕張千押了月英至觀音殿，郭華口中微露手帕，月英把它拉出，郭華便復活了。於是包待制乃主張使他們二人成親。

〔登場人物〕雜當。張千。正旦。郭華。卜兒。包待制。

〔正旦唱〕雙調新水令。駐馬聽。殿前歡。沽美酒。太平令。川撥棹。七弟兄。梅花酒。收江南。

題目　郭秀才沉醉誤佳期

正名　王月英元夜留鞋記

（《小說月報》二十二卷九號，一九三一年九月）

㑳梅香騙翰林風月

元鄭德輝撰　《元曲選》（庚集下）本

〔楔子〕白敏中之父曾與裴度說定聯絡兒女姻親。後二人俱死。敏中至京求完這個親事。裴夫人卻使他們以兄妹之禮見。也使「㑳梅香」樊素拜見哥哥。且留敏中在後花園中萬卷堂上安歇。

〔登場人物〕正末：白。老旦：夫人。旦兒：小蠻。正旦：樊素。院公。

〔正旦唱〕仙呂賞花時。么篇。

〔第一折〕小蠻一心思念著敏中，他亦記掛著她。她悄悄的做了一個紫香囊，要乘一個便送給了他。有一天，樊素逗引她去遊園。白正在彈琴。她便把香囊拋在他房門口。白見了香囊，益增相思。

〔登場人物〕白。旦兒。正旦。

〔正旦唱〕仙呂點絳唇。混江龍。油葫蘆。天下樂。那吒令。鵲踏枝。寄生草。么篇。六么序。么篇。賺煞。

〔第二折〕白因相思而病。夫人令樊素去探問，他乘機托她去與小蠻通達情思。小蠻約他當夜到書房來。

〔登場人物〕夫人。正旦。白。旦兒。

〔正旦唱〕大石調念奴嬌。六國朝。初問口。歸塞北。雁過南樓。六國朝。喜秋風。歸塞北。怨別離。歸塞北。淨瓶兒。好觀音。隨煞尾。

〔第三折〕白與小蠻正在後花園相會，夫人忽來撞見，便先責備樊素，卻被他三言兩語的推託開了，且反訴說夫人的不是。後又叫來小蠻和白來，責了一頓，白預備第二天動身去求名。樊素代小姐為他送行，叮囑他幾句話。

〔登場人物〕白。正旦。旦兒。夫人。

〔正旦唱〕越調鬥鵪鶉。紫花兒序。小桃紅。鬼三臺。金蕉葉。調笑令。禿廝兒。聖藥王。麻郎兒。么篇。絡絲娘。雪裡梅。青山口。收尾。

〔第四折〕白狀元及第，奉聖人命由李尚書絳主婚。李先命官媒及山人去說親下定。白繼至，先不露姓名。後乃為樊素所識破。遂拜岳母成親。李尚書恰至，宣布聖人之命，封贈一家門。

〔登場人物〕外：李。淨：官媒。丑：山人。祇從。院公。夫人。旦兒。白。正旦。

〔正旦唱〕雙調新水令。駐馬聽。喬牌兒。豆葉黃。滴滴金。折桂令。雁兒落。得勝令。落梅風。沽美酒。太平令。

題目　挺學士傲晉國婚姻

正名　儜梅香騙翰林風月

（《小說月報》二十二卷九號，一九三一年九月）

杜牧之詩酒揚州夢雜劇

元喬夢符撰　《元曲選》（戊集下）本

〔楔子〕杜牧之爲翰林侍讀，因公幹至豫章。太守張尙之命張好好勸酒餞行。

〔登場人物〕沖末：張。淨：張千。旦：張好好。正末：杜牧之。

〔正末唱〕仙呂賞花時。么篇。

〔第一折〕三年後，牧之又至揚州，太守牛僧孺設酒款待，席間，又出一女勸酒。此女原即爲張好好，過繼給僧孺爲義女者。席間甚有顧戀之意。

〔登場人物〕外：牛。左右親隨。正末。家僮。旦：張好好。

〔正末唱〕仙呂點絳脣。混江龍。油葫蘆。天下樂。那吒令。鵲踏枝。寄生草。么篇。後庭花。青哥兒。賺煞尾。

〔第二折〕第二天，他同家僮上翠雲樓遊玩。因昨日中酒，不覺得睡了。見張好好領了梅、竹、桃、柳四人與他勸酒，不覺得又醒了。

〔登場人物〕張千。正末。家僮。旦。四旦。

〔正末唱〕正宮端正好。滾繡球。倘秀才。滾繡球。醉太平。脫布衫。小梁州。么篇。一煞。煞尾。

〔第三折〕杜牧之在揚州，牛太守只不見他，只著他在翠雲樓上賞玩，甚是無聊。便欲回程。有白文禮請他餞行。席間說起張好好，乃知果爲三年前在豫章所見之人。他托白圓成此事。白一力擔任，許於事成時通知他。

〔登場人物〕外：白。雜當。正末。家僮。

〔正末唱〕南呂一枝花。梁州第七。隔尾。罵玉郎。感皇恩。採茶歌。牧羊關。一煞。黃鐘尾。

〔第四折〕牛太守任滿進京,牧之只不見他,他知因前事懷恨,便與白文禮定好一計,在金字館設宴請他,當宴說定親事,叫好好出來拜見。張尚之這時爲京兆尹。聖人因牧之貪戀花酒,要責罰他,賴他保奏無事。這時也來了,將此事告知他,且勸他此後要早罷了酒病詩魔。

〔登場人物〕牛。白。隨從。正末。旦。張府尹。

〔正末唱〕雙調新水令。沉醉東風。水仙子。雁兒落。得勝令。甜水令。折桂令。鴛鴦煞。

題目　張好好花月洞房春

正名　杜牧之詩酒揚州夢

（《小說月報》二十二卷九號,一九三一年九月）

玉簫女兩世姻緣雜劇

元喬夢符撰　《元曲選》（己集下）本

〔第一折〕韋皋戀著一個上廳行首名玉簫的,頗爲她娘所不悅。她借了黃榜招賢的機會,勸說他去應舉。於是二人只好相別了。韋皋約定三年後必來。

〔登場人物〕老旦:卜兒。末:韋皋。正旦:玉。梅香。

〔正旦唱〕仙呂點絳唇。混江龍。油葫蘆。天下樂。那吒令。鵲踏枝。寄生草。么篇。得勝樂。醉中天。後庭花。青歌兒。賺煞。

〔第二折〕韋皋去了數年,一無音信,玉簫思念不已,染成一病而死。臨危時自畫一像,令王小二送到韋處。

〔登場人物〕卜兒。玉。梅香。王小二。

〔正旦唱〕商調集賢賓。逍遙樂。上京馬。梧葉兒。醋葫蘆。金菊

香。浪來裡。後庭花。金菊香。柳葉兒。浪來裡。高過隨調煞。

〔第三折〕十八年後，韋皋已官至鎮西大將軍。一日至荊州節度使張延賞處宴會，張出其義女玉簫勸酒，韋見女貌似玉簫，名又相同，乃欲向張求親。張大怒，拔劍欲殺他。韋將兵圍了張宅。賴玉簫勸韋罷圍而去。各到朝中去奏聞聖上。

〔登場人物〕末。卒子。卜兒。外：張。正旦。

〔正旦唱〕越調鬥鵪鶉。紫花兒序。金蕉葉。調笑令。小桃紅。鬼三臺。禿廝兒。聖藥王。麻郎兒。么篇。絡絲娘。東原樂。拙魯速。收尾。

〔第四折〕韋皋奏知了聖上，他命張延賞帶女至京成親。張無可奈何。至京後，韋命卜兒帶了玉簫眞容到張宅，假裝求賣。張驚其同像同態。才知韋在宴上所言非假，深爲感動。聖上乃於朝中宣了玉簫來，問她前因。於是二人遂續了兩世姻緣。

〔登場人物〕張。韋。玉。卜兒。左右。外：唐中宗。一眾。內侍。

〔正旦唱〕雙調新水令。沉醉東風。喬牌幾。水仙子。攬箏琶。雁兒落。得勝令。甜水令。折桂令。落梅風。沽美酒。太平令。絡絲娘。煞尾。

題目　韋元帥重諧配偶
正名　玉簫女兩世姻緣

（《小說月報》二十二卷九號，一九三一年九月）

醉思鄉王粲登樓雜劇

元鄭德輝撰　《元曲選》（戊集下）本

〔楔子〕王粲父早亡，只有老母在堂。母命他去求取功名，他於是登程而去。

〔登場人物〕老旦：卜兒。正末：王仲宣。

〔正末唱〕中呂賞花時。

〔第一折〕王粲到了京城，要謁見左丞相蔡邕，他一月不與接見，因要折他的銳氣。店小二問他要帳也不能還。一日，曹植在座，粲又去見，邕不大理會他，粲憤然而出。邕乃托植假名送銀馬，叫他去見荊王劉表。

〔登場人物〕丑：店小二。正末。外：蔡邕。祇從。沖末。曹子建。

〔正末唱〕仙呂點絳唇。混江龍。油葫蘆。天下樂。那吒令。鵲踏枝。寄生草。六么序。么篇。金盞兒。賺煞。

〔第二折〕粲到了劉表處，表與談大悅，即封他爲荊襄九郡兵馬大元帥。表有二將蒯越、蔡瑁，拜他不理。不久，他便睡了，表亦不悅。他醒了，只好出門而去。

〔登場人物〕外：荊王。卒子。正末。二淨：蒯、蔡。

〔正末唱〕正宮端正好。滾繡球。倘秀才。滾繡球。呆骨朵。倘秀才。滾繡球。煞尾。

〔第三折〕表不久死，粲流落荊州，不能歸去，幸有許安道常常慰藉，也常請他登溪山風月樓。重陽節時，二人又登樓飲酒。仲宣頗有家思，酒醉之後，幾欲墮樓自盡。虧得安道救住了。正在這時，使命來了，宣他爲天下兵馬大元帥兼管左丞相事。

〔登場人物〕副末：許達。從人。仲宣。外：使命。

〔正末唱〕中呂粉蝶兒。醉春風。迎仙客。紅繡鞋。普天樂。石榴花。鬥鵪鶉。上小樓。么篇。滿庭芳。十二月。堯民歌。煞尾。

〔第四折〕粲爲大元帥，邕與曹植同去見他。他禮植而不禮邕，將前言一一報復。植乃說明，一切皆老丞相之力，與他無干。於是他始拜於丈人之前，算是團圓。

〔登場人物〕蔡相。祗從人。曹。正末。卒子。

〔正末唱〕雙調新水令。沉醉東風。喬牌兒。水仙子。甜水令。折桂令。雁兒落。得勝令。離亭宴煞。

題目　假托名蔡邕荐士

正名　醉思鄉王粲登樓

（《小說月報》二十二卷九號，一九三一年九月）

羅李郎大鬧相國寺雜劇

元張國賓撰　《元曲選》（壬集下）本

〔楔子〕蘇文順、孟倉士二人欲上京應舉，各將兒女養於羅李郎家中，借了他的盤費而去。

〔登場人物〕沖末：蘇。外：孟倉士。正末：羅李郎。丑：侯興。淨：湯哥。旦：定奴。

〔正末唱〕仙呂端正好。么篇。

〔第一折〕二十年後，湯哥與定奴俱長大了，羅李郎與他們配合了，生了一子，名受春。湯哥飲酒爲非，甚是不好。一天，他醉了回來，爲羅李郎打了一頓，且說，這是養他人兒女的下場。他便逼問侯興，知非他的兒子。侯便勸他上京尋父。

〔登場人物〕湯。定奴。羅。侯。外：酒家。外：樂人。丑。傔兒。

〔正末唱〕仙呂點絳唇。混江龍。油葫蘆。天下樂。後庭花。醉中天。一半兒。醉扶歸。後庭花。金盞兒。賺煞。

〔楔子〕侯興知湯哥去了，便報知羅李郎，他即命拿了銀子追去。侯興卻取了假銀子去。追上了他，又假說要拿他。他只得拿了假銀子逃。

〔登場人物〕侯。羅。湯。

〔正末唱〕仙呂賞花時。

〔第二折〕湯哥至銀匠處換假銀子，為官所捉。侯興歸後假報湯哥死耗。羅李郎一痛而病。侯興拐了定奴、受春而逃，羅李郎帶病去尋他。

〔登場人物〕外：銀匠。湯。定奴。羅。侯。傔兒。

〔正末唱〕南呂一枝花。梁州第七。四塊玉。紅芍藥。菩薩梁州。牧羊關。梧桐樹。隔尾。牧羊關。尾煞。

〔第三折〕蘇文順奉命敕修相國寺。湯哥赦了死罪，在做工。羅李郎追到此處，捨吃給眾囚犯。湯哥認識了他，大叫父親。他們便再相見。他買了甲頭給他做。

〔登場人物〕蘇。張千。丑。甲頭。眾夫役。湯。羅。丑：店小二。雜當。

〔正末唱〕商調集賢賓。逍遙樂。梧葉兒。後庭花。雙雁兒。金菊香。么篇。么篇。醋葫蘆。么篇。么篇。浪來裡煞。（中插湯哥唱：商調金菊香。）

〔第四折〕蘇文順買了一個小廝，即受春，卻不見銀唾盂，吊起來追問。湯哥見了，也被吊著。羅來，見了官，原來是蘇。孟倉士此時也代上拈香到相國寺來。於是大家相認。正在這時，他們捉住了一個偷馬賊，原來是侯興。定奴也來見父親。大家父子相認，只勝下羅李郎一個暗自悲傷。

〔登場人物〕蘇。張千。傔兒。湯。羅。孟。侯。定奴。

〔正末唱〕雙調新水令。步步嬌。沉醉東風。胡十八。川撥棹。七弟兄。搗練子。梅花酒。收江南。乾荷葉。沽美酒。太平令。川撥棹。亂柳葉。水仙子。收尾。

題目　莽湯哥嶮釘遠鄉牌
正名　羅李郎大鬧相國寺

（《小說月報》二十二卷十號，一九三一年十月）

中國戲曲發展簡史　1X4G

作　　者：廖 奔、劉彥君　　定　　價：680 元
出版日期：2017/06/14　　　　ISBN 9789571191843
內容簡介

● 出版後獲得中國學界認可，爲研究戲劇、戲曲必讀的專業讀物。

　　本書擷取《中國戲曲發展史》四卷之精華編著而成。著述觀點匯集近四十年來文物考古、田野調查、文獻研究、理論研究的新知識和新發現，並承襲中國戲曲發展的歷史脈絡，一一介紹各個朝代的戲曲理論和聲腔流變。

唐代民間歌謠　1XDN

作　　者：邱燮友　　　　　　定　　價：420 元
出版日期：2016/09/20　　　　ISBN 9789571188171
內容簡介

　　作者將史籍、樂府詩集所收錄的唐代民歌選錄出來，與光緒二十五年敦煌出土的曲子配合，加以整理比較，使今人能了解唐代歌謠所反映的唐人生活和心聲，並確知詞的起源與唐代歌謠的密切連鎖性。

縱橫今古說武俠　1XDP

作　　者：林保淳　　　　　　定　　價：780 元
出版日期：2016/07/13　　　　ISBN 9789571186726
內容簡介

● 龔鵬程 推荐

　　本書爲作者近十餘年來陸續發表的武俠相關評論、散文集結，上自古代俠客觀念的發展變化、女俠的塑造和地位、現代武俠小說和武俠電影的縱橫論述，至新生代武俠作家的評論介紹，涵括層面廣，討論深入懇切，可供世人研究、參照。

紅樓夢後──清代中期世情小說研究　1XBC

作　　者：胡衍南　　　　　定　　價：520 元
出版日期：2017/04/01　　　ISBN 9789571191249

內容簡介

　　本書脈絡分明，立論清楚，除深化證明清代中期世情小說萎縮的情況，也一併探討世情小說經典對後繼之作是否有所影響，為清代中期的世情小說研究立下明確的方針。

唐詩三百首新賞　1XDQ

總 主 編：邱燮友　　　　　定　　價：850 元
出版日期：2017/06/23　　　ISBN 9789571191997

內容簡介

● 以美學、邏輯、文史學等創新角度全面評賞唐詩。

　　清代蘅塘退士編選《唐詩三百首》作為有唐一代詩歌的縮影，近兩百年後的今天，臺灣師範大學退休教授邱燮友老師率領門下弟子，一群愛詩、懂詩的學者，為大家重新說解、品賞這三百首詩歌，讓我們一起含英咀華，沉醉在唐詩的饗宴裡。

唐詩的多維視野　1X4J

作　　者：歐麗娟　　　　　定　　價：380 元
出版日期：2017/07/01　　　ISBN 9789571192239

內容簡介

　　本書是作者多年來對唐詩研究的階段性總結，共收錄五篇論文，以王維、李白、杜甫、李賀、李商隱等作品風格鮮明的詩人為主題，從詩作的不同面向，探討他們在生活經歷與創作過程當中，互相輝映而發的人物立體形象以及文學風采。

國家圖書館出版品預行編目資料

鄭振鐸講文學／鄭振鐸著. -- 初版. -- 臺北
市：五南, 2017.12
　　面；　　公分
ISBN 978-957-11-9497-4（平裝）
1.中國文學史 2.中國古典文學
820.9　　　　　　　　　　106021509

1X0J

鄭振鐸講文學

作　　者 ― 鄭振鐸

主　　編 ― 葛劍雄

發 行 人 ― 楊榮川

總 經 理 ― 楊士清

副總編輯 ― 黃文瓊

責任編輯 ― 吳雨潔、黃懷萱

封面設計 ― 謝瑩君

出 版 者 ― 五南圖書出版股份有限公司

地　　址：106台北市大安區和平東路二段339號4樓

電　　話：(02)2705-5066　　傳　真：(02)2706-6100

網　　址：http://www.wunan.com.tw

電子郵件：wunan@wunan.com.tw

劃撥帳號：01068953

戶　　名：五南圖書出版股份有限公司

法律顧問　林勝安律師事務所　林勝安律師

出版日期　2017年12月初版一刷

定　　價　新臺幣420元

版權聲明